El expediente número 113

PRIMERA PARTE

NOVELAS POLICÍACAS Y DE MISTERIO

Emile Gaboriau

El expediente número 113

PRIMERA PARTE

EDICIONES RUEDA

«Novelas Policíacas y de Misterio»

Coordinación editorial:
G.D.A. Ediciones, S. L.

Cubierta:
La Fábrica de Imágenes

Los Mesejo, 11
28007 Madrid

Primera edición: 2001
ISBN: 84-8447-116-0
Depósito Legal: M-26115-2005
Printed in Spain- Impreso en España por:
Mateu Cromo, S. A.

PRIMERA PARTE

1

En todos los periódicos de la tarde del martes 28 de febrero de 186..., se podía leer el siguiente acontecimiento:

> «Un robo de gran consideración, realizado contra el ilustre banquero de la capital, señor André Fauvel, ha estremecido esta mañana todo el barrio de la calle Provence. Unos malhechores de un talento y habilidad majestuosas han logrado entrar en el interior y, forzando una caja que todos consideraban inviolable, se han adueñado de la importante suma de 350.000 francos en billetes de banco.
>
> »La policía, requerida al instante, ha desplegado su habitual cuidado, y sus investigaciones se han visto terminadas con éxito. Se dice que un empleado de la casa, un tal P. B., ha sido ya detenido; todo hace pensar que sus cómplices estarán pronto en manos de la justicia.»

Durante cuatro días, París no se interesó por otra cosa que de aquel robo.

Después se produjeron otros graves sucesos —un acróbata se rompió la pierna en el circo, una muchacha debutó en un pequeño teatro—, y el acontecimiento del 28 de febrero quedó en el olvido.

Sin embargo aquella vez los periódicos habían sido —quizá con toda intención— mal o al menos erróneamente informados.

Era cierto que había sido robada una cantidad de 350.000 francos en casa del señor André Fauvel, pero no de la forma señalada. Un empleado había sido, en efecto, detenido momentáneamente, pero no se había imputado contra él ningún cargo determinante. El robo, de una cantidad inusual, quedaba, si no injustificable, al menos injustificado.

Por lo demás, aquí están los hechos, tal y como aparecen contados con suprema exactitud en las actas del proceso.

2

La entidad André Fauvel, calle Provence, número 87, es muy importante; su numeroso personal le da casi las apariencias de una gran empresa.

Las oficinas se encuentran en la planta baja y las ventanas que dan a la calle están protegidas con barrotes lo suficientemente gruesos y cercanos entre sí para disuadir cualquier tentativa. Una larga puerta de cristal da paso a un gran vestíbulo donde mañana y tarde permanecen vigilando de tres a cuatro guardias. A la derecha están las piezas accesibles al público y un pasillo que lleva a la ventanilla de la caja principal. Las oficinas de la correspondencia, del libro mayor y de la contabilidad general se encuentran a la izquierda. Al fondo se ve un pequeño patio acristalado, al que dan siete u ocho ventanillas, normalmente inútiles, pero indispensables en determinados momentos.

El despacho del señor André Fauvel está en el primer piso, después de sus bellas dependencias.

Este despacho lleva directamente a las oficinas a través de una pequeña escalera negra, estrecha y muy empinada, que lo une con la sala ocupada por el cajero principal.

Esta sala, a la que en la casa se le denomina la caja, está al resguardo de todo golpe de mano e incluso de un robo en toda regla, blindada como está ni más ni menos que un acorazado.

Gruesas placas de hierro refuerzan las puertas y el muro sobre el que se ha realizado la ventanilla, y una fuerte reja tapa el conducto de la chimenea.

Allí se encuentra, fijada en el muro con enormes clavos, la caja de caudales, uno de esos fantásticos e inmensos muebles que hacen soñar al pobre diablo cuya riqueza cabe holgadamente en un monedero. Esta caja de caudales, obra maestra de la casa Becquet, mide dos metros de alto por metro y medio de ancho. Toda ella es de hierro forjado, tiene una triple pared y las distribuciones internas están aisladas para caso de incendio.

Una pequeña y curiosa llave abre este mueble. Y es que para abrirlo la llave es lo de menos: cinco cilindros de acero móviles, sobre los que se han grabado todas las letras del abecedario, forman la fuerza del inteligente y potente sistema de cierre. Antes de pensar en meter la llave en la cerradura se han de colocar anteriormente las letras de los cilindros en el orden en que se encontraban cuando se cerró.

Por si fuera poco, en la entidad del señor Fauvel, como en el resto de los lugares, la caja se cierra con una combinación que se cambia de vez en cuando.

Con un mueble de estas características, incluso poseyendo más diamantes que el duque de Brunswick, uno puede dormir tranquilo.

El único peligro que, según parece, se corre es el de olvidar la palabra que conforma el «Ábrete Sésamo» de la puerta de hierro...

Sin embargo, el 28 de febrero por la mañana, los empleados de la casa Fauvel llegaban a sus oficinas como habitualmente. Y, cuando a las nueve y media todo el mundo se encontraba en su sitio, un hombre mayor, muy moreno, de aspecto militar, de luto riguroso, se presentaba en la oficina anterior a la caja, en la que trabajaban cinco o seis empleados. Solicitó hablar con el cajero principal. Le respondieron que el cajero todavía no había llegado, además de que la caja no abría hasta las diez, como se podía comprobar en el gran cartel que se encontraba en el vestíbulo.

Esta respuesta pareció desconcertar y molestar el máximo al recién llegado.

—Yo esperaba —dijo en un tono seco próximo a la impertinencia— poder encontrar a alguien a quien dirigirme, después de haber hablado ayer con el señor Fauvel. Soy el conde Louis de Clameran, dueño de una siderurgia en Oloron; vengo a recoger los trescientos mil francos que mi hermano consignó en esta entidad. Soy su heredero, y me asombra que no se hayan dado órdenes...

Ni el título del noble propietario siderúrgico ni su decisión parecieron asombrar a los empleados.

—El cajero todavía no ha llegado —repitieron—, y no podemos hacer nada.

—Entonces quiero ver al señor Fauvel.

Se produjo cierta confusión, pero un joven empleado, llamado Cavaillon, que trabajaba junto a la ventana, tomó la palabra.

—El jefe suele salir siempre a esta hora —respondió.

—En ese caso regresaré más tarde —dijo Clameran.

Y salió como había entrado, sin saludar ni llevarse siquiera la mano a la punta del sombrero.

—¡Vaya con nuestro cliente! —comentó Cavaillon—. Pero no ha tenido mucha suerte que digamos, porque ya está aquí Prosper.

El cajero principal de la casa André Fauvel, Prosper Bertomy, es un atractivo y bien plantado mozo de treinta años, rubio, de ojos azules, compuesto hasta el refinamiento y vestido a la última moda. Quedaría perfecto si no exagerase el tono inglés haciéndose el frío y orgulloso sin necesidad, y si un cierto matiz de suficiencia no estropease su fisonomía naturalmente jovial.

—¡Ah, aquí está! —exclamó Cavaillon—. Ya han venido preguntando por usted.

—¿Quién? El dueño de una siderurgia, ¿no es eso?

—Exactamente.

—Bueno, pues ya regresará. Conociendo que yo llegaría tarde esta mañana, tomé ayer mis precauciones.

Prosper había abierto su despacho, mientras hablaba, y se introdujo en él, cerrando detrás de él la puerta.

—¡Magnífico! —interrumpió uno de los empleados—. Por lo menos tenemos un cajero que no se pone de mal humor. El jefe ya le ha organizado veinte escándalos por llegar tarde y él tan fresco.

—Hace bien, ya que consigue todo lo que quiere del jefe.

—Habrá que ver cómo llega mañana, con la vida infernal que lleva y las noches que se pasa el muchacho. ¿Habéis visto la cara de muerto que trae hoy?

—Seguro que ha jugado, como el mes pasado; me dijo Couturier que en una sola jugada perdió quinientos francos.

—¿Y qué? —interrumpió Cavaillon—. ¿Realiza por ello peor su trabajo? Si estuvieseis en su lugar...

Se paró de pronto. La puerta de la caja acababa de abrirse y el cajero caminaba con paso indeciso.

—¡Robado! —murmuraba—... ¡Me han robado!...

La cara de Prosper, su voz ronca, el temblor que sentía reflejaban tan vivamente su horrible angustia, que todos los empleados se levantaron a la vez y se dirigieron hasta él. Se dejó caer en los brazos de éstos, sin poder mantenerse: se encontró mal y tuvieron que sentarlo.

No obstante lo rodearon sus colegas, preguntándole todos al mismo tiempo, agobiándolo con preguntas.

—Robado —le decían—. Pero ¿dónde, cómo, por quién?

Poco a poco Prosper iba recuperándose.

—Se han llevado todo lo que había en la caja —respondió.

—¿Todo?

—Sí, tres paquetes de cien billetes de mi francos y uno de cincuenta. Los cuatro paquetes se encontraban enrollados en una hoja de papel y atados juntos.

La noticia del robo se propagó por toda la entidad con la rapidez del rayo; acudieron curiosos de todos lados, la oficina se llenó de gente.

—Vamos a ver —dijo el joven Cavaillon a Prosper—. ¿Así que han forzado la caja?

—No, está intacta.

—¿Pero entonces...?

—Pues entonces un hecho es seguro: que ayer por la tarde tenía trescientos cincuenta mil francos y esta mañana ya no están.

Todo el mundo guardaba silencio. Sólo un viejo empleado no era partícipe de la emoción general.

—No pierda la compostura, señor Bertomy —dijo—: puede ser que el jefe haya necesitado los fondos, eso es todo.

El infeliz cajero se levantó como bajo un resorte, aferrándose a aquella idea.

—Sí —exclamó—, tiene usted razón; habrá sido el jefe.

Después, meditando:

—Pero no —dijo en un tono de profunda desolación—. No, no es posible. En los cinco años que trabajo en la caja, nunca el señor Fauvel la ha abierto sin mí. Cuando, en dos o tres oportunidades tuvo necesidad de fondos, siempre esperó a que yo llegara o me mandó llamar en lugar de abrirla sin estar yo presente.

—Poco importa —protestó Cavaillon—; antes de desolarse hay que notificárselo.

Pero André Fauvel ya se había enterado. Uno de los botones había subido a su despacho y le había comunicado lo que sucedía.

En el mismo momento en el que Cavaillon decidía ir a buscarlo, apareció.

El señor André Fauvel es un hombre de unos cincuenta años, de mediana estatura, pelo grisáceo. Bastante grueso, levemente encorvado, como todos los trabajadores empedernidos, tiene la costumbre de encorvarse al andar. Ni una sola de sus acciones ha desmentido jamás la expresión humilde de su rostro. Parece extrovertido, de enérgica mirada y sincera, labios rojos y abultados. Nacido cerca de Aix, le sale, cuando se exalta, un ligero acento provenzal que da un toque singular a su ingenio; porque es un hombre ingenioso.

La noticia que le había comunicado el botones lo había trastornado: él, habitualmente tan sonrosado, estaba ahora muy pálido.

—¿Qué es lo que acaban de comunicarme? —preguntó a los empleados que se retiraban respetuosamente ante él a medida que se aproximaba.

La voz del señor Fauvel devolvió al cajero la energía superficial de las grandes crisis; había llegado el momento culminante y temido; se levantó y se dirigió hacia su jefe.

—Señor —comenzó—, como estaba previsto para esta mañana el reintegro que usted sabe, ayer por la tarde ordené traer trescientos cincuenta mil francos.

—¿Y por qué ayer? —interrumpió el banquero—. Creo que le he ordenado cien veces que aguarde a hacerlo el mismo día.

—Ya lo sé, he cometido un error, pero el mal ya está hecho. Ayer por la tarde guardé los fondos, han desaparecido, y sin embargo la caja no ha sido forzada.

—¡Pero usted se ha vuelto loco! —exclamó el señor Fauvel—. ¡Está usted delirando!

Estas palabras eran suficiente para acabar con cualquier ilusión, pero el horror mismo de la situación ofrecía a Prosper, si no la sangre fría para una decisión madurada, sí esa especie de ridícula indiferencia que sigue a las catástrofes imprevistas.

Por eso respondió casi con fingida calma:

—Por desgracia, no estoy loco, ni delirando; digo la verdad.

Tal tranquilidad en un momento como aquél pareció irritar al señor Fauvel, quien tomó a Prosper del brazo y moviéndolo con violencia le gritó:

—¡Hable de una vez! ¿Quién cree usted que haya abierto la caja?

—No puedo decirlo.

—Sólo usted y yo sabemos la combinación; sólo usted y yo tenemos una llave.

Aquello parecía ya una acusación formal; al menos así lo entendieron todos los que allí se encontraban.

Sin embargo la inmensa calma del cajero no se derrumbó por ello. Suavemente se deshizo de los brazos de su jefe y, muy lentamente, dijo:

—En efecto, nadie más que yo ha podido coger ese dinero...

—¡Infeliz!

Prosper se echó atrás y clavando obstinadamente sus ojos en los de André Fauvel, añadió:

—¡O usted!

El banquero tuvo un gesto acechante, y no se sabe lo que habría podido ocurrir, si de pronto no se hubiera oído del lado de la puerta que daba al vestíbulo el ruido de una pelea.

Un cliente quería entrar por encima de todo, a pesar de las reclamaciones de los guardias y, en efecto, entró. Era Clameran.

Todos los empleados permanecían en la oficina, de pie, quietos, fríos; el silencio era total, solemne. Era fácil presentir que algo terrible, una cuestión de vida o muerte, se debatía entre todos aquellos hombres.

El industrial no quiso ver nada. Entró, siempre con el sombrero encima, y con el mismo tono soez dijo:

—Son las diez pasadas, señores.

Nadie contestó y, cuando Clameran iba a continuar, descubrió al banquero, al que no había visto. Se dirigía a él.

—¡Ya era hora! —exclamó—. Reconozco que es una enorme suerte encontrarlo. Ya he venido otra vez esta mañana, la caja no estaba abierta, el cajero no había llegado y usted estaba fuera.

—Se confunde, caballero, yo estaba en mi despacho.

—Pues me han dicho lo contrario, y mire por dónde ahí está el señor que me lo confirmó.

Y con el dedo el industrial señaló a Cavaillon.

—Pero eso no es nada —continuó—; regreso y esta vez no sólo la caja está cerrada sino que se me prohíbe la entrada en las oficinas. Bueno, he creído conveniente romper la norma y ahora me va usted a decir si puedo sacar mis fondos o no.

El señor Fauvel escuchaba temblando de ira; de pálido se había vuelto rojo; sin embargo se controlaba.

—Le estaré muy agradecido —dijo al fin con voz sorda—, si considera oportuno ofrecerme un plazo.

—Me parece que habíamos quedado...

—Sí, ayer. Pero esta mañana, en este momento, acabo de enterarme de que he sido víctima de un robo de trescientos cincuenta mil francos.

El señor de Clameran se inclinó irónicamente.

—¿Y será necesario esperar mucho tiempo? —preguntó.

—El tiempo de ir al Banco.

Inmediatamente, dando la espalda al industrial, el señor Fauvel se apresuró hacia su cajero.

—Prepare un talón —le dijo—; mándelo rápidamente; que cojan un coche y vayan a sacar del Banco de Francia los fondos disponibles.

Prosper ni se inmutó.

—¿Me ha oído? —repitió el banquero, a punto de estallar.

El cajero tuvo un escalofrío; se diría que despertaba de un sueño.

—Es inútil mandar a nadie —respondió secamente—. El crédito del señor es de trescientos mil francos y no llegan a cien mil los francos que nos quedan en el Banco.

Podría jurarse que Clameran se esperaba esta respuesta, ya que murmuró:

—La comedia está bien escenificada, pero es una comedia y yo no me dejo envolver.

Desgraciadamente, mientras el industrial dejaba de esta forma reflejar brutalmente su opinión, los empleados, después de la respuesta de Prosper, no sabían qué pensar.

Y es que París, en aquellos momentos, estaba conociendo sorprendentes desastres financieros. La tormenta de los rumores había hecho que se derrumbasen antiguas y firmes empresas. Se había visto a hombres honorables y de los más altivos ir de puerta en puerta solicitando ayuda y asistencia.

El crédito, esa rara ave de tiempos de sosiego y de paz, vacilaba en posarse, dispuesta a alzar el vuelo al menor ruido sospechoso. Es decir que la idea de una comedia preparada de antemano entre el banquero y su cajero podía muy bien ocurrírsele a gentes, si no preparadas, al menos capaces de entender todos los trámites que se utilizan para ganar tiempo y así poder salvarse.

El señor Fauvel contaba con demasiada experiencia como para no presentir la sorpresa producida por la frase de Prosper; leía la duda más monstruosa en todos los ojos.

—Oh, cálmese —dijo rápidamente a Clameran—: mi casa tiene otros recursos; no se impaciente por favor, que regreso enseguida.

Salió, subió a su despacho y, después de cinco minutos, reapareció con una carta y un bloque de valores en la mano.

—Rápido, Couturier —dijo a uno de sus empleados—; que preparen mi coche, y diríjase con el señor a casa del señor Rothschild; déle la carta y estos valores y él le entregará a cambio trescientos mil francos, que usted dará al señor.

La contrariedad del industrial fue perceptible; parecía querer pedir disculpas por su actitud.

—Le aseguro —comenzó— que no tenía la mínima intención de ofenderlo. Son ya muchos los años que duran nuestras relaciones y jamás...

—No siga —le cortó el banquero—. No necesito sus disculpas. En temas de negocios no existen conocidos ni amigos. Yo debo, no estoy en condiciones de cumplir, y a usted... le urge; entonces es justo y está usted en su perfecto derecho. Siga, por tanto, a mi encargado y él le entregará su dinero.

A continuación, dirigiéndose hacia sus empleados, que habían sido atraídos por la curiosidad, dijo:

—Y ustedes, señores, vuelvan a sus oficinas.

En un instante la sala que precedía a la caja quedó vacía. Sólo los oficinistas que trabajaban en ella permanecieron allí frente a sus mesas, con la nariz pegada a sus papeles, como si estuvieran ensimismados en su trabajo.

André Fauvel, todavía bajo el efecto de los imprevistos acontecimientos que acababan de suceder, se paseaba de arriba abajo, nervioso, agitado, dejando a intervalos escapar alguna que otra sorda exclamación.

Prosper se había quedado de pie, apoyado contra la pared. Blanco, atónito, su mirada fija, parecía haber perdido completamente hasta la capacidad de pensar.

Finalmente, después de un largo silencio, el banquero se paró delante de Prosper; parecía haberse calmado y tomado sus determinaciones.

—A pesar de todo, tenemos que justificarnos —dijo—. Entre en su oficina.

El cajero obedeció sin decir palabra, casi instintivamente, y su jefe lo siguió, poniendo mucho cuidado en cerrar la puerta después.

Nada en la habitación reflejaba el paso de malhechores ajenos a la casa. Todo estaba en su lugar, ni un solo papel en desorden.

La caja de caudales estaba abierta y sobre la parte superior se veían unos cuantos cartuchos de monedas de oro, olvidados o despreciados por los ladrones.

El señor Fauvel sin molestarse en examinar nada, cogió una silla y mandó a su cajero sentarse.

Había vuelto a controlarse por completo y su aspecto había recuperado su expresión habitual.

—Ahora que estamos solos, Prosper —comenzó—, ¿no tiene nada que decirme?

El cajero tuvo un estremecimiento, como si no se hubiera esperado la pregunta.

—Nada que no le haya dicho ya.

—¡Cómo! ¿Nada!... Se empeña en mantener una ridícula fábula, absurda, que nadie puede creer. Es una locura. Confíe en mí, es lo único que lo salvará. Soy su jefe, es cierto, pero también su amigo, su mejor amigo. No puedo olvidar que hace quince años me fue confiado por su padre y que desde entonces no he hecho otra cosa que agradecerle sus buenos y fieles servicios. Sí, hace ya quince años que está conmigo. Comenzaba entonces a levantar el edificio de mi riqueza y usted la ha visto crecer piedra a piedra desde sus cimientos. Y a medida que se enriquecía yo me esforzaba por mejorar su posición, que, siendo aún muy joven, era el más antiguo de mis empleados. En cada inventario he ido aumentándole el sueldo.

Prosper nunca había oído a su jefe expresarse con una voz tan tierna, tan paternal. En su cara se podía leer una profunda admiración.

—Contésteme —continuaba el señor Fauvel—, ¿no he sido siempre para usted como un padre? Desde el primer día mi casa ha estado abierta para usted; quería que mi familia fuera la suya. Durante mucho tiempo ha sido como un hijo, entre mis dos hijos y mi sobrina Madeleine. Pero pronto se cansó de una vida tan feliz. Un día, hace un año de todo esto, comenzó a esquivarnos y después...

Los recuerdos de aquel pasado rememorado por el banquero se presentaban en conjunto a la memoria del desdichoso cajero; poco a poco fue conmoviéndose hasta que se deshizo en lágrimas, escondiendo el rostro entre sus manos.

—A un padre se le puede confesar todo —continuó el señor André Fauvel, a quien le estaba venciendo la emoción de Prosper—. No tenga miedo de nada. Un padre no otorga el perdón, sino el olvido. Soy consciente de las terribles tentaciones que, en una ciudad como París, pueden acechar a un joven. Hay impulsos que dan en tierra con las más firmes integridades. Hay horas de perdición y de vértigo en que se deja de ser uno mismo, en que uno se comporta como un demente, como un loco furioso, sin tener, por así decirlo, conciencia de sus actos. Hable, Prosper, hable.

—Pero ¿qué quiere que le diga?

—La verdad. Un hombre totalmente honrado puede equivocarse, pero se levanta y enmienda su falta. Dígame; ¡sí, me he visto arrastrado, cegado; la vista de esas cantidades de dinero que toco han confundido mi razón, soy joven, tengo deseos!...

—¡Yo! —murmuró Prosper—. ¡Yo!

—Pobre muchacho —dijo el banquero con lástima—. ¿Cree que desconozco su vida desde que, hace un año, abandonó mi hogar? Usted no comprende que sus compañeros le tienen envidia y que no le perdonan el que usted cobre doce mil francos al año. No ha hecho usted una locura sin que me hayan avisado a través de una carta anónima. Podría decirle el número de sus noches pasadas en el juego y las cantidades perdidas. Oh, la envidia tiene buenos ojos y finos oídos. Yo sé el caso que hay que hacer a las cobardes acusaciones, pero tuve que documentarme. Es justo que sepa cómo vive el hombre al que confío mi riqueza y mi honor.

Prosper intentó un gesto de reclamación.

—Sí, mi honor —insistió el señor Fauvel con una voz que el rencor por la humillación soportada hacía más latente—. Sí, mi fortuna, que hubiera podido quedar arriesgada hoy con este hombre. ¿Sabe usted lo que me van a significar los fondos que van a entregar al señor de Clameran? Y esos valores que sin esfuerzo podía muy bien no tenerlos. ¡Usted mismo los ignoraba!

El banquero se paró como si hubiera esperado una declaración que no llegó.

—Vamos, Prosper, tenga fuerza, haga un sacrificio... Voy a marcharme y usted volverá a mirar en la caja; apostaría a que en su confusión no ha buscado bien. Regresaré esta tarde y estoy convencido de que a lo largo del día habrá encontrado, si no los trescientos cincuenta mil francos, al menos la mayor parte de esta cantidad... y ni usted ni yo nos acordaremos mañana de esta falsa alarma.

Ya se había levantado el señor Fauvel y se dirigía hacia la puerta, cuando Prosper le cogió por el brazo.

—Es inútil su tolerancia, señor —dijo con tono brusco—. No habiendo cogido nada, nada puedo devolver. He buscado bien. Alguien ha robado los billetes.

—¡Pero quién, pobre loco, quién!

—Por lo más valioso que hay en el mundo, le juro que no he sido yo.

Una ola de sangre acaloró la frente del banquero.

—¡Ruin! —exclamó—. ¿Qué quiere decir? ¿Que he sido yo?

Prosper bajó la cabeza y no contestó.

—¡Ah, conque es eso! —contestó el señor Fauvel, incapaz de dominarse—. ¡Usted se atreve!... Entonces la justicia se inmiscuirá entre usted y yo, señor Prosper Bertomy. Dios es testigo de que he hecho todo lo que ha estado de mi parte por salvarlo. No culpe a nadie más que a usted de lo que va a ocurrir. He pedido al comisario de policía que hiciera el favor de acercarse hasta aquí; me estará esperando en mi despacho. ¿Tengo que llamarlo?

Prosper tuvo ese gesto terrible de resignación del hombre que se desfallece, y con voz angustiada respondió:

—¡Hágalo!

El banquero, que se encontraba al lado de la puerta, la abrió y, volviendo a mirar por última vez a su cajero, gritó a un guardia:

—Anselme, ruegue al señor comisario que haga el favor de bajar.

3

Si existe un hombre al que ningún suceso puede ya sorprender o asombrar, que no se deja engañar por las apariencias, capaz de admitirlo todo y de explicárselo todo, ése es sin ninguna duda un comisario de policía de París.

Mientras que el juez sólo considera los actos que llegan a su alto tribunal, relacionándolos con los artículos del Código, el comisario de policía observa y vigila todos los horribles hechos a los que la ley no tiene acceso. Es el forzado confidente de las pequeñas infamias, de los crímenes domésticos, de las afrentas aceptadas.

Es posible que al iniciar su trabajo todavía mantenía algunas esperanzas; lo que es seguro es que, pasado el tiempo ya no le queda ninguna. Si no ha llegado al extremo de despreciar totalmente a la especie humana, es porque con frecuencia, junto a las crueldades condenadas a la impunidad, descubre al mismo tiempo elevadas generosidades que quedarán sin recompensa. Si por un lado ve que malhechores redomados gozan cruelmente de la consideración pública, por otro puede consolarse pensando en todos los humildes y anónimos héroes que conoce.

Sus ideas se han visto tantas veces truncadas, que ello lo sume en ocasiones en la más completa incredulidad. No cree en nada: ni en el bien ni en el mal absolutos, ni en la virtud ni en el vicio. Se ve inmerso sin remedio en la confusa conclusión de que no hay hombres, sino sucesos.

Avisado por el guarda de la casa, el comisario de policía, al que había ordenado llamar el señor Fauvel, no tardó en bajar. Entró en la oficina con aire sosegado, diríase que indiferente. Lo acompañaba un hombre pequeño, vestido de negro, con corbata deteriorada sobre un cuello postizo de color confuso.

El banquero apenas saludó.

—Sin duda, señor —comenzó—, lo habrán puesto al corriente de las lamentables circunstancias que me han forzado a solicitar sus buenos oficios.

—Se trata de un robo, me han dicho.

—Sí, señor, de un robo terrible, inexplicable, producido en esta misma oficina, en esta caja que usted ve ahí abierta y de la que sólo mi cajero —y señalaba a Prosper— tiene la combinación y la llave.

Aquella declaración pareció sacar al desdichado cajero de su lamentable sorpresa.

—Perdone, señor comisario —dijo con voz tenue—; mi jefe también tiene la llave y la combinación.

—Naturalmente; no faltaría más.

El comisario no necesitó más para saber a qué atenerse. Estaba claro que aquellos dos hombres se acusaban mutuamente. Al decir de ellos, sólo uno podía ser el culpable. Y el uno era el propietario de una importante entidad bancaria, mientras que el otro no era más que un simple cajero. El comisario, demasiado acostumbrado a ocultar sus impresiones, no dejó reflejar nada de lo que transcurría en su interior. Ni un solo músculo se movió en su cara. Con aire ya más serio, solamente observó alternativamente al cajero y al señor Fauvel, como si de sus gestos y actitudes pudiera sacar alguna deducción de provecho.

Prosper continuaba muy pálido y extremadamente desolado; hundido en la silla, los brazos le caían inertes a lo largo del cuerpo.

El banquero, por el contrario, continuaba de pie, enrojecido, exaltado, los ojos relucientes, expresándose con una agresividad asombrosa.

—La importancia del robo es enorme —continuaba el señor Fauvel—. ¡Se han llevado una fortuna, trescientos cincuenta mil francos! Este robo podía haberme acarreado consecuencias desastrosas en una circunstancia en que, de no tener la cantidad necesaria, la solvencia de la Casa más rica queda comprometida.

—Lo creo, en efecto, en el día de un pago...

—Así es. Hoy tenía que hacer efectiva una importante entrega.

—¿Ah, sí?

El tono del comisario no dejaba lugar a dudas: acababa de tener una sospecha, la primera. El banquero lo entendió así con nerviosismo, y replicó al momento.

—Pero he hecho frente a mi compromiso, aunque al precio de un desagradable esfuerzo. Debo señalar, además, que, de haberse cumplido mis órdenes, esos trescientos cincuenta mil francos no se habrían encontrado en la caja.

—¿Cómo es eso?

—No me gusta guardar en mi establecimiento grandes cantidades de noche. Mi cajero tiene la orden de aguardar siempre al último momento para sacar los fondos del Banco de Francia, y sobre todo tenía completamente prohibido dejar dinero en la caja por la noche.

—¿Oye usted esto? —preguntó el comisario a Prosper.

—Sí, señor —respondió el cajero—, lo que dice el señor Fauvel es totalmente cierto.

Con esta explicación se acababa de aclarar la sospecha del comisario.

—En fin —continuó—, aquí han realizado un robo. ¿Quién? ¿Vino de fuera el ladrón?

El banquero vaciló un momento.

—No lo creo —respondió finalmente.

—Por mi parte —declaró Prosper—, estoy convencido de que no.

El comisario, que había provocado estas respuestas, las esperaba. Pero no habría sido adecuado sacar en el acto todas las consecuencias.

—Sin embargo —objetó— hay que prevenirlo todo.

Y, dirigiéndose al hombre que lo acompañaba.

—Fanferlot —dijo—, vea si descubre alguna señal que se les haya podido escapar a estos señores.

Fanferlot, llamado *El Ardilla,* debía el apodo, del que se sentía muy orgulloso, a una agilidad próxima a lo prodigioso. De apariencia endeble y canija, a pesar de sus músculos de acero, oprimido en una escasa levita negra, abotonada hasta la barbilla, podía confundírsele con un oscuro oficial del Juzgado. Su fisonomía era de las que producían nerviosismo: nariz terriblemente respingona, labios finos y pequeños, ojos redondos de una molesta movilidad. Empleado en la policía desde hacía cinco años, Fanferlot ardía en deseos de destacarse, de hacerse un nombre, era ambicioso. Por desgracia siempre le había faltado la oportunidad o el talento.

Antes de que el comisario se lo hubiera mandado, ya había investigado por todas partes, examinado las puertas, comprobado los muros, examinado la ventanilla, agitado las cenizas de la chimenea.

—Me parece muy difícil —intervino— que un extraño haya podido introducirse aquí.

Daba vueltas alrededor de la mesa.

—¿Esta puerta —preguntó— se cierra de noche?

—Siempre, con llave.

—¿Y quién guarda la llave?

—El guardia; se la doy cada tarde antes de marcharme —respondió Prosper.

—El guardia —detalló el señor Fauvel— duerme en la sala de entrada, en un mueble que despliega por las noches y recoge por las mañanas.

—¿Se encuentra ahora aquí? —preguntó el comisario.

—Sí, señor —contestó el banquero.

Y, al momento, entreabriendo la puerta llamó:

—¡Anselme!

Este empleado, hombre de confianza donde los haya, llevaba diez años al servicio del señor Fauvel. Realmente no se podía sospechar de él, y lo sabía. Pero la idea de un robo era algo terrible, y al declarar temblaba como un turbado.

—¿Has dormido esta noche en la sala próxima? —le preguntó el comisario.

—Sí, señor, como siempre.

—¿A qué hora se acostó?

—Hacia las diez y media. Pasé la velada con el criado del señor en el café de la esquina.

—¿Y escuchó algún ruido esta noche?

—Ninguno. Y eso que mi sueño es tan leve, que, si por casualidad el señor baja a la caja cuando estoy dormido, sus pasos me desvelan.

—¿Entonces, el señor Fauvel viene frecuentemente de noche a la caja?

—Ah, no, señor, todo lo contrario, muy pocas veces.

—¿Y ha venido esta noche?

—No señor, estoy totalmente convencido porque el café que tomé ayer con el criado no me ha dejado dormir.

—Bien, amigo —dijo el comisario—, puede retirarse.

Después de la salida de Anselme, Fanferlot reanudó su investigación. Abrió la puerta de la pequeña escalera del banquero.

—¿Adónde lleva esta escalera? —preguntó.

—A mi despacho —contestó el señor Fauvel.

—¿No es por aquí —dijo el comisario— por donde me han conducido al llegar?

—Exactamente.

—Necesitaría verla —declaró el señor Fanferlot—. Me gustaría conocer esa salida.

—Nada más fácil —dijo el señor Fauvel—. Vengan, señores, y usted también, Prosper.

El despacho particular del señor André Fauvel estaba formado por dos salas: un recibidor lujosamente decorado y el despacho, que tenía como mibiliario completo una inmensa mesa, tres o cuatro sillones de cuero y a los lados de la chimenea un secreter y un archivador.

Las dos salas solamente tenían tres puertas: la de la falsa escalera, la que daba al dormitorio del banquero y la tercera, que se abría al vestíbulo de la escalera principal, por la que entraban los clientes y las visitas.

Un simple vistazo fue suficiente al señor Fanferlot para inventariar el despacho. Parecía molesto, como hombre que hubiera rozado la ilusión de encontrar alguna prueba, sin conseguirlo.

—Veámoslo de este otro lado —dijo.

E inmediatamente pasó al recibidor, acompañado del banquero y del comisario.

Prosper se quedó solo en el despacho. Por grave que fuera el desorden de sus ideas, no podía dejar de entender que su situación empeoraba por instantes. Había buscado y aceptado la lucha con su jefe y esta lucha acababa de empezar: en adelante ya no dependía de su deseo concluirla ni evitar sus consecuencias. Era una guerra sin tregua ni cuartel en la que se emplearían todas las armas hasta que uno de los dos perdiese, pagando con el honor la derrota.

¿Quién sería el inocente a los ojos de la justicia? El desafortunado cajero percibía con toda claridad que sus posibilidades eran menores y se sentía destruido por el sentimiento de su inferioridad. Nunca, nunca hubiera imaginado que su jefe realizase sus amenazas. Porque al fin y al cabo, en un proceso como el que se estaba llevando a cabo, el señor Fauvel arriesgaba tanto y tenía que perder más que su empleado.

Sentado en un sillón al lado de la chimenea, Prosper se sumergía en las más funestas reflexiones, cuando se abrió la puerta del dormitorio del banquero.

Una joven especialmente bella apareció en el umbral. Era bastante alta, esbelta y su bata de casa ajustada a la cintura con una cinta de seda resaltaba todos los atractivos de su talle. Morena, de grandes ojos dulces y profundos, su piel tenía la palidez mate y continua de la camelia blanca y sus hermosos cabellos negros, incluso sin arreglar, apenas sujetos por una pequeña peineta, caían abundantes en mechones rizados sobre su cuello, del más delicioso diseño. Era la sobrina del señor André Fauvel, a la que había mencionado poco antes: Madeleine.

Al ver a Prosper Bertomy en el despacho donde probablemente Madeleine creía encontrar solo a su tío, no pudo retener una exclamación de sorpresa:

—¡Ah!...

Prosper se levantó como si hubiera recibido una descarga eléctrica. Sus ojos, que estaban tan apagados, se iluminaron de pronto como si hubieran visto a una mensajera de esperanza.

—¡Madeleine! —pronunció—. ¡Madeleine!

La joven se inflamó como una amapola. Parecía preparada para retirarse y retrocedió un paso, pero, cuando Prosper se acercó hacia ella, un sentimiento más fuerte que su deseo le hizo extenderle la mano, que él cogió y cerró delicadamente.

Quedaron así el uno frente al otro, quietos, atormentados; tan emocionados ambos, que bajaron la cabeza, temiendo el encuentro de sus miradas; tenían tantas cosas que decirse, que, no sabiendo por dónde empezar, guardaron silencio. Por último, Madeleine susurró con voz apenas perceptible.

—Usted, Prosper, usted...

Estas únicas palabras rompieron el atractivo. El cajero soltó la blanca mano que tenía entre las suyas y con su tono más brusco respondió:

—Sí, soy yo, Prosper, su amigo de la infancia, hoy sospechoso y acusado del robo más cobarde y humillante, a quien su tío acaba de entregar a la justicia y que, antes de concluir el día, será arrestado y metido en prisión.

Madeleine tuvo un gesto del más franco dolor, sus ojos manifestaron una inmensa compasión:

—¡Dios mío! —exclamó—. ¿Qué quiere decir?

—¡Pero cómo, señorita! ¿No lo sabe? ¿No le han dicho nada su tía ni sus primos?

—Nada. Casi no he visto a mis primos esta mañana, y mi tía está tan enferma, que venía muy nerviosa a buscar a mi tío. Pero, por favor, hable, dígame qué le ocurre.

El cajero tuvo gestos de indecisión. Había pensado quizá en sincerarse ante Madeleine, en descubrirle sus más ocultos pensamientos, pero un recuerdo del pasado que le cruzó el corazón heló su confianza. Agitó tristemente la cabeza y dijo:

—Gracias, señorita, por esta muestra de interés, la última sin duda que recibiré de usted; pero permítame que guarde silencio y ahorrarle así una pena y evitarme el dolor de avergonzarme ante usted.

Madeleine le interrumpió con un gesto dominante.

—¡Quiero saberlo! —dijo.

—Por desgracia, señorita —respondió el cajero—, no tardará mucho en conocer mi desgracia y mi humillación; y entonces se felicitará por lo que hizo.

Madeleine quiso insistir; en vez de ordenar rogó, pero la decisión de Prosper estaba tomada.

—Su tío —continuó aquél— está en la habitación de al lado con el comisario y un agente de policía, a punto de regresar; por favor, márchese que no la vean...

Mientras hablaba la fue empujando suavemente, y, aunque Madeleine se resistía, pudo cerrar la puerta.

Lo hizo a tiempo: el comisario de policía y el señor Fauvel entraban en aquel momento. Habían visitado el recibidor, inspeccionado la escalera principal y no habían podido oír nada de lo que sucedía en el despacho.

Pero Fanferlot lo había oído por ellos. Aquel admirable sabueso no había perdido de vista al cajero. Se dijo que éste imaginándose sin testigos, su rostro hablaría, y que una sonrisa, un gesto de ojos, cualquier mueca podría darle alguna idea. Dejando, por tanto, al señor Fauvel y al comisario con sus indagaciones, se dispuso a observar. Vio abrirse la puerta e introducirse a Madeleine; no perdió ni un gesto ni una palabra de la rápida acción que acababa de procurarse entre Prosper y la joven. No era mucho, realmente, tratándose de una escena en que detrás de cada frase se percibía una reticencia, pero Fanferlot se creía lo bastante sagaz como para rellenar los sobreentendidos.

Sólo tenía una sospecha, pero era una sospecha, un algo, una idea, un punto de partida. Estaba tan habituado a construir complicados planes partiendo del más nimio incidente, que le pareció intuir un drama en el pasado de estas gentes de las que no sabía nada. Si el comisario de policía era un incrédulo, el agente de seguridad era un hombre de fe y creía en el mal.

«Esta es la situación —se decía—: el joven ama a la muchacha, que es, a fe mía, muy bella, y como él tampoco está mal, es correspondido. Estos amores han molestado al banquero, lo que es admisible, y, no sabiendo cómo deshacerse honestamente del imprevisto enamorado, ha planeado esta acusación de robo, que no deja de ser ingeniosa.»

De este modo, según Fanferlot, el banquero simplemente se había robado a sí mismo y el cajero, inocente, era la víctima de la más malévola maquinación. Pero esta certidumbre del agente de seguridad no iba a beneficiar en nada a Prosper, al menos por el momento.

El ambicioso Fanferlot, el hombre que quería llegar, que tenía ansia de fama, estaba completamente decidido a guardarse sus conjeturas. «Voy a dejar —se decía— que los demás vayan por su lado, yo iré por el mío. Cuando, más adelante, tras un duro trabajo de espionaje y a base de pacientes investigaciones, haya reunido los elementos para una firme acusación, descubriré al granuja.»

Estaba radiante. Por fin se encontraba ante el ansiado crimen que le haría famoso. Nada faltaba: ni las mezquinas circunstancias, ni el misterio, ni el elemento novelesco y sentimental que representaban Prosper y Madeleine. Triunfar parecía complicado, casi imposible; pero Fanferlot, por apodo *El Ardilla,* tenía completa confianza en su talento de investigador.

La visita al piso de arriba había concluido y todos regresaron a la oficina del señor Fauvel.

El comisario de policía, que había llegado tan tranquilo, parecía ahora cada vez más preocupado. Llegaba el momento de tomar una decisión y todavía se le veía dudar.

—Caballeros —comenzó—, como ven ustedes, nuestras investigaciones no han hecho más que corroborar nuestras primeras ideas.

Tanto el señor Fauvel como el cajero tuvieron el mismo signo de afirmación.

—Y usted, señor Fanferlot —siguió el comisario—, ¿qué opina?

El agente de seguridad no respondió. Entusiasmado en examinar con la lupa la cerradura de la caja de caudales, daba claras muestras de sorpresa. Sin duda acababa de hacer algún descubrimiento de la mayor importancia.

Como por un mismo golpe de emoción, se levantaron todos, el señor Fauvel, Prosper y el comisario, y rodearon con ansiedad al agente.

—¿Ha encontrado alguna prueba? —preguntó el banquero.

Fanferlot se volvió irritado. Se reprochaba el no haber sabido esconder mejor sus opiniones.

—Oh —dijo—, es muy poca cosa lo que he comprobado.

—Aun así, nos gustaría saber... —insistió Prosper.

—Acabo simplemente de obtener la prueba de que esta caja de caudales ha sido abierta o cerrada, no sé muy bien, con cierta violencia y gran precipitación muy recientemente.

—¿Cómo así? —preguntó el comisario, mostrándose muy interesado.

—Mire aquí, señor, en la puerta. ¿Ve este rasguño que parte de la cerradura?

—Lo veo —dijo el comisario—, pero ¿qué demuestra eso?

—Oh, nada en absoluto —respondió Fanferlot—; es lo que estaba diciendo exactamente.

Fanferlot lo decía pero no lo pensaba. Este arañazo —reciente, no se podía negar— tenía para él una importancia que se le escapaba a los demás: descubría la corroboración de sus ideas. Se decía que el cajero no había tenido la necesidad de hacer el robo rápidamente, ni incluso en el caso de tratarse de millones. En cambio el banquero, obligado a bajar de noche, de puntillas para no despertar al guarda que dormía en la habitación de al lado, si quería desvalijar su propia caja, tenía mil razones para temblar, precipitarse, retirar rápidamente la llave, lo que explicaba que ésta se hubiera deslizado fuera de la cerradura, arañando el barniz.

El agente de seguridad seguía decidido a deshacer él solo la liada madeja de este asunto, por lo que debía callarse estas deducciones al igual que guardar silencio sobre la entrevista que había escuchado entre Madeleine y Prosper. Más aún, hizo todo lo posible para que el suceso fuese olvidado.

—Como conclusión —continuó, dirigiéndose al comisario de policía—, declaro que ninguna persona extraña ha podido introducirse aquí. La caja está perfectamente intacta. Ninguna fuerza sospechosa se ha realizado sobre sus mandos giratorios. Puedo afirmar que no se ha aplicado a la cerradura ningún instrumento de presión, ni siquiera un mondadientes. Resumiendo, los que la han abierto sabían la combinación y tenían la llave.

Esta afirmación tan decisiva, procedente de un hombre de cuya sagacidad tenía pruebas, puso fin a las dudas del comisario de policía.

—Ya han oído ustedes —dijo—; ya solamente me queda pedirle al señor Fauvel unos minutos para hablar con él.

—Estoy a su disposición —respondió el banquero.

Prosper había comprendido; dejó su sombrero sobre la mesa, muy claramente, como para señalar que no tenía la intención de alejarse y pasó a la oficina de al lado.

Fanferlot salió al mismo tiempo. El comisario de policía tuvo tiempo de hacerle un gesto que los otros no vieron y al que respondió. El gesto venía a decirle: «Responde usted de ese hombre.»

El agente no necesitaba que le aconsejasen una atenta vigilancia. Sus sospechas eran demasiado ligeras y su deseo de salir triunfante demasiado vivo para perder ni un minuto de vista a Prosper y no investigarlo de cerca.

Entró, entonces, en la oficina detrás del cajero; fue a colocarse al fondo, en la sombra, sobre una banqueta; pareció buscar una posición cómoda, se acomodó, bostezó de forma artificial y por último cerró los ojos.

Prosper se sentó en el asiento de la mesa de uno de los empleados, fuera en aquel momento. Los demás rompían en deseos de saber el resultado de la investigación sumarial, en sus ojos resplandecía la más amenazante curiosidad, pero no se atrevían a interrogar.

Sin poder aguantar más, el pequeño Cavaillon, el defensor del cajero, se arriesgó:

—¿Y bien? —preguntó.

Prosper se encogió de hombros.

—No se sabe —respondió.

¿Era conciencia de su propia inocencia, convicción de la impunidad, desinterés por el resultado? Los empleados notaban, no sin inmenso asombro, que el cajero había recuperado su habitual actitud, esa especie de fría superioridad que mantenía a la gente alejada y que tantos enemigos le había provocado en la casa.

De su emoción, tan grande hacía poco que daba lástima verlo, no quedaban más huellas que una mayor palidez, un círculo más negro alrededor de los ojos enrojecidos y el desorden de su pelo, todavía húmedo del frío sudor del espanto.

Un extraño que hubiera entrado no habría podido sospechar ni por un momento que aquel joven allí sentado, que jugaba instintivamente con un lápiz, estuviera bajo la presión de una acusación de robo y fuera a ser arrestado.

De pronto, sin embargo, dejó de girar el lápiz, cogió una hoja de papel y realizó deprisa unas líneas.

«Vaya, vaya —pensó Fanferlot, apodado *El Ardilla,* a quien la vista y el oído le funcionaban perfectamente, a pesar del profundo sueño—. Vaya, vaya; conque haciendo declaraciones al papel; por fin vamos a saber algo positivo.»

Prosper dobló cuidadosamente su papel, reduciéndolo al menor volumen posible y, después de una mirada furtiva al agente, que permanecía quieto en su rincón, lo lanzó al pequeño Cavaillon con esta sola palabra:

—¡Gypsy!

Todo fue realizado con tal sangre fría, tan rápidamente, con tan extraña habilidad, que Fanferlot —un especialista— quedó asombrado, confundido e incluso un poco nervioso.

«¡Diablo! —se dijo—. Para ser inocente, mi joven tiene más estómago y nervios que muchos de mis antiguos clientes. ¡Lo que hace la educación!»

Inocente o culpable, realmente Prosper tenía que estar dotado de una fuerte energía para aparentar aquella imperturbable calma, para demostrar aquel estado de ánimo, porque en resumidas cuentas lo que estaba en juego en aquel mismo instante eran su suerte, su futuro, su honor, su vida. ¡Y tenía treinta años!...

El comisario, bien por una natural condescendencia, bien porque esperara sacar de una conversación más íntima alguna idea, antes de actuar quiso hablar con el banquero.

—No me cabe ya la menor duda, señor —dijo una vez solos—, de que ha sido este joven el que le ha robado. Faltaría a mi obligación si no lo arrestara momentáneamente hasta que el Juzgado decida ponerlo en libertad o corroborar el arresto.

Esta declaración pareció conmover especialmente al banquero.

—¡Pobre Prosper! —murmuró.

Y, viendo el asombro que producía en su interlocutor, añadió:

—Hasta hoy, señor, he tenido la fe más ciega en su lealtad; le hubiera confiado, sin dudarlo, mi riqueza. Me he puesto casi de rodillas para conseguir de él la confesión de un momento de locura, prometiéndole perdón y olvido: no he logrado conmoverlo. Lo quería, e incluso ahora, a pesar de los malos momentos y de las humillaciones que presiento, no podría odiarlo.

El comisario parecía no entender nada.

—¿Cómo? —preguntó—. ¿Humillaciones?

—¿Por qué no? —contestó fuertemente el señor Fauvel—. ¿Es que la justicia no debe ser, no es la misma para todos? ¿De que yo sea el propietario y él mi empleado se debe deducir que mi palabra sea suficiente para creerme? ¿Por qué no podría haberme robado a mí mismo? No sería el primer caso. Se me pedirán hechos, estaré obligado a exponer ante el juez la situación concisa de mi casa, a justificar mis negocios, a revelar el secreto y los mecanismos de mis operaciones.

—En efecto, es posible que le pidan algunas justificaciones, pero su famosa honorabilidad...

—Ay, también mi cajero era honrado. ¿Quién hubiera sido el sospechoso de no haber podido encontrar esta mañana cien mil escudos al momento? ¿Quién sería el sospechoso si no hubiera podido demostrar que mi activo disponible supera a mi pasivo en más de tres millones?...

Para cualquier hombre de corazón el simple pensamiento, la posibilidad tan solo o la apariencia de una sospecha es un sufrimiento cruel. El banquero sufría y el comisario se dio cuenta de ello.

—Mantenga la calma, señor —dijo—. Antes de ocho días la justicia habrá reunido suficientes pruebas para establecer la culpabilidad de ese infeliz, a quien por cierto ya podemos decir que venga.

Prosper llegó con Fanferlot, al que no fue fácil despertar, y escuchó sin ninguna consternación y con todas las apariencias de la más absoluta indiferencia el anuncio de su detención.

Respondió simplemente y sin la menor energía:

—¡Juro que soy inocente!

El señor Fauvel, mucho más angustiado que su cajero, intentó todavía un último esfuerzo:

—Aún estamos a tiempo, hijo mío —dijo—. En nombre del cielo, piénselo.

Prosper no pareció oírle. Extrajo de su bolsillo una pequeña llave que dejó sobre la chimenea.

—Aquí tiene, señor, la llave de su caja. Espero, por mí, que usted reconozca algún día que no le he robado nada y, por usted, que no lo reconozca demasiado tarde.

Después, como nadie hablaba, siguió:

—Antes de marcharme, aquí están los libros, los papeles, los estadillos que necesitará quien me sustituya. Debo advertirle además que, sin hablar de los trescientos cincuenta mil francos robados, dejo un déficit en caja.

¡Déficit!... Esta funesta palabra en la boca de un cajero estalló como un proyectil en los oídos de los oyentes de Prosper.

Su declaración iba a ser, por otra parte, distintamente interpretada:

«¡Un déficit! —pensó el comisario de policía—. ¿Cómo dudar ya de la culpabilidad de este joven? No satisfecho con robar a lo grande, se le iba además la mano en cantidades insignificantes.»

«¡Un déficit! —se dijo el agente de seguridad—. Para dudar ahora de la inocencia de este pobre demonio sería necesario suponerle una inaceptable maliciosidad de premeditación; de ser culpable, habría devuelto sin duda el dinero del déficit.»

La explicación de Prosper iba, sin embargo, a reducir considerablemente tanto la importancia como la profundidad del hecho.

—Faltan en la caja —continuó— tres mil quinientos francos, que se descomponen así: dos mil francos tomados por mí como adelante de mi paga; quinientos francos de adelanto a varios de mis colegas. Estamos hoy a finales de mes, mañana se pagan los sueldos, por tanto...

El comisario le cortó.

—¿Estaba usted autorizado —preguntó seriamente— a extraer de la caja dinero según sus necesidades y a ofrecer adelantos?

—No, pero estoy convencido de que el señor Fauvel no me hubiera negado la autorización para ofrecer un servicio a mis compañeros. Lo que he hecho se hace en todas partes; simplemente he seguido el ejemplo de mi antecesor.

El banquero respondió con gesto de afirmación.

—En lo que a mí se refiere —continuó el cajero—, me asistía de alguna forma el derecho que me he apropiado, teniendo como tengo en la Casa todas mis posesiones, es decir unos quinientos mil francos.

—Es cierto —apoyó el señor Fauvel—. El señor Bertomy tiene por lo menos esa cantidad en mi casa.

Solucionado este último incidente, la labor del comisario de policía concluía y terminaba el proceso verbal de la investigación sumarial. Anunció que se marchaba y ordenó al cajero que se preparara para acompañarlo.

Este es el momento terrible en que estalla la violenta realidad, la de que uno deja de pertenecerse y pierde su libertad. Al sonar la funesta orden: «Acompáñeme», que abre, por así decirlo, las puertas de la prisión, incluso los más indiferentes y los más duros flaquean, derraman lágrimas y solicitan gracia.

Prosper Bertomy no perdió nada de la meditada indiferencia que aparentaba y que el comisario calificaba en su interior de asombrosa desvergüenza.

Lentamente, con la misma calma y desenvoltura que si se tratara de ir a comer a la ciudad, cogió su abrigo, se arregló el pelo, cogió sus guantes y dijo:

—A su disposición, señor.

El comisario ya había cerrado su cartera y se había despedido del señor Fauvel.

—¡Vamos! —dijo.

Salieron y el banquero los vio alejarse con una grave tristeza, con los ojos repletos de lágrimas que apenas podía retener.

—¡Dios mío! —murmuró—. ¡Hubiera preferido que me robaran el doble pero poder estimar aún a mi pobre Prosper y tenerlo a mi lado como en otras épocas!

Fanferlot, el hombre del oído siempre atento, recogió y anotó aquella frase e, inclinado a la sospecha, demasiado preparado a otorgar a los demás un fondo de astucia igual al suyo, no estuvo muy lejos de creer que había sido articulada en su honor.

Se había quedado el último en la oficina, con la excusa de buscar un paraguas que no había traído, y se retiraba con una estudiada lentitud, repitiendo varias veces que regresaría para buscarlo.

Era a él a quien le correspondía, por norma, la obligación de guardar y llevar a Prosper, pero en el momento de salir se acercó al comisario de policía y pidió y consiguió, en interés del caso, libertad de acción.

Le preocupaba la nota escrita por Prosper, nota que imaginaba en el bolsillo del pequeño Cavaillon. Lo primero que hizo, cuando se encontró otra vez en la oficina del cajero, fue dejar la puerta entreabierta, espiando con el rabillo del ojo, preparado para saltar al menor movimiento del joven empleado.

Adueñarse de aquella prueba escrita, que tenía que ser significativa, podía parecer la cosa más fácil del mundo. ¿Qué había que hacer? Simplemente, detener a Cavaillon, asustarlo, pedirle el papel y, en caso necesario, quitárselo a la fuerza. Es lo primero que pensó el agente de seguridad. De acuerdo, pero ¿adónde llevaba tal escándalo? A ningún lado, como mucho a un resultado incompleto y erróneo.

Fanferlot estaba convencido de que el mensaje no estaba destinado al joven empleado, sino a una tercera persona. Utilizando la fuerza, Cavaillon descubriría la persona que muy bien podía no llevar el nombre que articuló el cajero: Gypsy. Y si, en el mejor de los casos, hablaba, no era seguro que dijera la verdad.

Después de maduras reflexiones, y conducido por su policíaca sabiduría, el agente de seguridad decidió que era ridículo pedir un secreto que se podía conseguir por sorpresa. Espiar a Cavaillon, seguirlo, cogerlo en tan claro delito que no pudiera negarlo, era un juego de niños. Por otra parte era la forma de actuar que mejor se correspondía con el carácter del empleado de la policía, de aspecto dulce y silencioso, y que por profesión tiene pánico al ruido, al escándalo y a todo lo que huela a violencia.

Fonfertlot ya tenía trazado su plan definitivamente, cuando llegó al vestíbulo. Una vez allí se puso a charlar ingeniosamente con un guardia y, después de cuatro o cinco preguntas aparentemente ociosas, obtuvo la certeza de que la Casa Fauvel no tenía salida a la calle Victoire, de modo que los empleados sólo podían entrar o salir por la puerta principal de la calle Provence.

Desde ese momento, la misión que se había impuesto no conllevaba ninguna dificultad. Cruzó rápidamente la calle y fue a establecerse en la puerta cochera de enfrente.

Había elegido sorprendentemente su lugar de observación. No solamente podía desde él vigilar las idas y venidas del Banco, sino controlar todas las ventanas. Alzándose sobre la punta de los pies podía advertir, a través de los cristales, a Cavaillon inclinado sobre su mesa.

Fanferlot estuvo mucho tiempo en su puerta. Era paciente y ya le había ocurrido más de una vez, por temas más insignificantes, estar investigando días y noches enteras.

Además no tenía tiempo para aburrirse. Analizaba el valor de sus descubrimientos, equilibraba sus posibilidades de éxito y, dándolo por seguro, construía sobre él, como en el cuento de la lechera, el edificio de su riqueza.

Por fin, hacia la una, el agente vio a Cavaillon levantarse, quitarse su ropa de trabajo para ponerse el traje de calle y coger su sombrero.

«Bueno, el joven va a salir —se dijo—, abramos el ojo.»

Momentos después, Cavaillon apareció por la puerta de salida del Banco. Pero antes de bajar a la acera miró a derecha e izquierda: no se decidía.

«Desconfiará de algo», pensó Fanferlot.

No, no es que el joven empleado desconfiara de algo, sino que, como tenía que cumplir un mandato, trataba de elegir el camino más breve para que no notaran su ausencia en el trabajo.

No tardó en decidirse: cogió el Faubourg Montmartre, lo recorrió, y siguió luego por la calle Notre-Dame-de-Lorette. Andaba muy deprisa, despreocupándose de los peatones con quienes tropezaba; el agente de seguridad tenía problemas para seguirlo.

Llegado a la calle Chaptal, Cavaillon torció en seco y entró en el número 39.

Apenas había dado tres pasos en el pasillo bastante estrecho de la entrada, cuando notó que alguien le tocaba en la espalda; se volvió violentamente y se encontró de bruces con Fanferlot.

Lo reconoció muy bien, tanto, que se puso blanco y retrocedió, buscando con la mirada una salida para escapar.

Pero el agente de seguridad, que había previsto el impulso, le cortó el paso. Cavaillon se sintió apresado.

—¿Qué quiere de mí? —preguntó con voz de angustia por el miedo.

Lo que distinguía a Fanferlot, apodado *El Ardilla,* de sus colegas era sobre todo su extremada dulzura y su urbanidad incomparable. Era correcto incluso con sus clientes y utilizaba los mayores cuidados, las fórmulas más generosas de cortesía, para echarles el guante y meter en prisión a la gente.

—Dígnese excusar la gran libertad que me tomo —respondió—, pero quisiera obtener de su amabilidad una pequeña información.

—¿Una información mía?

—Sí de usted, del señor Eugène Cavaillon.

—Pero si yo no lo conozco.

—Oh, claro que sí. Me ha visto muy bien esta mañana. Es muy poca cosa, por lo demás, y, si quisiera hacerme el favor de aceptar mi brazo y salir unos momentos conmigo, se lo agradecería mucho.

¿Qué hacer? Cavaillon cogió el brazo de Fanferlot y salió con él.

La calle Chaptal no era de esas calles ruidosas y agobiantes, donde los coches suponen para el peatón un constante peligro. No había en ella más de tres o cuatro tiendas, y desde la esquina de la calle Fontaine, ocupada por una farmacia, hasta enfrente de la calle Léonie se prolonga un gran muro sombrío sólo interrumpido aquí y allá por pequeñas ventanas que dan luz a una serie de talleres de carpintería. Era una de esas calles donde se puede hablar tranquilamente, sin verse forzado a cada momento a abandonar la acera. En ella Fanferlot y Cavaillon no tenían que temer ser molestados por los caminantes.

—Mi querido señor —empezó el agente de seguridad—, se trata de que esta mañana el señor Prosper Bertomy le lanzó muy habilidosamente un trozo de papel.

Cavaillon lo había presentido ligeramente y se había estado preparando para el caso, poniéndose en guardia.

—Se confunde usted —respondió, colorado hasta las orejas.

—Perdone, créame que sentiría mucho tener que desmentirlo, pero estoy convencido de lo que digo.

—Le aseguro que Prosper no me ha dado nada.

—Por favor, no lo niegue —insistió Fanferlot—, me obligaría a demostrarle que cuatro empleados han visto cómo Prosper le arrojaba a usted un papel escrito a lápiz y doblado.

El joven empleado comprendió que era una locura empeñarse ante un hombre tan bien documentado, y cambió de táctica.

—Bueno —dijo—, es verdad, he recibido un papel de Prosper, pero como era para mí solo, después de haberlo leído lo he roto y he lanzado los trozos al fuego.

Podía ser verdad, Fanferlot lo temió, pero ¿cómo convencerse de ello? Recordó que las habilidades más groseras son la que tienen más éxito y, confiando en su buena suerte, dijo al azar:

—Me permito hacerle notar, caballero, que no es cierto; le han entregado el escrito para que lo transmita a Gypsy.

Un gesto angustiado de Cavaillon dio a entender al agente que no se había equivocado y suspiró.

—Le juro, señor... —comenzó el joven empleado.

—No jure —interrumpió Fanferlot—. De nada servirían todos los juramentos del mundo. No solamente usted no ha roto ese papel, sino que ha entrado en esta casa para dárselo a quien le corresponde y lo tiene en su bolsillo.

—¡No, señor, no!

Fanferlot, sin tener en cuenta la negativa, continuó con su voz más dulce:

—Y ahora estoy seguro de que tendrá la amabilidad de entregármelo. Créame que sin una absoluta necesidad...

—¡Jamás! —respondió Cavaillon.

Y, considerando que era el momento más oportuno, intentó, dando un brusco tirón, liberarse del brazo del Fanferlot y escapar. Su intención no tuvo suerte, el agente era tan fuerte como dulce.

—Tenga cuidado, no vaya a hacerse daño, jovencito, y hágame caso, déme el papel.

—¡No lo tengo!

—Va usted a obligarme a acciones violentas. ¿Sabe lo que va a ocurrir si sigue negándose? Llamaré a dos policías, que lo cogerán cada uno de un brazo y lo llevarán a la Comisaría, y allí tendré la obligación de registrarlo por las buenas o por las malas. Dése cuenta, me disgustaría mucho.

Aunque Cavaillon era leal a Prosper, había visto claro como el día que no llevaría a nada el resistir y que para destruir «el cuerpo del delito» no había tiempo. En tales circunstancias entregar la nota no era traicionar; se resignó, entonces, maldiciendo su impotencia, llorando casi de rabia.

—Usted es más fuerte, obedezco.

Al mismo tiempo extrajo de su cartera el maldito papel y se lo dio al agente de seguridad. Las manos de Fanferlot temblaban de gusto mientras desdoblaba el papel, y sin embargo, atento a sus hábitos de detallismo y cortesía, no dejó de inclinarse delante de Cavaillon una vez abierto, susurrando.

—¿Mi querido señor, me permite, verdad? Siento en el alma esta indiscreción.

Por último leyó:

«Querida Nina:

»Si me amas, obedéceme al momento, sin un instante de duda. Cuando recibas estas letras coge todo lo que tengas y encuentres en casa *—com-*

pletamente todo— vete a la otra punta de París y cobíjate en cualquier piso amueblado. No te dejes ver, desaparece lo antes posible. De tu obediencia quizá depende mi vida. Estoy culpado de un robo considerable y voy a ser arrestado. Debe de haber en el secreter unos quinientos francos, cógelos. Deja tu dirección a Cavaillon, que te aclarará lo que no puedo decirte. Buena suerte al menos y hasta pronto.

Prosper.»

Cavaillon, ya más calmado, pudo admirar en el rostro del agente todos los signos de una inmensa desolación. Fanferlot se había creado la ilusión de que iba a adueñarse de un documento de vital importancia y quién sabe si de una prueba irrecusable de la inocencia o la culpabilidad de Prosper. En lugar de esto, acababa de apropiarse de una carta de enamorado, en la que se preocupaba menos por él que por la mujer querida.

Por más que se estrujase el cerebro, no descubría en la carta ningún detalle preciso, ningún sentido determinado. Nada venía a probar ni a favor ni en contra de quien la había escrito.

Es cierto que las dos palabras «completamente todo» estaban subrayadas, ¡pero podían interpretarse de tantas formas!...

Pero el agente de seguridad pensó que tenía que seguir.

—¿Esta Nina Gypsy —preguntó a Cavaillon— es sin duda una amiga de Bertomy?

—Es su amante.

—¡Ah! ¿Y vive aquí en el número treinta y nueve?

—Ya lo sabe usted, ya que me ha visto entrar.

—Lo sospechaba, querido señor. Pero dígame: ¿el apartamento que ocupa está alquilado a su nombre?

—No, ella vive en casa de Prosper.

—Perfecto. ¿Y en qué piso, por favor?

—Primero.

Fanferlot había vuelto a doblar cuidadosamente el papel en sus pliegues y se lo introdujo en el bolsillo.

—Mil gracias, caballero —dijo—, por sus informaciones; a cambio, si le parece, voy a evitarle el camino que tendría que hacer.

—¡Señor!...

—Con su permiso, yo mismo daré esta carta a la señora Nina Gypsy.

Cavaillon tuvo cierto impulso de resistencia, quiso discutir, pero Fanferlot llevaba prisa e interrumpió en seco sus observaciones:

—Voy a atreverme, querido señor —le dijo—, a darle un consejo que considero oportuno. Yo, en su lugar, volvería tranquilamente a mi oficina y ya no me metería para nada, pero lo que se dice para nada, en este tema.

—Pero, señor, Prosper ha sido mi protector, me ha sacado de la pobreza, es mi amigo.

—Razón de más para que esté calmado. Vamos a ver, ¿puede ayudarlo ahora en algo? No, y yo le diría más, por el contrario puede perjudicarlo. Sabe que usted le es leal: ¿no notarán su ausencia? Si se mueve mucho, si intenta dar pasos que no llevan a ningún sitio, ¿no se los interpretarán mal?

—Prosper es inocente, señor, estoy convencido.

Fanferlot también era de esa misma opinión, pero no le interesaba que le adivinaran su pensamiento interno. En beneficio de las próximas investigaciones le convenía imponer al joven empleado moderación y discreción. De buena gana le hubiera suplicado que callara todo lo que había sucedido entre ellos, pero no se atrevió.

—Es muy posible que lo que usted dice sea verdad —respondió— y lo espero por el señor Bertomy. Lo deseo sobre todo por usted, porque, si él es culpable, usted será molestado, dada su expresa amistad con él, y quizá incluso culpado de complicidad.

Cavaillon bajó la cabeza; estaba horrorizado.

—Así que, créame, jovencito —continuó Fanferlot—, regrese a su trabajo y... hasta que tenga el placer de volverlo a ver.

El pobre muchacho obedeció. Lentamente, con el corazón encogido, volvió a tomar la calle Notre-Dame-de-Lorette. Se preguntaba cómo ayudar a Prosper, cómo avisar a la señora Gypsy, cómo sobre todo vengarse de aquel miserable agente de policía que acababa de avergonzarlo tan violentamente.

En cuanto desapareció del ángulo de la calle, Fanferlot entró en el portal, dio al portero el nombre de Prosper Bertomy, subió y llamó en la puerta del primer piso.

Un criado de unos quince años, que vestía una graciosa librea, le abrió.

—¿La señora Nina Gypsy? —preguntó.

El pequeño criado dudaba; al observarlo, Fanferlot le mostró su carta.

—Vengo de parte del señor Prosper —insistió—. Tengo que entregar esta carta a la señora y esperar su respuesta.

—Entre entonces, voy a avisar a la señora.

El nombre de Prosper había producido su efecto. Fanferlot fue acompañado hasta un pequeño salón, decorado con damasco de seda botón de oro, realzado con pasamanerías y adornos de un azul intenso. Las ventanas lucían triple cortinilla, había cortinas en todas las puertas y una magnífica alfombra cubría el entablado.

—¡Diablo! —murmuró el agente—. No vive mal nuestro cajero.

Pero no le dio tiempo a continuar su inventario; una de las cortinas se abrió y apareció Nina Gypsy.

Nina Gypsy es, o mejor dicho era entonces, una mujer muy joven, débil, delicada, bella, morena o más bien de un dorado color cuarterón de la Habana, de pies y manos de niña. Pestañas alargadas, suaves, rizadas, ocultaban el brillo demasiado vivo de sus grandes ojos negros; labios algo gruesos, que sonreían sobre unos dientes más blancos que los de un felino, dientes finos, resplandecientes nacarados, agudos y voraces. Todavía no estaba arreglada e iba cubierta con gesto fiolero en un amplio batín de terciopelo, a través de cuyas aberturas asomaban los pliegues de encaje de su camisón. Pero en cambio ya había pasado por las manos del peluquero o de una experimentada doncella. Sus cabellos caían en tirabuzones por delante de la frente y, recogidos con cintas de terciopelo rojo, venían a reunirse en un enorme moño, muy arriba, sobre la nuca.

Estaba encantadora así, de una belleza tan insolente y llamativa, que Fanferlot quedó anonadado y sin palabras.

«¡Diantre! —se dijo, pensando en la noble y sobria belleza de Madeleine, percibida unas horas antes—. Tiene buen gusto nuestro cajero, muy buen gusto..., demasiado buen gusto.»

Mientras pensaba de este modo, confuso, preguntándose cómo iniciar la conversación, la señora Gypsy lo observaba de arriba abajo con gesto displicente, asombrada de ver en su salón a aquel personaje malévolo y raído, con un sombrero grasiento mal adornado con una cinta.

Sabiendo que tenía acreedores, buscaba en su memoria quién podía tener aquel aspecto de subalterno, o al menos quién podía permitirse enviar a aquel ruin a limpiarse sus viejas botas en la cuidada lana de su alfombra.

Concluida su observación.

—¿Qué desea? —dijo, moviendo sus párpados con aire soez.

A cualquier otro le hubieran molestado aquellas miradas y aquel tono; no así a Fanferlot, que no prestó a ello el mínimo interés, excepto para sacar algunas conclusiones sobre el carácter de la joven.

«No es buena persona —pensó—, y de educación, nula.»

Tardaba en contestar, y Nina dio un golpe de impaciencia en el suelo.

—¡Hable! —repitió—. ¿Qué quiere usted?

—Estoy encargado, querida señora dijo el agente de seguridad, con su más dulce y humilde voz—, de entregarle este breve mensaje del señor Bertomy.

—¡De Prosper!... ¿Lo conoce, entonces?

—Tengo ese placer, e incluso, si me permite expresarme así, soy uno de sus amigos.

—¡Oiga usted!... —dijo la señora Gypsy, dañada en su amor propio.

Fanferlot no se dignó contestar a la injuriosa exclamación. Codicioso como era, el desprecio resbalaba sobre él, como la lluvia sobre una capa grasienta.

—He dicho uno de sus amigos —destacó—, y estoy convencido de que pocas personas tendrían ahora el valor de confesar claramente su amistad por él.

El agente de seguridad se manifestaba con una seriedad tan convincente, que la señora Gypsy quedó asombrada.

—No he sabido nunca adivinar acertijos —dijo muy bruscamente—. ¿Qué pretende decir, por favor?

El hombre de la Prefectura de policía extrajo lentamente de su bolsillo la carta que había quitado a Cavaillon y, enseñándosela a la señora Gypsy:

—Léala —dijo.

Nina Gypsy no tenía por qué presentir ninguna desgracia. Aunque no tuviera la menor necesidad de ello, se ajustó a la nariz un gracioso binóculo, antes de abrir el papel.

Lo pudo leer entero de un solo golpe de vista.

Primero se puso pálida, luego muy alterada; un estremecimiento la sobrevino de pies a cabeza; sus piernas flaqueaban; se mareaba. Fanferlot, temiendo que fuera a caerse, le extendió los brazos para mantenerla.

Precaución inútil: la señora Gypsy era de esas mujeres cuya aparente y despreocupada debilidad esconde una energía endiablada, seres frágiles cuya fuerza de resistencia no tiene límites; gatas por sus encantos y delicadezas, gatas sobre todo por sus nervios y sus músculos de acero.

La impresión del golpe que acababa de recibir duró lo que dura un relámpago. Perdió el equilibrio, pero no cayó. Se incorporó más fuerte, cogió por las muñecas al agente de seguridad, agarrándolas con sus suaves manos hasta casi hacerlo gritar.

—¡Explíquese! —dijo—. ¿Qué significa todo esto? ¿Sabe lo que dice esta carta?

Por osado que fuera y por acostumbrado que estuviera a enfrentarse con peligrosos granujas, Fanferlot casi sintió miedo de la cólera de la señora Nina.

—Por desgracia, sí —contestó.

—¡Quieren detener a Prosper, se le culpa de haber robado!...

—¡Sí, creen que ha robado trescientos cincuenta mil francos de la caja!

—¡Es falso! —exclamó la joven—. ¡Es una infamia y algo ridículo!

Había soltado las muñecas de Fanferlot y su ira, auténtica rabia de niña mimada, se desfogaba en gestos alocados. Bien poco se preocupaba ahora de su hermoso batín y de sus majestuosos encajes, que desgarraba insensiblemente.

—¡Robar Prosper! —decía—. Sería demasiado torpe. ¡Robar! ¿Por qué iba a hacerlo? ¿No tiene una gran fortuna?...

—Precisamente, hermosa señora —insinuó el agente de seguridad—, dicen que el señor Bertomy no es rico, que sólo cuenta para vivir con su sueldo.

Esta respuesta pareció destrozar todas las ideas de la señora Gypsy.

—Sin embargo —insistió ella—, yo le he visto siempre con mucho dinero. Si no es rico..., entonces...

No se atrevió a concluir, pero sus ojos se encontraron con los de Fanferlot y se comprendieron.

La mirada de Nina quería decir: «Habrá robado por mí, para mis lujos, para mis antojos.» «Quizá», respondía la mirada del agente.

Pero unos momentos de meditación devolvieron a la joven su primer coraje. La duda que con su ala había rozado su espíritu alzó el vuelo.

—¡No! —exclamó—. Lamentablemente Prosper nunca habría robado un céntimo por mí. Que un cajero saque a manos llenas de la caja que tiene bajo su responsabilidad para una mujer a quien ama, es comprensible y se justifica; pero Prosper no me ama, nunca me ha amado.

—¡Oh, bella dama! —protestó el cortés y educado Fanferlot!—. Usted no cree lo que está diciendo.

Ella movió lamentablemente la cabeza; una lágrima a duras penas retenida tamizaba el brillo de sus bellos ojos.

—Lo creo —dijo— y es la verdad. Me dirá que Prosper se desvivía para anticiparse a todas mis locuras. ¿Qué demuestra eso? Cuando yo le digo que no me ama, y estoy demasiado segura de ello, sé lo que digo. Una vez en mi vida he sido amada por un hombre de corazón y, por lo que sufro desde hace un año, entiendo hasta qué punto lo he hecho desgraciado. Yo no soy nada en la vida de Prosper, solamente un accidente...

—Pero entonces, ¿por qué...?

—Ah sí —interrumpió la señora Gypsy—. ¿Por qué? Sería usted maravilloso si pudiera decírmelo. Hace un año que busco una respuesta inútilmente a esta pregunta terrible para mí, ¡y soy una mujer!... Pero vaya usted a adivinar el pensamiento de un hombre tan dueño de sí que no deja revelar nada de lo que pasa en su interior. Lo he observado, como solo una mujer sabe observar al hombre de quien depende su futuro. ¡Tiempo perdido! Es bueno, es tierno, pero no ofrece la menor grieta. El que lo considere débil se confunde. Ese hombre de cabellos rubios es un bloque de acero bajo apariencias débiles...

Llevada por la violencia de sus sentimientos, Nina dejaba reflejar el fondo de su alma. Hablaba sin desconfianza, no pudiendo dudar de la condición del hombre que la escuchaba, que le era desconocido, pero en quien veía un amigo de Prosper.

Fanferlot, por su parte, se enorgullecía por su suerte, y por su talento. No hay nada como una mujer para configurar un retrato semejante. En un momento de exaltación acababan de darle un informe, el más valioso que cabía. A partir de ahora sabía con qué hombre tenía que enfrentarse, lo que en toda investigación es el punto esencial.

—Dicen —se atrevió a señalar— que Bertomy es jugador, y el juego lleva muy lejos.

La señora, Gypsy se encogió de hombros.

—Sí, es cierto —respondió—, juega. Lo he visto perder o ganar considerables cantidades sin el menor entusiasmo. Juega, pero no es jugador. Juega igual que come, bebe, y hace locuras: sin pasión, sin atracción, sin placer. A veces me da miedo; me parece que arrastra un cuerpo sin alma. Ah, no soy nada feliz, qué quiere que le diga. No he encontrado nunca en él más que una inmensa indiferencia, tan inmensa, que con frecuencia me ha parecido desesperación. ¿Que este hombre haya podido robar? ¡Vamos! Mire, nadie me quitará la idea de que hay algo terrible en su vida: un misterio, no sé qué, pero algo.

—¿Y, no le ha mencionado nunca su pasado?

—¿Él?... ¿Es que no me ha oído usted? Ya se lo he dicho, no me ama.

La dulzura había ido ganando a Nina poco a poco. Lloraba, enormes lagrimones caían silenciosos por sus mejillas. Pero sólo fue un momento de desesperación. Enseguida se recuperó; tenía la mirada inflamada de las generosas decisiones.

—Yo en cambio sí lo amo —exclamó— y me toca salvarlo. Ah, si pudiera hablar con su jefe, con ese miserable que lo culpa y con los jueces y con todo el mundo. Si está detenido, yo demostraré que es inocente. Venga conmigo, señor, vamos y le prometo que antes de terminar el día será libre o estaré detenida con él.

El plan de la señora Gypsy era, sin duda, plausible y dictado por los sentimientos más nobles; pero por desgracia era irrealizable. Tenía, por si fuera poco, la dificultad de perjudicar los planes del agente de seguridad.

Fanferlot, aunque decidido a no compartir ni los inconvenientes ni los beneficios de la investigación, comprendía muy bien que no podría ocultar la existencia de Nina al juez de instrucción. Un día u otro entraría obligatoriamente en el sumario y sería buscada. Por eso, sobre todo, no quería que la señora Gypsy actuara por su propia cuenta. Se proponía hacerla aparecer cuando y como él considerase oportuno, con el fin de atribuirse en cualquier caso y sin reparo el éxito de haberla descubierto.

De este modo, se propuso en primer lugar calmar completamente la exaltación de la joven. Pensó que le sería fácil demostrarle que cualquier paso dado en favor de Prosper sería una completa locura.

—¿Qué iba usted a ganar, querida señora? —le decía—. Nada. No tiene la menor posibilidad de triunfo, se lo aseguro. Piense además que saldría profundamente comprometida. Quién sabe si la justicia no iría a considerarla cómplice de Bertomy.

Pero aquellas inquietantes ideas, que habían asustado a Cavaillon y le habían hecho entregar estúpidamente una carta que le hubiese sido tan fácil defender, no hicieron más que estimular el ánimo de la señora Gypsy. Y es que el hombre calcula mientras que la mujer sigue las inspiraciones del corazón. Allí donde el leal amigo duda y retrocede, la mujer avanza con la cabeza baja, sin interesarse por los resultados.

—¡Qué importa el riesgo! —exclamó—. No creo que lo haya, pero, si lo hay, mucho mejor, ello dará algún valor a una labor tan natural. Estoy convencida de que Prosper es inocente, pero, si por un imposible fuera culpable, entonces yo quiero compartir el castigo que le espera.

La insistencia de la señora Gypsy empezaba a ser alarmante. Se había cubierto rápidamente con un gran chal y colocado el sombrero. Vestida así, en bata y zapatillas, estaba dispuesta a salir a la calle e ir a buscar a todos los jueces de París.

—¿Viene usted conmigo? —preguntó con exaltada impaciencia—. ¿Viene o no?

Pero Fanferlot no estaba decidido de ningún modo. Afortunadamente era hombre con recursos. Viendo que las consideraciones personales no tenían ninguna validez para aquella naturaleza enérgica, decidió apelar al interés mismo de Prosper.

—Estoy completamente a su disposición, hermosa dama —contestó—; salgamos. Déjeme, sin embargo, decirle, mientras quede tiempo, que con todo esto muy probablemente vamos a hacer un débil servicio al señor Bertomy.

—¿Me puede explicar por qué?

—Porque realizando unos trámites con los que no cuenta, vamos a destrozar sus planes, según parece decir en la carta.

La joven tuvo un gesto de imprudente orgullo: no tenía miedo de nada.

—Hay personas —respondió— a las que hay que salvar sin avisarlas y casi a pesar de ellas mismas. Conozco a Prosper, es un hombre dispuesto a dejarse matar sin luchar, sin decir una palabra, a abandonarse por indiferencia, por desesperación.

—Perdone, mi querida señora, perdone —intervino el agente de seguridad—. No parece que el señor Bertomy sea de los que se abandonan, como usted dice. Por el contrario, me inclino a pensar que tiene un plan de defensa muy estudiado. ¿Está segura de no perjudicar sus más seguros medios de explicación, dejándose ver cuando él le aconseja esconderse?

La señora Gypsy tardó en contestar; analizaba el valor de las objecciones de Fanferlot.

—Pero yo no puedo quedarme con los brazos cruzados —continuó—, sin intentar colaborar en algo para salvarlo. ¿No entiende que el suelo me quema bajo los pies?

Es claro que su decisión ya se hubiera roto de no tener una seguridad tan profunda. Pero el hombre de la Prefectura presintió que iba a ganar la partida, y aquella seguridad, que le dejaba más libre el espíritu, añadió autoridad a su elocuencia.

—En su mano tiene —continuó— un medio bien simple de ayudar al hombre a quien ama.

—¿Cuál, señor, cuál?

—Obedecerlo hija mía —pronunció paternalmente Fanferlot.

No era el consejo que ella esperaba.

—¡Obedecer!... —murmuró—. ¡Obedecer!...

—Esa es su obligación —continuó Fanferlot, que se volvió grave y digno—, su sagrada obligación.

Como todavía dudaba, Fanferlot, recogiendo de la mesa la carta de Prosper que ella había dejado allí, continuó:

—¡Cómo! ¡El señor Bertomy le escribe, en un momento terrible para él, cuando va a ser arrestado, trazándole su conducta, y usted quiere romper esa sabia precaución! ¿Qué opina de ello? Mire, releamos juntos la carta, que es como el testamento de su libertad. Le dice: «Si me amas, obedéceme...». Y usted duda en acatarlo. Continúa diciendo: «De tu obediencia quizá depende... mi vida...» ¿No lo ama usted acaso? ¡Vamos! ¿No comprende, pobre hija, que el señor Bertomy tiene sus poderosas razones, terribles, para decirle que huya y se esconda...?

Fanferlot tenía preparado este discurso desde que puso el pie en el apartamento de la calle Chaptal y, si no lo había declarado antes, fue porque lo guardaba, igual que un general hace con su reserva, para decidir la victoria.

La señora Gypsy era lo bastante inteligente para llegar a entenderlo.

—¡Razones!... —comenzó—. ¡Lo que Prosper quería era mantener oculta nuestra relación!...

Se quedó un momento pensativa; de pronto se le encendió como una luz en su mente y exclamó:

—¡Sí, ahora comprendo! ¡Qué loca estoy, cómo no lo he visto enseguida! Claro, mi presencia aquí, donde llevo un año viviendo, sería para él un enorme cargo. Harían el inventario de todo lo que tengo, de mis vestidos, de mis encajes, de mis joyas, y mi lujo se lo imputarían como crimen. Le preguntarían que de dónde había sacado tanto dinero para darme más de lo que puedo esperar.

El agente bajó la cabeza en señal de afirmación.

—Así es, efectivamente —respondió.

—¡Pero entonces tengo que escapar, escapar rápido! Quién sabe si la policía no está ya avisada y se presente de un momento a otro.

—Oh —intervino Fanferlot con aire calmado—, hay tiempo. La policía no es tan hábil ni tan rápida.

—¡No importa!...

Y, dejando solo al agente de seguridad, Nina se dirigió a su alcoba, llamando a gritos a la doncella, a la cocinera, al pequeño criado y mandándoles vaciar cajones y armarios, meter a presión en las maletas todo lo que tenía, pero sobre todo darse prisa, correr.

Daba ejemplo ella misma, ansiosamente, cuando una idea le aproximó a Fanferlot.

—Todo está preparado enseguida —dijo—. Pero ¿dónde ir?

—¿No se lo dice el señor Bertomy, querida señora? ¡Al otro lado de París! A un piso amueblado, a un hotel.

—Es que no conozco ninguno.

El hombre de la Prefectura puso cara de estar pensando. A pesar de ello, tenía que hacer grandes sacrificios para esconder la particular alegría que resplandecía en sus pequeños ojos redondos.

—Conozco uno —dijo finalmente—, pero no sé si le interesará, quizá no. No tiene este lujo, señora...

—¿Estaré bien allí?

—Con mi recomendación será tratada como una reina, y sobre todo estará escondida.

—¿Dónde está?

—Al otro lado del río, en el Quai Saint-Michel, hotel *Grand-Archange,* a cargo de la señora Alexandre.

Nina nunca había sido indecisa en tomar decisiones.

—Pues ya puede empezar a escribir —le dijo al agente—: escriba su carta de recomendación.

En un minuto estuvo concluida.

—Con estas tres líneas, hermosa dama —dijo—, hará de la señora Alexandre lo que quiera.

—Muy bien. ¿Cómo avisar ahora a Cavaillon de mi dirección? Era él quien debía haberme entregado la carta de Prosper...

—No ha podido venir, querida señora —interrumpió el agente de seguridad—, pero voy a verlo enseguida y le diré dónde puede encontrarla...

La señora Gypsy quería mandar a buscar un coche y Fanferlot, que dijo que tenía prisa, se encargó de hacerlo. Era una buena excusa para escabullirse.

Por lo demás tenía un buen día. Un coche de punto pasaba en aquel momento por delante de la casa. Lo detuvo.

—Mira —dijo al cochero, después de haberse presentado—. Atenderás a una mujer morena que va a bajar con su equipaje. Si te pide que la lleves al Quai Saint-Michel, haz sonar el látigo. Si te da otra dirección, baja del coche como para arreglar algo; yo estaré atento para ver y oír.

Cruzó la calle y se detuvo en la casa de bebidas de enfrente. Estaba un poco confuso por todo lo que había oído y, no sabiendo qué pensar realmente, necesitaba aclarar sus ideas.

Casi no tuvo tiempo: unos enormes latigazos rompieron el silencio de la calle. Nina se dirigía al *Grand-Archange.*

—¡Vaya! —exclamó felizmente—. Por lo menos a ésta la tengo en mis manos.

4

Al mismo tiempo en que Nina Gypsy salía a buscar cobijo al hotel que le había indicado Fanferlot, Prosper Bertomy se introducía en los calabozos de la Prefectura de policía.

Desde el momento en que, dueño de sus pensamientos, había conseguido recuperar su fuerza habitual, volvió a hacer gala de su sangre fría. La gente que le rodeaba —sagaces observadores— le estaban espiando inútilmente en busca de cierta angustia en su mirada, de una confusa expresión en su fisonomía: lo encontraron de mármol. De no ser por cierta fatiga dolorosa que se deducía de su respiración más acelerada o por unas gotas de sudor que salían de sus sienes reflejos de horribles angustias, se le hubiera podido considerar indiferente a su terrible situación.

En la comisaría, donde había estado más de dos horas, mientras esperaban órdenes, estuvo conversando con los dos agentes que lo custodiaban. Hacia el mediodía manifestó que necesitaba tomar algo. Le trajeron comida del restaurante próximo: comió con bastante apetito y se bebió casi una botella de vino.

Durante su permanencia allí desfilaron delante de él por lo menos diez agentes y muchos empleados de la jefatura, de los que vienen a solucionar asuntos a la comisaría, para admirar por curiosidad su coraje. Todos sacaron la misma conclusión en los mismos o similares términos.

—¡Es un tremendo granuja!

—¡Demasiado tranquilo el mozo para ser leal!

Cuando le comunicaron que un coche lo esperaba abajo, se levantó enérgicamente. Antes de bajar pidió licencia para encender un cigarro, lo cual le fue concedido.

En la puerta de la comisaría se encontraba, como era habitual, una florista. Le compró un ramillete de flores. La vendedora, comprendiendo que iba arrestado, le dijo a modo de agradecimiento:

—¡Buena suerte, pobre hombre!

Pareció afectarle aquella prueba corriente de interés y respondió:

—Gracias, buena mujer, pero ya hace tiempo que la perdí.

El tiempo era espléndido, un brillante día de primavera. Durante el recorrido que hacía el coche por la calle de Montmartre. Prosper asomó varias veces la cabeza por la portezuela del carruaje, lamentándose sonriente de que fueran a enclaustrarle en un día de tanto sol, con lo bien que se estaría libre.

—Es curioso —dijo—, pero jamás había tenido tantas ganas de caminar.

Uno de los guardianes, un hombre robusto y jovial, recibió el comentario con una enorme carcajada y dijo:

—Es comprensible.

A la entrada, mientras se cumplían las legalidades del registro. Prosper fue respondiendo a las preguntas necesarias que le dirigieron, con un orgullo mezclado con desdén.

Cuando, después de haberle ordenado vaciarse los bolsillos sobre la mesa, se aproximaron a él para cachearlo, salió de sus ojos un brillo de humillación y luego una lágrima que secó rápidamente el fuego de sus mejillas. Fue sólo un relámpago. Se dejó llevar, levantando los brazos mientras unas violentas manos lo registraron de arriba abajo para asegurarse de que no escondía bajo su ropa ningún objeto sospechoso.

El cacheo habría podido ir más lejos y hubiera sido ya claramente despreciable sin la intervención de un hombre de avanzada edad, de aspecto distinguido que llevaba una corbata blanca y gafas con varillas de oro; estaba calentándose al lado de la estufa y parecía encontrarse como en su casa. A la vista de Prosper, que entraba acompañado de los guardias, se le escapó un gesto de admiración y pareció sumamente conmovido; avanzó, incluso, para dirigirle la palabra, pero se arrepintió.

Por angustiado que estuviera el cajero, no pudo dejar de percibir que aquel hombre lo miraba fijamente. ¿Lo conocía? Se introdujo en su memoria y no recordaba haberlo visto.

Aquel hombre con aire de jefe de negociado no era otro que un ilustre empleado de la Prefectura de policía, el señor Lecoq.

En el instante en que los agentes que habían cacheado a Prosper se preparaban para quitarle las botas —¡una lima o un arma ocupan tan poco espacio!—, el señor Lecoq hizo una señal y dijo:

—Ya es suficiente.

Los otros obedecieron. Cumplidas todas las formalidades, finalmente condujeron al desgraciado cajero a una pequeña celda. La puerta, con gran refuerzo de cerrojos y cerraduras, se cerró detrás de él. Respiró, estaba solo.

¡Se imaginaba solo, totalmente solo! Desconocía que la prisión era de cristal, que el preso está allí como el miserable insecto bajo el microscopio del entomólogo. No sabía que los muros tienen los oídos siempre abiertos y las mirillas ojos siempre vigilantes.

Estaba tan convencido de estar solo, que su orgullo se rompió en un manantial de lágrimas y su máscara de indiferencia se le vino abajo. La rabia que llevaba en su interior estalló violenta y terrible, como un incendio incubado durante mucho tiempo que devora todas las materias inflamables.

Se enfureció locamente, gritó, lanzó maldiciones y blasfemias. Se dañó los puños contra los muros, en un acceso de rabia loca e impotente, como el de la bestia salvaje enclaustrada, después del primer momento de asombro.

Y es que Prosper no era lo que aparentaba. Aquel caballero orgulloso y correcto, especie de pisaverde glacial, tenía profundas pasiones y un enérgico temperamento.

Un día, a sus veinticuatro años, la ambición le había mordido el corazón. Sentía que la mediocridad le oprimía sus deseos, al igual que a un colegial el uniforme demasiado apretado, y cuando veía a esos ricachones a quienes el dinero les ponía en dominio de la varita mágica de las mil y una noches, codició su suerte.

Examinó los orígenes y el punto de partida de todos los ricos dueños de las grandes empresas financieras y reconoció que, en sus inicios, la mayor parte tenían menos que él.

¿Qué habían hecho para llegar tan alto? A base de energía, de inteligencia y de astucia. El pensamiento productivo había sido para ellos la lámpara maravillosa en manos de Aladino.

Juró imitarlos y triunfar como ellos. Desde aquel día, con una fuerza de voluntad mucho menos extraña de lo que se imaginaba, impuso silencio a sus instintos. Reformó, si no su carácter, sí el exterior de su carácter.

Y sus sacrificios no habían sido inútiles. Todo el mundo tenía esperanzas en su firmeza y en sus capacidades. Los que lo conocían decían:

—¡Llegará!

Y se encontraba allí, en prisión, acusado de un robo, es decir, destrozado.

Porque no se engañaba. Sabía que, inocente o culpable, el hombre de quien se sospecha está marcado con una mancha tan imborrable como la que en otras épocas dejaban las iniciales impresas con fuego en la espalda de los esclavos. Entonces ¿para qué luchar, de qué sirve un éxito que no evita la mancha?

Cuando, por la noche, el guardia de servicio le trajo su comida, lo encontró tumbado en el camastro, la cabeza hundida bajo la almohada, llorando a lágrima viva.

Ahora que estaba solo ya no tenía hambre; lo invadía un insoportable miedo; su voluntad perdida flotaba en una densa niebla.

Llegó la noche, larga terrible, y por primera vez tan sólo tenía para contar las horas el ritmo de las rondas con que hacían el relevo los centinelas. Sufría.

Por la mañana todavía dormía cuando la voz del carcelero retumbó en su celda.

—¡Vamos! —decía—. ¡A Instrucción!

De un salto se puso en pie. Iba, entonces, a ser interrogado.

«Adelante», se dijo, sin interesarse por el desorden de su aspecto.

Durante el trayecto, su guardián le dijo:

—Tiene suerte, le ha tocado una buena persona.

El guardián tenía mucha razón. Capacitado de una singular penetración, firme, incapaz de prejuicios, enemigo tanto de una falsa piedad como de una excesiva inflexibilidad, el señor Patrigent estaba notablemente dotado de todas las cualidades que exige la delicada y difícil labor del juez de instrucción.

Quizá careciera de esa agitada actividad, a veces necesaria, para golpear rápido y oportuno, pero poseía una de esas sólidas paciencias que nada agota ni desanima. Muy capaz, por otro lado, de continuar durante años con una instrucción, como lo hizo con el caso de los billetes belgas, cuyos hilos no acabó de atar hasta después de cuatro años de investigaciones.

En su despacho, por lo mismo, venían a desembocar los casos eternos, las investigaciones que quedaron a medio camino, los procesos inacabados.

Este es el retrato fiel, dentro de lo que cabe, del hombre al que iba llevado Prosper.

A Prosper lo condujeron por un trayecto casi laberíntico. Lo hicieron recorrer un largo pasillo, cruzar una sala llena de policías, bajar por una escalera, cruzar una especie de subterráneo, después subir una estrecha y empinada escalera que no terminaba nunca.

Por fin llegó a una larga y estrecha galería, muy baja de techo, llena de puertas numeradas.

El guardián del infeliz cajero lo detuvo delante de una de aquellas puertas.

—Ya hemos llegado —le dijo—. Aquí se va a decidir su suerte.

Así era: allí, detrás de aquella puerta, se encontraba un hombre que iba a interrogarlo y, según lo que contestase, sería puesto en libertad o el arresto del día anterior se convertiría en prisión preventiva.

Haciendo un enérgico almacenamiento de fuerzas, Prosper avanzaba decidido a la puerta cuando fue parado por su guardián.

—No, todavía no —le dijo—; no se entra así: siéntese y, cuando le llegue el turno, lo llamarán.

El desdichado obedeció y su guardián se sentó a su lado.

Nada más horroroso ni más tétrico que una espera en aquella funesta galería de los jueces de instrucción.

Pegado al muro, de un extremo al otro del mismo, había un largo banco de roble, oscurecido por el uso diario. La idea de que sobre él habían ido pasando uno por uno todos los procesados, todos los ladrones y asesinos del departamento del Sena, acudía a su mente inconscientemente.

Tarde o temprano, fatalmente, como la basura a las alcantarillas, el crimen llegaba a la terrible galería, que por un lado comunica con la prisión y por otro con el patíbulo. Allí estaba, según la trivial pero enérgica expresión de un Presidente, el lavadero público de toda la ropa sucia de París.

A la hora en que llegaba Prosper la galería estaba muy animada. El banco, ocupado casi completamente. A su lado, tan cerca que se rozaban, un hombre andrajoso, de tétrica figura.

Delante de cada puerta, una por cada juez de instrucción, grupos de testigos que susurraban. Constantes idas y venidas de los policías, cuyas duras botas retumbaban desde las baldosas, llevando y trayendo presos. A veces, sobre el sordo murmullo, se oía un sollozo, y una mujer, la madre o hermana de algún procesado, conducía el pañuelo a sus ojos. A intervalos cortos una puerta se abría y se cerraba y la voz de un guardia gritaba un nombre o un número.

El cajero se sentía desfallecer en medio de aquel espectáculo, de aquellos contactos estremecedores, en aquella atmósfera caliente y cargada de extraños olores, cuando un viejecito vestido de negro, con las señales propias de su honradez y una cadena de acero al pecho, gritó:

—¡Prosper Bertomy!

El infeliz se levantó de una vez y, sin saber cómo, se vio arrojado dentro del despacho del juez de instrucción.

De pronto quedó ciego. Acababa de abandonar un lugar muy oscuro y entraba en una sala cuya ventana situada frente a la puerta derramaba a raudales una luz brillante y chillona.

El despacho, como todos los de la galería, no tenía un aspecto particular. Podía ser el de cualquier hombre de negocios. Estaba empapelado con un papel vulgar verde profundo y una lamentable alfombra con simples dibujos negros cubría el pavimento.

Entre la puerta y la ventana, una gran mesa cubierta de papeles, detrás de la cual estaba sentado el juez, de cara a los que entraban, de tal modo que su rostro quedaba en la sombra, mientras que la luz daba de lleno en el de los acusados o testigos. A la derecha, en una pequeña mesa, estaba el escribano, ese indispensable auxiliar del juez.

Prosper no notó ninguno de esos detalles. Su atención se había manifestado en el magistrado y, a medida que lo iba analizando mejor, se decía que el guardián no lo había engañado.

La verdad era que la cara del señor Patrigent, una cara irregular, de cortas patillas pelirrojas, exaltada por ojos vivos y delicados que respiraban bondad, era de las que sosegaban y acaparan desde el primer momento.

—Tome asiento —dijo a Prosper.

El procesado fue mucho más sensible a dicha atención, ya que esperaba ser tratado con el mayor desprecio. Lo consideró una buena señal y le devolvió algo de libertad de espíritu.

El señor Patrigent acababa de hacer una señal a su escribano.

—Comenzamos, Sigault —dijo—. Atención.

Y, girándose hacia Prosper:

—¿Cómo se llama? —preguntó.

—Auguste-Prosper Bertomy.

—¿Qué edad tiene?

—Cumpliré treinta años el próximo cinco de mayo.

—¿Cuál es su profesión?

—Soy..., es decir, era, el cajero del Banco André Fauvel.

El magistrado lo interrumpió para consultar una pequeña agenda que tenía al lado. Prosper seguía atentamente todos sus movimientos y se disponía a esperar, diciéndose que jamás un hombre con una actitud tan poco preparada en su contra podría retenerlo en prisión.

Una vez hallada la información que buscaba, el señor Patrigent continuó el interrogatorio.

—¿Donde vive? —preguntó.

—En la calle Chaptal, número treinta y nueve, desde hace cuatro años. Antes viví en el bulevar Des Batignolles, número siete.

—¿Dónde nació?

—En Beaucaire, región del Gard.

—¿Viven sus padres?

—Perdí a mi madre hace dos años, pero todavía conservo a mi padre.

—¿Vive en París?

—No, señor, vive en Beaucaire con mi hermana, que está casada con un ingeniero del canal del Midi.

Estas últimas preguntas fueron respondidas con una voz completamente angustiada. Si hay horas en la vida en las que el recuerdo de la familia reconforta y alivia, hay otras terribles en las que se desearía estar solo en el mundo y haber salido de un Hospicio.

La emoción de su interrogado cuando habló de sus padres, no pasó desapercibida, y lo anotó.

—¿Cuál es —continuó— la profesión de su padre?

—Ha sido ayudante de Obras Públicas; después empleado en el canal del Midi, como mi cuñado; ahora está jubilado.

Se produjo un silencio. El juez de instrucción había puesto su sillón de tal forma que, incluso pareciendo tener la cabeza girada, no perdía ni un detalle de la fisonomía de Prosper.

—Bueno —dijo de pronto— está usted acusado de haber robado a su jefe trescientos cincuenta mil francos.

Después de veinticuatro horas el desgraciado joven había tenido tiempo para familiarizarse con la lamentable idea de aquella acusación, y sin embargo, así formulada y detallada, lo horrorizó y le fue imposible pronunciar una sílaba.

—¿Qué tiene que contestar? —insistió el juez de instrucción.

—¡Soy inocente, señor, se lo juro, soy inocente!

—Lo deseo por usted —intervino el señor Patrigent—, y puede contar conmigo para ayudarlo con todas mis fuerzas a que se demuestre su inocencia. ¿Tiene al menos algunos hechos que alegar en su inocencia, algunas pruebas que aportar?

—¡Ah, señor, qué quiere que le diga cuando yo mismo no entiendo lo que ha podido suceder! Solamente puedo invocar toda mi vida...

El magistrado lo interrumpió con un gesto.

—Detallemos —dijo—: el robo ha sido cometido en tales circunstancias, que, según parece, las sospechas sólo pueden recaer en el señor Fauvel o en usted. ¿Se puede sospechar de alguna otra persona?

—No, señor.

—Usted se considera inocente; el culpable, por tanto, es el señor Fauvel.

Prosper no respondió.

—¿Tiene alguna razón —insistió el señor Patrigent— para creer que su jefe se haya podido robar a sí mismo? Dígalo, por insignificante que le parezca.

Y, como el procesado continuaba guardando silencio:

—Vamos —continuó el juez—, veo que aún necesita tiempo para pensar. Escuche la lectura de su interrogatorio, que le va a hacer el escribano, firme luego y lo devolveremos a la prisión.

El infeliz quedó asombrado. Se acababa de apagar la última esperanza que iluminaba su desolación. No oyó nada de todo lo que leía Sigault; firmó sin ver lo que firmaba.

Se tambaleaba tanto al salir del despacho del juez, que el guardián le aconsejó que se apoyase en él.

—¿No va bien la cosa, entonces? —le preguntó—. Vamos, hombre, hay que tener valor.

¡Valor! Prosper ya no lo tenía cuando llegó a su celda, pero sí rabia y con la rabia le entró también el odio en su corazón.

Había acudido al juez de instrucción con la intención de hablarle, de defenderse, de restablecer su inocencia, y no le habían dado tiempo para hacerlo. Se reprochaba amargamente haberse dejado llevar por las apariencias de tolerancia.

¡Qué burla! —decía—. ¿Eso es un interrogatorio?

No, no era un interrogatorio, sino una simple formalidad. El señor Patrigent había hecho presentarse a Prosper sólo para cumplir el artículo 93 del Código de instrucción criminal, que dice que «todo inculpado bajo orden de comparecencia será interrogado en un tiempo de veinticuatro horas».

Pero en veinticuatro horas, sobre todo en un caso como éste, carente de cuerpo de delito, de pruebas materiales, de toda muestra ni siquiera, un juez de instrucción podía reunir los elementos para un auténtico interrogatorio.

Si se quiere despojar la empeñada defensa de un procesado que se obstina, como en una fortaleza, en la negación absoluta, se necesitan armas. A lo que se disponía ahora el señor Patrigent era a preparar dichas armas.

Si Prosper hubiera permanecido una hora más en la galería, habría podido ver que el mismo guardia que le había llamado a él salía del despacho del juez de instrucción y gritaba:

—¡El número tres!

El testigo que tenía el número 3 y estaba sentado en el banco de madera esperando su turno era André Fauvel.

El banquero ya no era el mismo hombre. Mientras que en sus oficinas había aparecido como animado de intenciones benevolentes, ahora, una vez delante del juez, temblaba de humillación contra su cajero. La reflexión, que normalmente conduce con el serenamiento a la necesidad de perdonar, a él sólo le había aportado rabia y deseos de venganza.

Apenas le habían hecho las preguntas necesarias que abren todo interrogatorio, cuando guiado por su carácter fogoso rompió en reproches e incluso imaginaciones contra Prosper.

Fue necesario que el señor Patrigent le ordenase silencio, recordándole a su vez sus responsabilidades, cualquiera que hubieran sido los errores de su empleado.

Toda la tolerancia que había reflejado el juez de instrucción con el procesado ahora se convertía en exigencia y meticulosidad. El interrogatorio de Prosper no había sido más que un formalismo, la constatación de un hecho brutal. Ahora en cambio se trataba de buscar los hechos secundarios, las particularidades, de agrupar en un todo las circunstancias, incluso las más insignificantes en apariencia, para extraer de ahí una certeza.

—Procedamos por orden, señor —dijo al señor Fauvel—, y por el momento le ruego que se limite a responder a mis preguntas. ¿Duda usted de la lealtad de su cajero?

—¡Verdaderamente no! Y sin embargo mil razones deberían haberme inquietado.

—¿Qué razones, por favor?

—El señor Bertomy, mi cajero, era jugador, pasaba noches enteras jugando al bacará; supe que había perdido fuertes cantidades; mantenía malas relaciones. Una vez se vio relacionado con uno de los clientes de mi Casa, el señor Clameran, en un asunto de juego escandaloso, que se había iniciado en casa de una mujer y que concluyó en la comisaría.

Y durante más de un minuto el banquero atestiguó terriblemente contra Prosper. Cuando finalmente se detuvo:

—Reconozca —interrumpió el juez— que usted ha sido muy imprudente, por no decir culpable, al osar confiar su caja a semejante personaje.

—¡Ah! —respondió el señor Fauvel—, Prosper no ha sido siempre así. Hasta el año pasado había sido el modelo de los hombres de su edad. Admitido en mi casa, casi formaba parte de mi familia, pasaba todas sus veladas con nosotros, era el amigo íntimo de mi hijo mayor, Lucien. Luego, de súbito y de la noche a la mañana, dejó de visitarnos y no lo hemos vuelto a ver. Sin embargo tenía todos mis motivos para imaginar que estaba enamorado de mi sobrina Madeleine.

El señor Patrigent tuvo un leve fruncimiento de cejas, normal en él cuando creía haber captado alguna señal.

—¿No sería precisamente esa inclinación —preguntó— lo que habría llevado al distanciamiento del señor Bertomy?

—¿Por qué iba a serlo? —dijo el banquero como muy asombrado—. Yo le hubiera otorgado con el mayor placer la mano de Madeleine y, para serle sincero, creía que me la iba a pedir. Mi sobrina hubiera sido un buen partido, un imprevisto partido para él; es muy bonita y cuenta con medio millón de dote.

—¿Entonces usted no ve ningún motivo para la actitud de su cajero?

El banquero pareció pensarlo.

—Absolutamente ninguno —respondió—. Siempre he creído que Prosper había sido llevado fuera del carril por un joven que conoció en mi casa en esa época. El señor Raoul de Lagors.

—Ah... ¿quién es ese joven?

—Un pariente de mi mujer, un joven encantador, delicado de espíritu, bien educado, un poco alocado, pero muy rico para pagarse sus locuras.

El juez pareció desentenderse ya; anotó el nombre de Lagors en su agenda, debajo de una larga lista de nombres.

—Ahora —continuó— vayamos a los hechos: ¿Está usted convencido dc que el robo no ha sido realizado por nadie de su casa?

—Materialmente seguro, sí señor.

—¿Y usted no se aleja nunca de su llave, no es así?

—En pocas ocasiones; y, cuando no la llevo encima, la dejo en uno de los cajones del secreter de mi dormitorio.

—¿Dónde la tenía el día del robo?

—En mi secreter.

—Pero entonces...

—Perdone —se adelantó el señor Fauvel—, pero permítame resaltarle que en una caja fuerte como la mía la llave no significa nada. Lo importante es conocer la combinación la cual se han de combinar los cinco cilindros giratorios. Como mucho se podría abrir con la combinación y sin la llave, pero sin la combinación.

—¿Y no ha dado a nadie esta combinación?

—A nadie del mundo. Más aún, en ocasiones me las había visto y deseado para decir con qué palabra se había cerrado la caja. Prosper la cambiaba cuando le parecía: me lo decía, pero me olvidaba.

—¿La había olvidado el día del robo?

—No, la palabra había sido cambiada dos días antes y su peculiaridad me llamó la atención.

—¿Cuál era?

—Gypsy, G, y, p, s, y —dijo el banquero, deletreando.

También esta palabra fue anotada por el señor Patrigent.

—Otra pregunta —dijo—. ¿Estaba usted en casa la noche del robo?

—No, señor. Cené en casa de un amigo y pasé allí la velada. Cuando regresé a casa, hacia la una, mi mujer estaba acostada y me acosté inmediatamente.

—¿Ignoraba que la suma en cuestión estuviera en la caja?

—Totalmente. De acuerdo con mis órdenes terminantes tenía que suponer que habría allí una suma insignificante: así se lo manifesté ya al señor comisario y el señor Bertomy lo reconoció.

—Así es, consta en el atestado.

El señor Patrigent guardó silencio. Para él todo estaba en este hecho: «El banquero desconocía que hubiera en la caja 350.000 francos y Prosper había faltado a su obligación haciéndolos traer del Banco.» Por tanto... la conclusión era fácil de extraer.

Viendo que no se le preguntaba más, el banquero pensó que podía expresar todo lo que llevaba dentro aún.

—Yo me considero fuera de toda sospecha, señor —comenzó—, y sin embargo no dormiré tranquilo hasta que la culpabilidad de mi cajero quede completamente establecida. La calumnia se dirige con preferencia al hombre que ha vencido; yo puedo ser calumniado: trescientos cincuenta mil francos son una fortuna capaz de tentar al más rico. Le agradecería mucho que hiciera analizar la situación de mi Casa. Este análisis demostraría que no puedo tener ningún interés en robarme a mí mismo. La prosperidad de mis negocios...

—No es necesario, señor.

Efectivamente, no lo era. El señor Patrigent se había informado y sabía tan bien como el propio banquero a qué atenerse sobre su situación.

Le rogó que firmara su declaración y lo acompañó hasta la puerta de su despacho, extraña actitud por su parte.

Una vez que el señor Fauvel había salido. Sigault, el escribano, se permitió una observación.

—Vaya un caso endiabladamente oscuro —dijo—. Si el cajero es astuto y firme, va a ser muy difícil convencerlo.

—Es posible —respondió el juez—, pero conozcamos a los otros testigos.

El que tenía el número 4 no era otro que Lucien, el hijo mayor del señor Fauvel.

Este joven, alto y atractivo muchacho de veintidós años, respondió que quería mucho a Prosper, que había estado muy unido a él y que siempre le había considerado un hombre honrado, incapaz de una indelicadeza.

Declaró que todavía no había podido explicarse cómo y por qué serie de lamentables circunstancias Prosper habría podido llegar a realizar un robo. Se había dado cuenta de que Prosper jugaba pero no tanto como se pensaba. Nunca le había visto gastar más allá de sus posibilidades.

Con respecto a su prima Madeleine, respondió:

—Yo siempre pensé que Prosper estaba enamorado de Madeleine y hasta ayer mismo estuve convencido de que se casaría con ella, sabiendo que mi padre no se opondría al matrimonio. Siempre achaqué el abandono de Prosper a una discusión con mi prima, pero estaba convencido de que acabarían reconciliándose.

Estos informes aclaraban mejor aún que los del señor Fauvel el pasado del cajero, pero al parecer no aportaban ninguna prueba en la presente actitud.

Lucien firmó su declaración y se marchó.

Ahora le tocaba el turno del interrogatorio al joven Cavaillon.

Cuando se presentó ante el juez, el pobre muchacho se encontraba en un estado deplorable. El día anterior había contado, en secreto, su aventura con el agente de seguridad a un amigo pasante, quien se excedió reproduciéndole su cobardía. Sentía terribles remordimientos y pasó la noche reprochándose el haber perdido a Prosper.

Al menos tuvo el valor de esforzarse por arreglar lo que él denominaba su traición.

No acusó precisamente al señor Fauvel, pero declaró osadamente que era amigo del cajero y que estaba tan seguro de su inocencia como de la suya propia.

Por desgracia, y a falta de pruebas que aportar en apoyo de sus afirmaciones, su confesión de fogosa amistad restaba mucho de su valor a las declaraciones.

Después de Cavaillon fueron pasando por el despacho del juez seis u ocho empleados más de la Casa Fauvel, pero sus declaraciones fueron la mayoría insignificantes.

Uno de ellos, sin embargo, aportó un detalle que el juez anotó. Dijo que sabía que Prosper había negociado en la Bolsa, por mediación de Raoul de Lagors, y que había ganado importantes cantidades.

Eran las cinco cuando la lista de testigos citados para ese día se había terminado. Pero no la labor del señor Patrigent. Llamó a su guardia que enseguida apareció, y le dijo:

—Vaya lo más rápido que pueda a buscarme a Fanferlot.

El agente de seguridad se retrasó en obedecer las órdenes del juez. Había tropezado en la galería con uno de sus compañeros y se consideró obligado a un gesto de cortesía, hasta el punto de que el guardia se vio obligado a ofrecerle un momento de atención en el pequeño café del rincón.

—¿Desde cuándo se hace usted esperar? —dijo severamente el juez al verlo entrar.

Fanferlot, que había entrado realizando un profundo saludo que rozaba casi el suelo, se inclinó aún más si podía.

A pesar de su rostro sonriente, le asaltaban mil inquietudes. Para hablar sólo del caso Bertomy, le era necesario llevar un doble juego, en el que podía ser cogido. Al tener que nadar y guardar la ropa —lo que significaba compaginar su ambición con su obligación— corría enormes peligros, el menor de los cuales podía ser la pérdida del trabajo.

—He tenido muchas cosas que hacer —respondió para disculparse—, pero no he perdido el tiempo.

Y pasó enseguida a dar cuentas de los pasos efectuados. Lo hizo con dificultad, ya que hablaba con toda clase de restricciones, estudiando lo que debía decir y lo que podía callar. Así confesó la historia de la nota a Cavaillon, entregó incluso al juez el papel que había sustraído a Gypsy, pero no dijo nada sobre Madeleine. A cambio dio sobre Prosper y sobre la señora Gypsy un montón de detalles biográficos encontrado de aquí y de allá.

A medida que avanzaba en su relato se iban corroborando las ideas del señor Patrigent.

—No cabe duda —murmuró— de que este joven es culpable.

Fanferlot pasó por alto la reflexión. No compartía esa idea y le produjo una inmensa alegría ver que el juez estuviera tan desencaminado, lo que haría más glorioso —se decía— el descubrimiento del auténtico culpable, que le estaba reservado a él. Lo malo era que todavía no sabía cómo llegar a tan bello resultado.

Recibidos todos estos informes, el juez despidió a su agente, dándole diversas tareas y citándolo para el día siguiente.

—Sobre todo —le dijo, terminando— no pierda de vista a la muchacha

Gypsy; ella debe de saber dónde se esconde el dinero y puede situarnos en la pista.

Fanferlot sonrió maliciosamente.

—El señor juez puede estar tranquilo —dijo—; la dama se encuentra en buenas manos.

Una vez solo, el señor Patrigent, aunque era muy tarde, todavía tomó un buen número de medidas relacionadas con las declaraciones.

Este caso le estaba absorbiendo completamente su espíritu, lo molestaba y a la vez lo atraía. Le parecía ver ciertos lados oscuros y misteriosos es el que se había jurado sacar a la luz.

Al día siguiente, bastante antes de su hora habitual, ya estaba en su despacho. Aquel día recibió a la señora Gypsy, hizo volver a Cavaillon y mandó llamar al señor Fauvel. Y esta actividad la siguió realizando los días siguientes.

De todo los testigos citados sólo fallaron dos:

Uno, el ordenanza que había enviado Prosper al Banco y que se encontraba profundamente enfermo a consecuencia de una caída.

El otro era Raoul de Lagors.

Pero estas ausencias no fueron impedimento para que el expediente de Prosper aumentara de volumen; el lunes siguiente, es decir cinco días después del robo, el señor Patrigent creía tener en su poder suficientes pruebas morales para dcstruir a su proccsado.

5

Mientras su vida entera estaba siendo objeto de las más detalladas investigaciones. Prosper seguía en prisión, aislado.

Los dos primeros días no le parecieron muy largos. Le habían entregado, a petición suya, algunas hojas de papel numeradas, de las que debía dar cuenta, y escribía con una especie de cólera planes de defensa y memorias justificativas.

El tercer día comenzó a ponerse nervioso al no ver a nadie más que a los condenados dedicados al servicio de los «aislados» y al carcelero encargado de llevarle sus comidas.

—¿Es que no me van a interrogar otra vez? —preguntaba en cada oportunidad.

—Sí, hombre, ya le llegará el turno —respondía indiferentemente el carcelero.

Y el tiempo pasaba, y el desdichado, torturado por las angustias del aislamiento, que llega a destruir los espíritus más enérgicos, se hundía en la más lamentable desesperación.

—¿Es que no voy a salir de aquí nunca? —exclamaba.

No, no lo olvidaban, porque el lunes por la mañana, a una hora en que los carceleros no vienen nunca, oyó crujir los cerrojos de la celda.

Se levantó de un salto y se apresuró hacia la puerta.

Pero a la vista de un hombre de cabellos blancos, que estaba de pie en el umbral, quedó como atónito.

—¡Padre! —balbuceó— ¡Padre mío!

—Sí, su padre...

Al miedo inicial de Prosper siguió un sentimiento de sosegada alegría.

Un padre es siempre el amigo en el que se puede confiar pase lo que pase. En las horas terribles, cuando todo apoyo falla, uno se acuerda del hombre en el que nos apoyábamos de niños, y su simple presencia, incluso en el caso en que no puede hacer nada, tranquiliza tanto como la de un protector todopoderoso.

Sin pensarlo, llevado por un impulso tierno de efusión, Prosper abrió los brazos como para lanzarse al cuello de su padre.

El señor Bertomy lo rechazó bruscamente.

—Aléjese de mí —ordenó.

A continuación entró, cerrándose la puerta tras él. Padre e hijo se encontraron solos frente a frente. Prosper destrozado, asombrado; el señor Bertomy molesto, casi amenazador.

Rechazado por este último amigo, el padre, el infeliz cajero pareció erguirse contra un horrible dolor.

—¡Usted también! —exclamó—. ¡Usted... también me considera culpable!

—Ahórrese una humillante comedia —interrumpió el señor Bertomy—. Lo sé todo.

—Pero soy inocente, padre, se lo juro por la memoria sagrada de mi madre.

—¡Infeliz! —exclamó el señor Bertomy—. ¡No blasfeme más!

Le invadió una irresistible dulzura y con voz débil, casi incomprensible, añadió:

—Su madre ha muerto, Prosper, y nunca me hubiera imaginado que llegaría un día en que bendeciría a Dios por habérmela quitado. ¡Su crimen la hubiera matado!

Se produjo un profundo silencio; finalmente Prosper continuó:

—Me confunde padre, y esto en el momento en que más necesidad tengo de toda mi fuerza, en el momento en que soy presa de la más odiosa maquinación.

—¡Presa! —dijo el señor Bertomy—. ¡Presa!... Es decir que intenta manchar con sus insinuaciones al honorable hombre que lo tomó a su cuidado, que lo rodeó de favores, que le había asegurado una brillante posición, que le había preparado un imprevisto futuro. ¡Ya es bastante con haberle robado, no lo calumnie!

—¡Por piedad, padre, déjeme decirle!

—¡Cómo! ¿Quiere negar quizá las tolerancias de su jefe? Estaba usted tan seguro de su aprecio, que un día me escribió diciéndome que me preparara a hacer un viaje a París para solicitar al señor Fauvel la mano de su sobrina. ¿Era aquello una mentira?

—No —respondió Prosper, con voz angustiada—, no...

—Hace un año de esto: entonces amaba a la señorita Madeleine; al menos eso me escribió...

—Pero si la amo, padre, más que nunca; nunca he dejado de amarla.

El señor Bertomy tuvo un gesto de despectiva aceptación:

—¡Lo que hay que oír! —exclamó—. Pero el pensamiento de la casta y pura muchacha que dice amar no lo detuvo en el umbral del libertinaje. ¡La ama!... entonces ¿cómo osaba presentarse delante de ella sin avergonzarse después de haber estado con las deshonrosas compañías que frecuenta?

—¡Por amor de Dios! Déjeme explicarle por qué desgracia Madeleine...

—Basta, señor mío, basta. Lo sé todo, ya se lo he dicho. Vi a su jefe ayer. Esta mañana he visitado al juez y debo a su bondad el haber podido llegar hasta usted. Sepa que he tenido que dejarme registrar, casi desnudarme, ¡yo!, para entrar aquí. Pensaban que le traía un arma.

Prosper no intentó luchar ya. Se había dejado caer, desolado, sobre la banqueta de su celda.

—He visto —continuó el señor Bertomy— su apartamento y he entendido su crimen. He visto las colgaduras de seda en todas las puertas y cuadros con marcos dorados en todas las paredes. En casa de mi padre, las paredes estaban blanqueadas pero vacías y solamente había un sillón en toda la casa, el de mi madre. Nuestro lujo era la honradez. Es usted el pimero de la familia en tener tapices de Aubusson; es verdad que también es el primer ladrón que se conoce en ella.

Este último insulto hizo que la sangre brotara en las mejillas de Prosper; sin embargo no se inmutó.

—Pero ahora es necesario el lujo —continuaba el señor Bertomy, animándose y exaltándose al compás de sus palabras—, es necesario el lujo a cualquier precio. Se quiere la insolente riqueza y el fasto del nuevo rico sin haber hecho fortuna. Se mantienen amantes que llevan zapatillas de satén forradas de cisne, como las que he visto debajo de su cama, y se tienen sirvientes con librea. ¡Y se roba! Los banqueros ya han llegado a no osar a entregar a nadie la llave de su caja. Y cualquier mañana, un imprevisto robo viene a cubrir de fango a familias honorables...

El señor Bertomy se paró secamente; se dio cuenta de que su hijo parecía no estar en condiciones de oír.

—No hablemos más del tema —continuó—, no he venido aquí para hacerle reproches, he venido para salvar, si es posible, algo de nuestro honor, para evitar que se publique nuestro nombre en los diarios judiciales, entre los nombres de los ladrones y asesinos. Levántese y escúcheme.

Al oír la voz enérgica de su padre, Prosper se levantó como un autómata. Tantos golpes seguidos lo habían reducido a ese estado de salvaje indiferencia del miserable al que ya no le queda nada que perder.

—Quiero saber —comenzó el señor Bertomy— sobre todo cuánto le queda aún de los trescientos cincuenta mil francos que ha robado.

—Se lo repito una vez más, padre —contestó el desgraciado con un tono de horrible resignación—, una vez más le digo que soy inocente.

—Sea, ya me esperaba esta respuesta. Por tanto será nuestra familia quien repare el daño que ha causado a su jefe.

—¡Cómo! ¿Qué quiere decir?

—El día que nos enteramos de su delito, su cuñado vino a traerme la dote de su hermana: setenta mil francos. Yo he podido reunir por mi cuenta ciento cuarenta mil francos. En total doscientos diez mil francos que traigo conmigo y que voy a llevarle al señor Fauvel.

Esta amenaza sacó a Prosper de su desolación.

—¡Usted no hará eso! —exclamó con una violencia mal retenida.

—Lo haré antes de que concluya el día. Para pagar el resto, el señor Fauvel me concederá tiempo. Mi pensión de retiro es de quince mil francos. Yo puedo vivir con quinientos, aún estoy bastante ágil para ocupar un empleo; su cuñado por su parte...

En este momento se calló de pronto el señor Bertomy, asustado por la expresión de su hijo. Una ira tan furiosa que rozaba la locura le contraía sus rasgos; sus ojos, apagados hacía poco, arrojaban chispas.

—Usted no tiene derecho, padre —exclamó—, no, no tiene derecho a actuar así. Allá usted si no quiere creerme; le prohíbo dar unos pasos que supondrían una confesión y me destruirían. ¿Quién le asegura que soy culpable? ¡Cuando la justicia duda, mi propio padre no duda y, más despiadado que la justicia, me condena sin escucharme!

—¡Cumpliré con mi obligación!

—Es decir que estoy al borde del abismo y usted quiere arrojarme a él. ¿Es eso lo que usted llama su obligación? Entre unos extraños que me culpan y yo que le grito que soy inocente, ¿no duda? ¿Por qué? ¿Porque soy su hijo? Nuestro honor está en peligro, es verdad; razón de más para mantenerme, para ayudarme a defenderlo y salvarlo.

Prosper había sabido encontrar los tonos que hacen meter la duda en lo más profundo de las conciencias y hacer dudar las más firmes convicciones. El señor Bertomy estaba conmocionado.

—Sin embargo —murmuró—, todo lo culpa.

—Ah, padre, usted no sabe que un día tuve que escapar de Madeleine; no tenía otro remedio. Estaba desesperado; quise aturdirme. Busqué el olvido, encontré el fastidio y la vergüenza. ¡Oh, Madeleine!

Se iba enterneciendo, pero súbitamente continuó con una violencia progresiva:

—Ya sé que todo está en mi contra. ¡No importa! Sabré justificarme o moriré en la tarea. La justicia humana está sujeta a errores; siendo inocente, puedo ser condenado, si es así, cumpliré mi pena; pero a la salida de la prisión.

—¡Infeliz! ¿Qué dice?...

—Digo, padre, que ahora soy otro hombre. Ahora, mi vida tiene un fin, la venganza. Soy presa de una maquinación infame. Mientras tenga una gota de sangre en las venas, perseguiré al autor. Y lo encontraré, y será necesario que él sufra mis torturas y mis angustias. El suceso parte de la Casa Fauvel, y es allí donde hay que buscar.

—¡Tenga cuidado! —dijo el señor Bertomy—. ¡La ira lo pierde!...

—Sí, ya entiendo, usted ahora me va a enaltecer la lealtad de André Fauvel; va a decirme que todas las virtudes se han cobijado en el interior de esa familia patriarcal. ¿Qué sabe usted de ello? ¿Sería la primera vez que bellos rostros por su honradez esconden los más escandalosos secretos? ¿Por qué Madeleine un día, de repente, me prohibió pensar en ella? ¿Por qué me ha desterrado, siendo así que ella sufre tanto como yo por nuestra separación, que ella me ama, ¿me oye bien?, que ella me ama... Estoy convencido, he tenido la prueba.

Había pasado la hora de visita otorgada al señor Bertomy para ver a su hijo; el carcelero vino a comunicarlo.

Mil sentimientos diversos rompían el corazón del desdichado padre y lo privaban de toda libertad de reflexión.

¡Y si Prosper decía la verdad! ¡Cuáles serían más tarde sus remordimientos por haber acrecentado su desgracia ya de por sí tan grande! ¿Y quién demuestra que no dice la verdad?

La voz de aquel hijo, del que durante tanto tiempo estuvo orgulloso, había despertado en él todas las dulzuras paternales cruelmente reprimidas. Y bien, aunque fuese culpable y culpable de un delito todavía peor, ¿sería por ello menos hijo suyo?

Su rostro había perdido toda severidad, sus ojos brillaban y estaba a punto de saltérsele las lágrimas. Quería salir serio y molesto, como había entrado; no tuvo la cruel fuerza de hacerlo. Su corazón estalló y abrió sus brazos y acogió a Prosper contra el pecho.

—¡Hijo mío! —murmuró marchándose—. ¡Ojalá hayas dicho la verdad!

Prosper ganaba, casi había convencido a su padre de su inocencia. Pero no tuvo tiempo de alegrarse del triunfo.

La puerta de la celda se abrió casi inmediatamente después de haberse cerrado y la voz del carcelero gritó como la primera vez:

—¡Vamos, señor, a Instrucción!

Había que obedecer, a pesar de todo, y obedeció.

Pero su actitud ya no era la de los primeros días; un cambio total acababa de realizarse en él.

Iba con la cabeza alta, con paso firme, y el fuego de la decisión brillaba en sus ojos.

Conocía ya el camino y andaba un poco delante del policía que lo acompañaba.

Al cruzar la pequeña sala baja donde se encuentran los agentes y los guardias de servicio, se encontró con el hombre de los lentes de oro que en la sala de registro le había estado observando tanto tiempo.

—¡Ánimo, señor Prosper Bertomy! —le dijo aquel personaje—. Si es usted inocente, se le ayudará.

Prosper, asombrado, se detuvo; buscaba una respuesta pero el hombre ya había pasado.

—¿Quién es ese señor? —preguntó al policía que lo acompañaba.

—¡Cómo! ¿No lo conoce usted? —respondió el policía con gesto de profunda sorpresa—. Pero si es el señor Lecoq, de la Seguridad.

—¿Quién es ese Lecoq?

—Podría muy bien llamarle «señor» —dijo el policía ofendido—. No se haría daño en la boca, seguro. El señor Lecoq es un hombre a quien no se le engaña y que sabe todo lo que quiere saber. Si lo hubiera tenido en vez de ese empalagoso estúpido de Fanferlot, hace tiempo que su caso habría estado solucionado. Con él uno no se duerme. Pero da la impresión de ser un conocido suyo, ¿no?

—No lo había visto nunca hasta el día que me trajeron aquí.

—No necesita jurármelo, porque, ¿sabe?, nadie puede enorgullecerse de conocer el auténtico rostro del señor Lecoq. Hoy es esto y mañana otra cosa; tan pronto moreno como rubio; a veces muy joven, y otras tan viejo, que se le echarían cien años. Oiga, a mí, que le estoy hablando, me engaña cuando quiere. De pronto estoy hablando con un desconocido y, ¡paf!, es él. Puede ser cualquiera. Si me hubieran dicho que usted es él, hubiera contestado: pues es muy probable. Realmente puede estar orgulloso de hacer con su cuerpo lo que quiera.

El policía habría podido continuar la leyenda del señor Lecoq durante mucho tiempo, si no hubiera llegado con su procesado a la galería de los jueces de instrucción.

Esta vez Prosper no tuvo que esperar sobre el humilde banco de madera: el juez, por el contrario, lo esperaba.

Era el señor Patrigent, en efecto, quien, como completo observador de los movimientos del alma humana, había preparado la entrevista entre el señor Bertomy y su hijo.

Estaba seguro de que entre el padre, un hombre de inflexible lealtad, y el hijo acusado de robo tendría lugar una escena atroz, dolorosa y contaba con que aquella escena desolaría a Prosper.

Se había dicho que mandaría a buscar enseguida al inculpado, el cual llegaría con los nervios vibrantes de inmensas emociones y que arrancaría la verdad a su confusión y desesperación.

Sólo a medias quedó asombrado el juez de la actitud del cajero, actitud decidida sin rigidez, orgullosa y segura sin desfachatez ni provocación.

—Bueno —le preguntó de entrada—, ¿ha meditado ya?

—No siendo culpable, señor, no tenía que meditar.

—¡Vaya! —dijo el juez—. La prisión no ha sido para usted una buena consejera. Ha olvidado que es necesario sobre todo sinceridad y arrepentimiento a quien quiere merecer la benevolencia de los jueces.

—No necesito benevolencia ni gracia.

El señor Patrigent no pudo contener un gesto de molestia. Se calló un momento y de pronto:

—¿Qué me diría usted —intervino—, si yo le dijera dónde han ido a parar los trescientos cincuenta mil francos?

Prosper movió tristemente la cabeza.

—Si se supiera —respondió simplemente—, yo estaría en libertad y no aquí.

El vulgar método utilizado por el juez de instrucción, suele resultar positivo con frecuencia. Pero en aquel caso, con un inculpado tan seguro de sí, apenas tenía posibilidades de triunfo, sin embargo lo había utilizado, por si acaso.

—Así que —continuó— quiere aferrarse a su primer sistema. Prefiere acusar a su jefe.

—A él o a otro.

—¡Perdone!... A él solo, ya que sólo él sabía la combinación. ¿Podía tener algún interés en robarse a sí mismo?

—Lo he estado pensando, señor, pero no lo encuentro.

—Entonces —dijo severamente el juez—, voy a decirle el interés que tenía usted en robarle.

El señor Patrigent hablaba como hombre seguro de los hechos, pero su seguridad no era más que aparente.

Se había preparado para dar el último mazazo a un inculpado, a quien esperaba ver llegar angustiado, y quedó atónito al encontrarlo tan tranquilo y tan concluyente en su resistencia.

—¿Quiere usted decirme —comenzó con un tono en el que se notaba la cólera—, puede usted decirme cuánto ha gastado este último año?

Prosper no tuvo necesidad ni de pensar ni de calcular.

—Sí, señor —respondió sin dudar—. Las circunstancias eran tales, que tuve que establecer el mayor orden en mi desorden; he gastado alrededor de cincuenta mil francos.

—¿Y de dónde los ha sacado?

—Primero, yo tenía doce mil francos, procedentes de la herencia de mi madre. Cobré en casa del señor Fauvel, por mi sueldo y por la parte de interés en los beneficios, catorce mil francos. Gané en la Bolsa alrededor de ocho mil. El resto lo pedí prestado; lo debo aún, pero puedo pagarlo con los quince mil francos que tengo en Casa Fauvel.

La cuenta era clara, precisa, fácil de corroborar; debía ser exacta.

—¿Quién le prestaba dinero?

—El señor Raoul de Lagors.

Este testigo, que había salido de viaje el mismo día del robo, no había podido ser escuchado. El señor Patrigent estaba obligado a atenerse, por el momento, a la declaración de Prosper.

—Está bien —dijo—, no insistiré sobre este tema. Dígame por qué, a pesar de las órdenes extrictas de su jefe, usted sacó el dinero del Banco el día anterior y no el mismo día del pago?

—Porque el señor Clameran me había comunicado que le sería agradable, incluso útil, tener sus fondos a primera hora; él puede corroborarlo si lo manda llamar. Y yo suponía que llegaría tarde a la oficina.

—¿Entonces el señor Clameran es amigo suyo?

—En absoluto. Incluso siento hacia él cierta repulsión, injustificada, lo reconozco; pero está muy unido a mi amigo, el señor Lagors.

Durante el largo tiempo que el escribano, Sigault, necesitó para escribir las respuestas del inculpado, el señor Patrigent se estrujaba los sesos. Se preguntaba qué escena se habría producido entre el señor Bertomy y su hijo para cambiar así a Prosper.

—Otra cosa —continuó el juez de instrucción—. ¿Cómo pasó usted la velada el día antes del suceso?

—Al salir de mi trabajo, a las cinco, cogí el tren de Saint-Germain y me presenté en Vésinet, en la casa de campo del señor Raoul de Lagors. Le llevaba mil quinientos francos que me había pedido y que, como no estaba, yo dejé a su criado.

—Le habrán dicho que el señor Lagors ha debido realizar un viaje.

—No, señor, incluso desconozco si está ausente de París.

—Muy bien. Y, al salir de casa de su amigo, ¿qué hizo?

—¿Después?

Prosper dudó.

—Se calla ¿no? —continuó el señor Patrigent—. Pues voy a decirle yo cómo distribuyó su tiempo. Volvió a su casa, a la calle Chaptal, se arregló y se fue a una conferencia que daba una de esas mujeres que se denominan artistas dramáticas y que deshonran los teatros en los que se presentan, que ganan cien escudos como sueldo y tienen caballos y coches; en casa de la Wilson.

—Es cierto, señor.

—¿Se juega fuerte en casa de la Wilson, eh?

—Alguna vez.

—Por otro lado usted acostumbra a acudir a ese tipo de reuniones. ¿No se encontró inmiscuido en una aventura escandalosa que se produjo en casa de una mujer de esa especie, llamada Crescenzi?

—Sí, si se entiende que fui llamado a declarar como testigo de un robo.

—En efecto, el juego lleva al robo. ¿Y no jugó usted al bacará en casa de la Wilson y perdió mil ochocientos francos?

—Perdone, señor, mil cien solamente.

—Está bien. ¿Pagó usted esa mañana con un billete de mil francos?

—Sí, señor...

—Por añadidura, quedaban en su secreter quinientos francos y cuando se le detuvo llevaba en la cartera cuatrocientos francos. En total, en veinticuatro horas, cuatro mil quinientos francos...

Prosper estaba, no confundido, sino asombrado. No dudando de los fuertes recursos de investigación de que dispone la Justicia, se preguntaba cómo en tan poco tiempo el juez había podido ser informado tan exactamente.

—Sus informes son exactos, señor —dijo finalmente.

—¿De dónde le venía, entonces, ese dinero, cuando el día anterior usted no tenía suficiente para pagar una factura insignificante?

—Señor, ese día que menciona, había vendido a través de un agente de cambio unos valores que tenía, unos tres mil francos; además cogí en mi caja dos mil francos como adelanto de mi paga. No tengo nada que esconder.

Decididamente el inculpado tenía respuesta para todo. El señor Patrigent entonces túvo que buscar otra zona de ataque.

—Si usted no tiene nada que esconder —dijo—, ¿por qué este papel —y lo mostró— lanzado misteriosamente a uno de sus colegas?

El golpe esta vez había dado en el blanco. Los ojos de Prosper dudaron bajo la mirada del juez.

—Pensaba —murmuró—, quería...

—Usted quería esconder a su amante.

—Pues sí, señor, es cierto. Sabía que cuando un hombre es acusado, como yo lo soy de un delito, todas las debilidades, todos los errores de su vida se transforman en cargos terribles.

—Es decir que usted había entendido que la presencia de una mujer en su casa daba un peso enorme a la situación. Porque ¿usted vive con una mujer?

—Soy joven, señor...

—¡Basta!... La justicia puede perdonar desvíos pasajeros, pero no puede perdonar el escándalo de estas uniones, que son un reto continuo a la moral pública. El hombre que se hace valer tan poco como para vivir con una mujer deshonrada no sólo no eleva a esta mujer a su altura sino que él desciende a la de ella.

—¡Señor!...

—Usted sabe, me imagino, quién es la mujer a la que ha autorizado para llevar el honrado nombre que llevó su madre.

—La señora Gypsy, señor, era una institutriz cuando la conocí; nacida en Oporto vino a Francia, siguiendo a una familia portuguesa.

El juez de instrucción hizo un movimiento de hombros.

—Ni se llama Gypsy —dijo—, ni ha sido nunca institutriz, ni es portuguesa.

Prosper quiso contestar, pero el señor Patrigent le ordenó silencio. Buscaba en los folios de un inmenso expediente que tenía delante.

—Aquí está —dijo—, escuche, Palmyre Chocareille, nacida en París en 1840, hija de Chocareille (Jacques), empleado de pompas fúnebres, y de Caroline Piedlent, su mujer.

El inculpado apuntó un gesto de ansiedad. Desconocía que lo que el juez pretendía en aquel momento era demostrarle que nada escapaba a la policía.

—Palmyre Chocareille —continuó— entró como aprendiza con un fabricante de calzados y permaneció allí hasta los dieciséis años. Fallan los informes durante un año. A los diecisiete entró a servir en casa de los esposos Dombas, dependientes en la calle Saint-Denis, y permaneció allí durante tres meses. Ese mismo año —1857— pasó por ocho o diez puestos más de trabajo. En 1858, cansada de servir, entró como dependienta en una tienda de abanicos en el pasaje Choiseul.

Mientras leía, el juez de instrucción no dejaba de vigilar a Prosper, buscando en su rostro el efecto que le producían las informaciones.

—A finales de 1858 —continuó— la Chocareille entra al servicio de una tal señora Núñez y se marcha con ella a Lisboa. ¿Cuánto tiempo estuvo en Portugal, qué hacía allí? Mis informes no dicen nada a este respecto. Lo cierto es que en 1861 regresaba a París condenada por el Tribunal del Sena a tres meses de prisión por golpes y heridas. Ah, sí, traía de Portugal el nombre de Nina Gypsy.

—Pero, señor —intentó Prosper—, le aseguro...

—Sí, entiendo; esta historia es menos novelesca, sin duda, que la que le han contado; sin embargo, tiene el valor de ser auténtica. Perdemos a Palmyre Chocareille, alias Gypsy, a su salida de la prisión. Pero la encontramos de nuevo seis meses después, habiendo conocido a un viajante de comercio llamado Caldas, que se había enamorado de su hermosura y le había amueblado un piso cerca de la Bastilla. Vivía con él y llevaba su nombre, cuando lo dejó para seguirlo a usted. ¿Ha oído hablar de este Caldas?

—Jamás, señor...

—Este infeliz amaba tanto a esta criatura, que ante la noticia de su abandono estuvo a punto de volverse loco de dolor. Parece que era un hombre enérgico, y juró públicamente que mataría a quien le había robado a su amante. Es posible que se suicidara después. Lo que está demostrado es que poco después de la marcha de la Chocareille, vendió los muebles del piso y desapareció. Todos los sacrificios realizados para encontrar sus huellas han sido inútiles.

El juez de instrucción se paró un momento como para dar a Prosper la posibilidad de meditar y luego añadió silabeando:

—¡Esta es la mujer que usted ha tomado como compañera, la mujer por la cual ha robado!...

También esta vez, gracias a los informes incompletos de Fanferlot, el señor Patrigent tomaba un camino equivocado.

Había esperado arrancar un grito a la pasión de Prosper, herido en lo más profundo. Nada; permanecía indiferente. De todo lo que el juez había dicho solamente retuvo el nombre del pobre viajante de comercio que se había suicidado, Caldas.

—Reconozca, al menos —insistió el señor Patrigent— que esta mujer ha sido el motivo de su perdición.

—No puedo reconocer eso, señor, porque no es cierto.

—Al menos ella ha sido la causa de sus mayores derroches. Y vea —el juez extrajo una factura del expediente—: sólo en el mes del último diciembre ha pagado para ella a un sastre, al señor Van-Klopen, dos vestidos de calle, novecientos francos; un vestido de noche, setecientos francos; un traje repleto de encajes, cuatrocientos francos.

—Todo ese dinero ha sido gastado por mí libremente, fríamente, sin que nadie me obligara a hacerlo.

—Está negando la evidencia —dijo—. ¿También mantiene que no ha sido por esa mujer por la que usted renunció a las costumbres de muchos años y ha dejado de pasar las veladas en casa de su jefe?

—No ha sido por ella, señor, se lo aseguro.

—Entonces ¿cómo justifica que, de repente, dejara de aparecer en la casa donde cortejaba, al parecer, a una muchacha, cuya mano le hubieran otorgado, como me dijo el señor Fauvel y como usted escribió a su padre?

—Tuve motivos, que no puedo decir —respondió Prosper temblándole la voz.

El juez respiró. Por fin encontraba un error en la coraza defensiva del inculpado.

—¿No será la señorita Madeleine quien lo haya alejado? —preguntó.

Prosper guardó silencio. Estaba notablemente tenso.

—¡Hable! —insistió el señor Patrigent—. Debo recordarle que esta situación es de las más graves en la fase inicial.

—Cualquiera que sea el riesgo del silencio, debo guardar silencio.

—¡Tenga cuidado! —intervino el juez—. La justicia no puede contentarse con escrúpulos de conciencia.

El señor Patrigent se calló. Esperaba una respuesta, que no llegó.

—Se empeña usted, ¿no? —continuó—. Pues bien, sigamos. Ha gastado en el último año cincuenta mil francos, según usted. El proceso dice setenta mil; pero tomemos su cantidad. Sus recursos se han acabado; su crédito agotado; continuar su medio de vida es imposible. ¿Qué pensaba hacer?

—No tenía ningún plan, señor, ir tirando mientras pudiera y después...

—Y después: echar mano de la caja, ¿no es así?

—Si yo fuera el culpable —exclamó Prosper—, no estaría ahora aquí. No hubiera realizado la estupidez de regresar a mi oficina; hubiera huido...

El señor Patrigent no pudo esconder una sonrisa de satisfacción.

—Por fin ha salido el argumento que yo esperaba. Precisamente no huyendo, quedándose para hacer frente a la tormenta es como usted demuestra su inteligencia. Muchos recientes sucesos han demostrado a los cajeros desleales que la huida al extranjero es una mala decisión. El ferrocarril va rápido, pero el telégrafo va aún más deprisa. Bélgica está a dos pasos. En Londres se encuentra a un ladrón en cuarenta y ocho horas. América misma ya no es un cobijo seguro. Prudente y sabiamente usted ha decidido quedarse diciendo: «Podré salir de ésta y en el peor de los casos, si caigo, después de tres o cinco años de prisión, me encontraré con una fortuna.» Hay mucha gente que entregaría cinco años de su vida por trescientos cincuenta mil francos.

—Pero, señor, si yo hubiera hecho el planteamiento que usted dice, no me hubiera conformado con trescientos cincuenta mil francos. ¡Hubiera esperado la oportunidad y hubiera robado un millón.

—Oh —dijo el señor Patrigent—, no siempre se puede esperar.

Prosper pensaba y la contracción de sus rasgos reflejaba el esfuerzo de su pensamiento.

—Señor —dijo finalmente—, en mi confusión olvidé un detalle que me viene ahora a la mente y puede ayudar a mi justificación.

—Explíquese.

—Cuando el ordenanza regresó de buscar los fondos del Banco, me los entregó; yo estaba esperándolo para marcharme. Pues bien, estoy convencido, sí, estoy seguro de haber guardado en la caja, delante de él, los billetes de banco. ¡Oh, si él hubiera observado este detalle! En cualquier caso, yo salí de la oficina antes que él.

—Está bien —dijo el señor Patrigent—. Ese ordenanza será interrogado. Ahora lo van a llevar a su celda; hágame caso y medite.

Si el señor Patrigent despedía así bruscamente a su procesado, es porque este nuevo hecho, que aparecía de pronto, lo inquietaba. La declaración del ordenanza iba a tener una importancia esencial. ¿Qué pensar si este hombre reconocía que había visto al cajero guardar los billetes y salir? ¿No podía Prosper habérselo ganado previamente?

En cuanto salió el inculpado:

—Dígame, Sigault —preguntó a su escribano—. Ese ordenanza del que habla el procesado, ese Antonin, ¿es el mismo que no ha venido a declarar y que se ha disculpado con un certificado médico que confirma su enfermedad?

—El mismo, señor.

—Me ha dicho Fanferlot que ya no está en su casa —respondió Sigault—. Su profunda herida exigía guardar cama largo tiempo y fue conducido al hospital Dubois.

—Pues bien, quiero interrogarlo hoy mismo, ahora mismo. Coja todo lo necesario y envíe a buscar un coche.

La institución Dubois estaba lejos del Palacio de Justicia, pero el cochero del señor Patrigent, impulsado por la promesa de una magnífica propina, impuso a sus escuálidos rocines el trote de los purasangre. ¿Estaría Antonin en condiciones de responder? Esta era la pregunta.

El director de la Casa de salud calmó inmediatamente al juez de instrucción en lo que se refiere a este detalle.

El desdichado ordenanza se había roto, al caer, la rodilla; sufría terriblemente, pero su mente mantenía toda la cordura.

—En ese caso —dijo el juez—, le ruego que me guíe hasta ese hombre para interrogarlo; pero, si es posible, es necesario que nadie oiga su declaración.

—Oh, nadie entrará —respondió el director—; está en una habitación de cuatro camas, pero está solo.

—¡Muy bien! entonces vamos.

Al ver entrar al juez de instrucción, acompañado por un alto y delgado joven con cartera de abogado, Antonin, que conocía muy bien a la gente, adivinó de qué se trataba.

—Ah —dijo—, vienen por el caso del señor Bertomy.

—Exactamente.

Mientras Sigault, el escribano, se instalaba con sus papeles en una pequeña mesa, el señor Patrigent permanecía de pie cerca de la cama del enfermo.

Una vez contestadas todas las preguntas de trámite, el ordenanza declaró llamarse Antonin Poche, edad cuarenta años, nacido en Cadajac (Gironde), estado soltero.

—Veamos, amigo mío —dijo el juez—. ¿Se encuentra en perfectas condiciones de contestarme?

—Perfectamente, señor.

—¿Fue usted el veintisiete de febrero a buscar al Banco los trescientos cincuenta mil francos que han sido robados?

—Sí señor.

—¿A qué hora regresó?

—Bastante tarde; tuve que ir al Crédit Mobilier al salir del Banco y serían muy bien las cinco cuando regresé a la Casa.

—¿Recuerda usted lo que hizo el señor Bertomy cuando le entregó el dinero? No tenga prisa en contestar, repase bien sus recuerdos.

—Espere... Primero contó los billetes e hizo con ellos cuatro paquetes que guardó en la caja, luego... cerró, y después... me parece, sí, no me equivoco, después salió.

Pronunció estas últimas palabras tan enérgicamente, que, olvidándose de su rodilla, hizo un movimiento que le arrancó un grito.

—¿Está usted totalmente seguro de lo que ha dicho? —preguntó el juez.

El tono solemne del señor Patrigent pareció asustar a Antonin.

—¡Seguro!... —respondió con una acentuada duda—. Comprenda usted..., apostaría mi cabeza, no puedo asegurarlo de otra forma.

Fue imposible hacerle detallar más su declaración. Se había asustado, se veía comprometido: poco le hubiera bastado para retractarse.

Pero no por ello fue menor el efecto producido. Al salir, el señor Patrigent dijo a su escribano:

—¡Esto es serio! ¡Muy serio!

6

El hotel *Grand-Archange,* cobijo de Gypsy, era el más suntuoso del Quai Saint-Michel.

Cuando se paga la quincena por adelantado y «al contado» allí uno pasa a ser bien considerado.

La señora Alexandre, que había sido una mujer hermosa, era ahora una mujer robusta, terriblemente embutida en sus corsés, siempre demasiado afectada, con un gusto acusado por las cadenas de oro, que le caían en cascadas sobre la pendiente de su ostentoso pecho.

Tenía la mirada viva aún y los dientes blancos, pero, ¡ay!, la nariz roja. De todos sus vicios, y Dios sabe que los ha tenido en su vida y de todo tipo, sólo uno había conservado: le gustaba la buena comida, con abundante vino.

Ah, también adoraba a su marido, y más o menos a la misma hora en que el señor Patrigent regresaba de la Casa de salud, ella empezaba a impacientarse porque su «hombrecito» no llegaba para cenar. Iba incluso a sentarse a la mesa cuando el botones del hotel gritó:

—¡Ya está aquí el señor!

Apareció en la puerta Fanferlot en persona.

Tres años antes de todo esto, Fanferlot frecuentaba una pequeña oficina de información clandestina; y, como la señora Alexandre, vendedora de artículos de tocador sin marca, necesitó hacer vigilar a algunos de sus sospechosos acreedores, acudió a él y desde ese momento comenzaron las primeras relaciones.

Si se casaron con todas las de la ley, por la iglesia y ante el juzgado, fue porque les parecía que un sacramento sería como un bautismo que lavaría su pasado.

Desde aquel día Fanferlot dejó su gabinete de investigación, para entrar en la Prefectura de policía, donde ya había estado trabajando, mientras la señora Alexandre renunciaba a su comercio.

Uniendo sus economías, alquilaron, pintaron y amueblaron el hotel *Grand-Archange* y triunfaron, apreciados o casi por todo el vecindario, que desconocía completamente las relaciones de Fanferlot con la Prefectura.

—Qué tarde llegas, querido —exclamó la señor Alexandre, dejando el cucharón de servir para correr a abrazarlo.

Fanferlot recibio las caricias con aire indiferente.

—Vengo agotado —dijo—. He estado jugando todo el día al billar con Evaristo, el ayudante de cámara del señor Fauvel; le he dejado ganarme todo lo que ha querido: un joven que ni siquiera sabe lo que es un «massé»... ¡En fin! Lo conocí anteayer y ya soy su mejor amigo. Si quisiera entrar en la Casa del banquero como ordenanza en el puesto de Antonin, estoy convencido de contar con la ayuda de Evaristo.

—¡Cómo! ¿Tú de ordenanza?

—Mujer, es completamente necesario para ver por dentro con toda claridad la Casa Fauvel y examinar a mis personajes de cerca.

—¿Es que el criado no te ha dicho nada?

—Al menos nada que pueda servirme, a pesar de que he sacado de él lo que he querido. Este banquero es un hombre de los que quedan pocos. No tiene ni un vicio, ni siquiera, me dice Evaristo, ese pequeño defecto insignificante del que un ayuda de cámara pueda sacar partido. Ni fuma, ni bebe, ni juega nunca; no tiene amantes. ¡Un santo, vamos! Es tremendamente rico y vive tan modesta o tacañamente como un dependiente; está loco por su mujer, adora a sus hijos, recibe con frecuencia, pero sale en muy pocas ocasiones.

—¿Su mujer es joven, entonces?

—Debe de andar por los cincuenta.

La señora Alexandre se quedó pensativa un momento.

—¿Te has documentado —preguntó— del resto de la familia?

—Efectivamente. Uno de los hijos es oficial no sé dónde, el no va más: es el más joven. El mayor, Lucien, que vive con sus padres es, a lo que parece, un auténtico señorito por su educación.

—¿Y la mujer, y esa sobrina de la que me has hablado?

—Evaristo no ha podido decirme nada con respecto a ellas.

La señora Alexandre se encogió de hombros.

—Si no has encontrado nada, es que no hay nada. ¿Sabes lo que yo haría en tu lugar?

—Dime.

—Iría a consultar al señor Lecoq.

Fanferlot, al escuchar ese nombre, saltó como si le hubiera entrado un disparo en las orejas.

—¡Bonito consejo! —dijo—. ¿Quieres que pierda mi trabajo? Si el señor Lecoq llegara tan sólo a sospechar lo que he intentado hacer...

—¿Quién te habla de contarle tu secreto? Le pides su opinión con aire indiferente, tomas de ella lo que creas oportuno y actuas a tu modo.

El agente de seguridad pareció reflexionar las ideas de su esposa.

—Quizá tengas razón —dijo—, pero ese señor Lecoq es tremendamente astuto y muy capaz de presentir.

—¡Astuto!... —respondió la señora Alexandre molesta—. ¡Astuto!... Sois todos vosotros los que en la Prefectura, a base de repetirlo, le habéis creado esa fama.

—Bueno —terminó Fanferlot—, ya veré, ya lo pensaré, pero mientras dime ¿qué hace nuestra pequeña?

La pequeña era Nina Gypsy.

La pobre joven había creído que, estableciéndose en el *Grand-Archange,* había seguido un buen consejo e incluso ahora, cuando todavía no se había mostrado Fanferlot, seguía convencida de que había obedecido a un amigo de Prosper. Cuando recibió la cita del señor Patrigent admiró el ingenio de la policía, que había sabido en tan poco tiempo descubrir su escondite; ya que se había inscrito en el hotel bajo un nombre falso, es decir bajo su auténtico nombre de Palmyre Chocareille.

Preguntada con astucia por la antigua vendedora de perfumes, la señora Alexandre, se había confiado a ella sin reservas y le había contado toda su historia.

Y así, apenas sin esfuerzo, Fanferlot pudo pasar ante el juez por un agente de un talento espectacular.

—¿La pequeña continúa en las nubes?

—Todavía... no sospecha nada. Pero retenerla va a ser cada vez más difícil. No sé lo que le habrá dicho el juez, pero ha enloquecido. Quería ir a Casa Fauvel a armar un escándalo. Hace poco, después de un momento de cólera, ha escrito una carta y se la ha entregado a Jean para que la echara a Correos. Yo me he hecho con ella para enseñártela.

Por orden de su marido, la antigua vendedora de perfumes abrió un pequeño costurero y extrajo de allí una carta de la señora Gypsy, la cual le entregó.

—¡Toma! —dijo ella—. Alégrate.

A decir verdad, para ser una antigua muchacha de servicio, Palmyre Chocareille, transformada en señora Gypsy, no tenía mala letra.

La dirección de la carta, escrita con una preciosa letra inglesa, decía así:

Sr.
L. de CLAMERAN, dueño de fundición
Hotel del Louvre
Para entregar al Sr. RAOUL DE LAGORS
(Muy urgente)

—¡Oh, oh! —dijo Fanferlot, acompañando a su exclamación un pequeño silbido, frecuente en él siempre que creía haber descubierto algo—. ¡Oh, oh!...

—¿Piensas abrirla? —preguntó la señora Alexandre.

—Sólo un poco —respondió Fanferlot, haciendo saltar el sello con una sorprendente habilidad.

Leyó, y la señora Alexandre, inclinada sobre las espaldas de su «hombrecito», leyó también:

> «Señor Raoul:
>
> »Prosper está en prisión, acusado de un robo que no ha realizado, estoy segura. Ya hace tres días que le escribí con respecto a esto...»

—¡Pero cómo!... —interrumpió Fanferlot—. ¡Esta parlanchina ha escrito y yo no he visto su carta!...

—Pero, querido, esta infeliz ha podido echar la carta al correo ella misma al salir para ir al Palacio de Justicia...

—Es posible, claro —dijo Fanferlot más tranquilo.

Y reinició la lectura:

> »... le escribí con respecto a esto, y no he recibido noticias. ¿Quién vendrá en ayuda de Prosper si sus mejores amigos lo abandonan? Si usted deja esta carta sin respuesta, yo me consideraré libre de cierta promesa que usted sabe, y le contaré sin vergüenza a Prosper la conversación que descubrí entre usted y el señor Clameran. Pero puedo contar con usted, ¿verdad? Lo esperaré en el hotel *Grand-Archange,* pasado mañana, de doce a cuatro de la tarde.
>
> Nina Gypsy.»

Una vez concluida la carta, Fanferlot sin decir una palabra se dispuso a copiarla.

—¡Bueno! —preguntó la señora Alexandre—. ¿Qué dices de esto?

Fanferlot había vuelto a introducir delicadamente la carta copiada en su sobre, cuando la puerta de la «Oficina del hotel» se abrió violentamente y el mozo silbó dos veces: ¡Psitt! ¡Psitt!...

Fanferlot, con una sorprendente rapidez, desapareció en un despacho oscuro que daba al comedor.

No tuvo tiempo de cerrar la puerta: la señora Gypsy entraba ya.

La pobre joven había cambiado violentamente. Se había debilitado, sus mejillas estaban hundidas, se había desvanecido aquel atractivo brillo de sus labios y sus ojos enrojecidos por las lágrimas tenían el color de la fiebre y un gran círculo negro a su alrededor.

Al verla, la señora Alexandre no pudo evitar un grito de admiración.

—¡Cómo, niña mía! ¿Va a salir ahora?

—Es necesario y vengo a pedirle que, si alguien pregunta por mí en mi ausencia, le diga que me espere.

—Pero ¿dónde quiere ir, Dios mío, a estas horas, enferma como está?

La señora Gypsy vaciló un instante.

—Mire —dijo al fin—, puedo contárselo a usted, que es tan buena conmigo. Lea este papel que un mensajero acaba de subirme ahora.

—¡Cómo! —dijo la señora Alexandre, asombrada—. ¡Un mensajero... en mi casa...! ¿Quién ha subido a su habitación?

—¿Qué tiene de sorprendente?

—Oh, nada, nada —respondió la ex vendedora.

Y en voz alta para que se pudiera oír bien desde el despacho, leyó:

> «Un amigo de Prosper, que no puede ni recibirla ni visitarla tiene completa necesidad de hablar con usted. Esta tarde, lunes, esté a las nueve en punto en la sala de espera de los autobuses que están frente a la torre Saint-Jacques, y quien le escribe se acercará a usted y le dirá lo que tiene que decirle. Le doy este lugar de encuentro para alejar de usted cualquier temor.»

—¡Y va a acudir a la cita! —exclamó la señora Alexandre.

—Efectivamente.

—¡Pero es una imprudencia terrible, una locura; es una trampa que le tienden!

—¿Y qué importa, señora? —interrumpió Gypsy—. Soy lo suficientemente desgraciada para no temer ya nada.

Y sin querer oír una palabra más, salió.

Aún no había salido a la calle la señora Gypsy, cuando ya Fanferlot había salido de su escondite. El dulce agente estaba repleto de furor y juraba como un poseído.

—¡Mil millones de rayos! —gritó—. ¡Qué demonio de casa es ésta del *Grand-Archange,* donde se puede pasear tranquilamente como en la plaza pública!

La antigua vendedora de perfumes, descompuesta, tiritando, no sabía dónde meterse.

—¿Ha visto alguien algo semejante? —confirmaba el agente—. ¡Ha venido un mensajero y nadie lo ha visto! ¿Cómo ha podido meterse así a hurtadillas? Aquí huelo alguna granujada. Y usted, señora Alexandre, usted, mujer inteligente, realiza la estupidez de querer desanimar a esa pequeña víbora de que acudiera a la cita!...

—¡Pero, amigo mío!

—¿Es que no ha entendido usted que voy a seguirla enseguida para saber así lo que esconde? Ande, rápido, ayúdeme, es necesario que no me reconozca.

Con gran astucia, Fanferlot se puso una peluca y una densa barba y ya dejó de parecerse. Se puso un blusón y tenía toda la imagen de uno de esos obreros poco honrados que buscan trabajo, suplicando al cielo no encontrarlo.

Cuando estuvo preparado.

—¿Llevas tu documentación y tu «guante»? —preguntó la señora Alexandre, llena como siempre de solicitud.

—Sí, sí. Que echen la carta de esa infeliz al señor Clameran y... vigilancia.

Y, sin escuchar a su esposa que le gritaba: «Buena suerte», Fanferlot salió fuera.

La señora Gypsy le llevaba ocho o diez minutos de ventaja, pero poco a poco redujo la distancia. Había tomado, a paso de carrera, el camino que la joven tenía que haber seguido y la encontró a mitad del puente del Change.

Ella iba con paso vacilante, unas veces muy rápido, otras lento, como el de quien, impaciente por llegar a una cita, ha salido demasiado pronto y trata de hacer tiempo.

En la plaza de Chatelet dio dos o tres vueltas, se aproximó a los anuncios del teatro, se sentó un instante en un banco, y luego, a las nueve menos cuarto aproximadamente fue a sentarse en uno de los bancos de la sala de espera de los autobuses.

Fanferlot entró un minuto después. Pero, como a pesar de su densa barba temía la mirada de la señora Gypsy, fue a situarse al otro lado de la sala, en la sombra.

«¡Peculiar lugar de encuentro! —pensó mientras vigilaba a la joven—. ¿Quién puede haber concertado esta cita? A juzgar por la curiosidad que leo en sus ojos y su evidente inquietud, juraría que desconoce a quién aguarda.»

La sala de espera estaba repleta de gente. A cada minuto se oía a los empleados gritar el destino de un autobús que llegaba. La gente entraba y salía para pedir billetes o para cambiar sus correspondencias.

Cada recién llegado hacía a Gypsy exaltarse, y Fanferlot se decía: «¿Será ese?»

Finalmente, cuando sonaban las nueve en el Ayuntamiento, entró un personaje que, sin pedir billete en taquilla fue directo a la señora Gypsy, la saludó y se sentó a su lado.

Era un hombre de mediana estatura, muy grueso, que llevaba densas patillas de amarillo ardiente sobre un rostro sonrosado. Su vestimenta, que era la de todos los comerciantes acomodados, no ofrecía nada singular, como tampoco su persona.

Fanferlot lo devoraba con los ojos. «Ah, compañero —pensaba—, no te preocupes, que te reconoceré en cualquier parte que te vuelva a ver; esta misma tarde te sigo y sabré quién eres.»

Desgraciadamente, por mucha atención que prestara, no podía comprender absolutamente nada de lo que se decían el recién llegado y la señora Gypsy. Todo lo que podía hacer era percibir por los gestos y el juego de sus fisonomías el tema de la conversación.

En primer lugar, la joven, al ser saludada por el hombre grueso, puso tal expresión de admiración, que era evidente que lo veía por primera vez. Cuando después de sentarse oyó algunas palabras que le dirigía, hizo gesto de levantarse con cara de horror, como si hubiera querido huir. Una sola mirada del otro fue suficiente para hacerla sentar de nuevo. Después, a medida que el señor grueso continuaba hablando, la actitud de la señora Gypsy reflejaba cierta aprensión; agitaba la cabeza negativamente. De pronto pareció ceder ante una buena razón que le acababa de dar. En un determinado momento pareció que iba a llorar, y casi a continuación una sonrisa iluminó su bello rostro. Por último, ella le extendió la mano como si hubiera prestado un juramento.

Pero ¿qué significaba todo esto? Sobre su asiento Fanferlot se mordía los puños.

«¡Qué idiota he sido! —se decía—. ¡Haberme sentado tan lejos!»

Pensaba realizar alguna maniobra hábil para aproximarse más sin despertar sospechas, cuando el señor grueso se levantó, extendió su brazo a la señora Gypsy, que lo aceptó sin tapujos, y juntos se aproximaron a la puerta.

Ambos tenían un aire tan distraído, que Fanferlot no vio ningún inconveniente en seguirlos a muy poca distancia; inteligente precaución, porque había mucha gente en el bulevar.

Cuando llegó a la puerta vio cómo el hombre grueso y Gypsy cruzaban la acera, se acercaban a un coche no lejos de la estación de autobuses y subían a él.

«¡Perfecto! —murmuró Fanferlot—. Ya los tengo, no hay por qué darse prisa.»

Mientras el cochero preparaba sus riendas, el agente de seguridad preparó sus piernas y, cuando el coche se puso en camino, en tres zancadas se colocó detrás, decidido a seguirlo hasta el fin del mundo.

El carruaje seguía el bulevar Sebastopol. Iba a buen trote, pero por algo a Fanferlot lo llamaban *El Ardilla.* Con los codos pegados al cuerpo, controlando el ritmo de la respiración, aguantaba bien.

Sin embargo, al llegar al bulevar Saint-Denis comenzó a faltarle la respiración; sentía un leve dolor en el costado, cuando el vehículo, después de haber cruzado la calzada, tomó la calle del Faubourg Saint-Martin.

Pero Fanferlot, que a sus ochos años golfeaba libremente por las calles de París, era hombre de métodos. Se agarró a los soportes del coche y subiéndose con la fuerza de los puños resistió suspendido con las piernas apoyadas sobre el eje de las ruedas traseras. No iba cómodo, realmente, pero tampoco corría el riesgo de alejarse.

«Y ahora, cochero —se decía, sonriendo bajo su barba postiza—, ya puedes darle al látigo.»

El cochero, efectivamente, azotó a los caballos, y subieron al gran trote la cuesta bastante dura del Faubourg Saint-Martin.

Llegados a la plaza de la antigua barrera, el coche se detuvo ante una casa de bebidas; el cochero bajó del pescante y fue a tomarse una caña.

El agente de seguridad dejó su incómodo lugar y, agazapado en el hueco de una puerta, esperó a que bajaran el señor grueso y Gypsy, dispuesto a no alejarse de ellos.

Sin embargo, después de cinco minutos todavía no habían bajado.

Se acercó, con precauciones.

¡Qué decepción! El coche estaba vacío.

Aquello fue un jarro de agua helada sobre la cabeza de Fanferlot. Se quedó allí plantado, más estatua de sal que la mujer de Lot.

Cuando se recuperó un poco, al cabo de unos segundos, empezó por soltar una docena de maldiciones capaces de hacer temblar los cristales del barrio.

«¡Me han engañado! —decía—. ¡Me han estafado, timado, burlado, ridiculizado!... ¡Me las pagarán!»

En un segundo su ágil mente recorrió toda la gama de eventualidades posibles, las probables y las improbables.

«Es evidente —murmuraba— que este individuo y Gypsy han entrado por una puerta y salido por la otra; la maniobra es simple. Pero, si la han utilizado, es que temían ser seguidos. Si temían ser seguidos, es que no tienen limpia la conciencia...»

Interrumpió su meditación ante la idea de interrogar al cochero, que efectivamente podía saber algo.

Desgraciadamente el cochero, que estaba de muy mal humor, no quiso decir nada, e incluso cogió el látigo de una forma tan poco tranquilizadora, que Fanferlot consideró oportuno retirarse.

«¡Ah, tate! —se decía—. ¿No será que el cochero también...?

¿Qué hacer, sin embargo, a esas horas? No se le ocurrió nada. Rehízo tristemente el camino del Quai Saint-Michel, y eran las once y media por lo menos cuando llamó a su puerta.

—¿Ha regresado la pequeña? —preguntó antes de nada.

—No, pero han traído para ella dos grandes paquetes.

Lentamente, con peculiar habilidad, Fanferlot desató los paquetes. Éstos contenían tres vestidos de percal, unos gruesos zapatos, unas enaguas muy sencillas y unas cofias de algodón.

El agente no pudo contener un movimiento de irritación.

«¡Vaya! —comentó—. Cualquiera diría que va a disfrazarse ahora; a fe mía, que ya me pierdo.»

En efecto, cuando bajaba todo meditabundo por el Faubourg Saint-Martin, se juró no contar a su esposa nada de lo ocurrido. Pero una vez en casa y a la vista de un hecho nuevo que destrozaba todas sus ideas, las consideraciones de amor propio pasaron a segundo plano.

El agente de seguridad lo confesó todo: primero sus esperanzas ya a punto de realizarse, luego un increíble imprevisto y sus sospechas. Marido y mujer estuvieron mucho tiempo discutiendo, examinando el caso desde todos sus ángulos, buscando una explicación aceptable.

Estaban totalmente decididos a no acostarse antes del regreso de la señora Gypsy, de quien la señora Alexandre se proponía sacar alguna aclaración.

¿Pero regresaría? Ése era el tema.

Entró, sin embargo, poco después de la una, cuando los esposos ya desesperaban y empezaban a decirse: «No volveremos a verla.»

Al sonar la campanilla, Fanferlot se escapó hacia el despacho oscuro, quedando sola la señora Alexandre en la Recepción del hotel.

—¡Por fin la veo, niña mía —exclamó—, y no le ha pasado ninguna desgracia! ¡Ah, tenía una inquietud de muerte!

—Gracias por su interés, señora —respondió Gypsy—; pero ¿no han traído nada para mí?

La pobre Gypsy volvía muy diferente a como había salido; estaba triste pero no desolada. A su abandono de los días anteriores había sucedido una firme y generosa decisión, que se veía en su actitud y en el brillo de sus ojos.

—Han traído estos paquetes —respondió la señora Alexandre—... ¿Ha visto al amigo del señor Bertomy?

—Sí, señora, e incluso sus consejos han cambiado tanto mis planes, que siento tener que despedirme de usted; mañana me marcho.

—¡Mañana! —dijo la antigua vendedora de perfumes—. ¿Hay algo nuevo entonces?

—Oh, nada que pueda interesarle.

Y, después de haber encendido su lámpara de gas, la señora Gypsy se marchó con un «buenas noches, que descanse», de lo más significativo.

—¿Qué piensas tú de este regreso, señora Alexandre? —preguntó Fanferlot al salir de su escondite.

—¡Es como para no creérselo! La pequeña escribe al señor Clameran para disponer una cita aquí y se marcha sin esperarlo.

—Está claro que desconfía de nosotros, sabe quién soy.

—¿Se lo ha dicho entonces ese amigo del cajero?

—¡Quién sabe!... ¡Mira, estoy llegando a pensar que estamos ante unos ladrones muy astutos; han adivinado que les sigo los pasos y quieren engañarme. Si me dicen que mañana esta pícara tiene el dinero y que escapa con él, no me sorprendería.

—No creo igual que tú —respondió la señora Alexandre—. Pero escucha, vuelvo a mi idea, deberías hablar con el señor Lecoq.

Fanferlot se quedó un momento meditabundo.

—Bueno, está bien —exclamó—. Iré a verlo, pero solamente para calmar mi conciencia, porque donde yo no he visto nada no tiene por qué verlo él. Por muy terrible que sea, a mí no me da miedo. Como se le ocurra recibirme mal y ser insolente, sabré ponerlo en su lugar.

En cualquier caso, el agente de seguridad durmió mal aquella noche, o mejor dicho no pudo dormir, más preocupado por el caso Bertomy que un autor por la obra que crea en su cerebro.

A las seis y media estaba en pie —el que quiera ver al señor Lecoq tiene que levantarse muy temprano—, y con una taza de café con leche en el estómago se precipitó al domicilio del ilustre policía.

Era cierto: Fanferlot, llamado *El Ardilla,* no tenía miedo al jefe, como él lo llamaba; la prueba estaba en que salió del *Grand-Archange* con la cabeza alta y el sombrero ladeado. Pero, al llegar a la calle Montmartre, donde vive el señor Lecoq, su valentía empezó a aminorar notablemente. Notó algunas palpitaciones al aproximarse al portal y, mientras subía las escaleras, tuvo que hacer varias detenciones.

En el tercer piso se encontró delante de una puerta adornada con el escudo del ilustre agente —un gallo, símbolo de la vigilancia—; estuvo a punto de fallarle el corazón y le costó bastante decidirse a llamar.

Le abrió el ama de llaves del señor Lecoq, una antigua presa con aspecto de carabinero, más leal a su amo que un mastín: Janouille, en una palabra.

—Ah —le dijo al verlo—, viene usted a punto, señor *Ardilla*: el jefe lo espera.

Ante aquella noticia, Fanferlot sintió un violento deseo de marcharse. ¿Por qué, cómo, por qué motivo lo esperaba?

Pero mientras dudaba, Janouille lo tomó del brazo y, tirando hacia ella, lo hizo entrar en el piso diciéndole:

—¿No querrá usted echar raíces aquí? Entonces siga, el jefe trabaja en su despacho.

En el centro de una amplia sala, peculiarmente amueblada, mitad biblioteca de letrado, mitad camerino de actor, sentado delante de una mesa escritorio, trabajaba el mismo personaje de lentes de oro que en los pasillos de la Prefectura había exclamado a Prosper Bertomy: «Ánimo.»

Era el señor Lecoq bajo su aspecto oficial.

Al entrar Fanferlot, que avanzaba respetuosamente, con el espinazo encorvado, levantó la cabeza, dejó la pluma y dijo:

—Ah, por fin te veo, muchacho: ¿Qué, no marcha el tema Bertomy?

—¡Cómo! —murmuró Fanferlot—. ¿Sabía usted...?

—Sé que has liado tanto las cosas, que ya no ves nada y te ves derrotado.

—Pero, jefe, no soy yo...

El señor Lecoq se había levantado y recorría su despacho a grandes pasos. De repente volvió hacia Fanferlot.

—¿Qué piensas tú, maese *Ardilla* —preguntó con tono grave e irónico— de un hombre que abusa de la confianza de los que le ofrecen empleo, que revela de lo que descubre sólo lo necesario para no despertar sospechas, que traiciona, en beneficio de su ridículo orgullo, no sólo la causa de la justicia, sino la de un infeliz inculpado?

Fanferlot, asustado, retrocedió un paso.

—Yo diría —intentó—, yo diría.

—Tú piensas que se debe sancionar a ese hombre y expulsarlo y tienes razón. Cuanto más humillada está una profesión, más honrados deben ser los que la realizan. ¡Ah, maese *Ardilla,* somos codiciosos y queremos hacer policía de fantasía! ¡Dejamos a la Juticia perderse por un lado y nosotros buscamos por otro! Habría que ser un sabueso más fino de lo que tú eres, muchacho, para cazar sin cazador y por su cuenta y riesgo.

—Pero, jefe, le juro...

—Cállate. ¿Intentas demostrarme que le has dicho todo al juez de instrucción como era tu obligación? ¡Te lo diré, entonces! Mientras que se investiga un procedimiento contra el cajero, tú por tu cuenta investigas el tuyo contra el banquero, lo espías, haces amistad con su ayuda de cámara...

¿Estaba realmente molesto el señor Lecoq? Fanferlot, que lo conocía bien, dudaba un poco, pero con este demonio de hombre no se sabe nunca a qué carta quedarse.

—Si al menos fueras hábil —continuó—, pero no. Te gustaría ser capataz, pero ni siquiera eres un buen obrero.

—Tiene razón, jefe —dijo tristemente Fanferlot, que ya no pensaba ocultar nada—. Pero ¿por dónde coger un caso como éste, en el que no hay ninguna huella, ni cuerpo del delito, ni una sola prueba, nada de nada?

El señor Lecoq levantó los hombros.

—Pobre muchacho —dijo—. Pues debes saber que el día en que se te mandó con el comisario de policía a corroborar el robo, tuviste (no digo que con toda seguridad, pero muy probablemente) en tus torpes manazas el recurso para saber cuál de las dos llaves, si la del banquero o la del cajero, había servido para cometer el delito.

—¡Qué me dice!...

—Ah, ¿quieres pruebas? Está bien. ¿Te acuerdas del arañazo que descubriste en la caja de caudales? Te llamó la atención, ya que no pudiste retener una exclamación al notarlo. Lo examinaste cuidadosamente con la lupa y pudiste asegurarte de que todavía estaba fresco y era muy reciente. Te dijiste entonces, y con razón, que ese arañazo databa del momento del robo. Ahora bien, ¿con qué había sido producido? Con una llave, lógicamente. Siendo así, tenías que haber pedido las llaves al banquero y al cajero y examinarlas detenidamente. Una de las dos debía mantener en su extremidad al menos algún resto de esa pintura verde que se da al hierro de las cajas fuertes.

Fanferlot estuvo escuchando, boquiabierto, toda la explicación. Durante las últimas palabras se golpeó bruscamente la frente exclamando:

—¡Imbécil!

—Tú lo has dicho —continuó el señor Lecoq—. ¡Imbécil! Te salta a los ojos esa prueba y la desprecias y no sacas de ella la menor conclusión. Y, sin embargo, allí estaba el auténtico, el único punto de partida para solucionar el caso. Si encuentro al culpable, será gracias a ese arañazo, y lo encontraré, ¡es mi deseo!

Cuando se encontraba lejos del señor Lecoq, Fanferlot, apodado *El Ardilla,* solía desprestigiarlo con gusto y retarlo osadamente: de cerca, sufría sin remedio la influencia que ejerce este majestuoso hombre sobre todos los que se le acercan.

Los informes tan exactos, los minuciosos detalles que acababa de darle habían demolido todas sus ideas. ¿Dónde y cómo los había conseguido el señor Lecoq?

—¿Es que se ha ocupado usted de este caso, jefe? —preguntó.

—Probablemente. Pero no soy infalible, puedo dejar pasar alguna valiosa prueba. Siéntate y dime todo lo que sabes.

No valen los errores ni las astucias con el señor Lecoq. Fanferlot fue completamente sincero, lo que ocurre en pocas ocasiones. Sin embargo, al final de su relato, movido por un sentimiento de vanidad, no contó cómo el día anterior se había dejado ganar la partida por la señora Gypsy y el hombre grueso.

La desgracia era que el señor Lecoq nunca estaba documentado a medias.

—Me parece, maese *Ardilla* —dijo—, que te has olvidado de algo. ¿Hasta dónde seguiste al coche vacío?

Fanferlot, a pesar de su coraje, se puso colorado hasta las orejas y bajó la mirada, ni más ni menos que una colegiala cogida en falta.

—Pero, jefe —balbuceó—. ¿También sabe eso? ¿Cómo ha podido...?

Pero una idea le cruzó repentinamente el cerebro, se paró de pronto y dando un salto en la silla exclamó:

—¡Oh, ahora caigo, el señor grueso de las patillas rojas era usted!

El asombro de Fanferlot daba a su aspecto una expresión tan peculiar, que el señor Lecoq no pudo menos de sonreír.

—¡Así que era usted —continuó el agente, asombrado— el hombre grueso que yo miraba fijamente, sin reconocerlo! ¡Ah, jefe, qué buen actor sería usted si quisiera! También yo me disfracé.

—Y muy mal, muchacho, hay que hacerte justicia... ¿Piensas que para hacerse irreconocible es suficiente con ponerse una densa barba y un blusón? ¿Y los ojos, infeliz, los ojos? Son los ojos lo que hay que cambiar. Ahí está el secreto.

Esta teoría de la mirada en materia de transformación explica por qué el señor Lecoq, que podía rivalizar con los linces, nunca había sido visto en los pasillos de la Prefectura sin sus lentes de varillas de oro.

—Pero entonces, jefe —decía Fanferlot, siguiendo su idea—, ¿usted confesó a la pequeña, tarea que no logró hacer la señora Alexandre? Y sabrá por qué deja el *Grand-Archange,* por qué no espera al señor Clameran y por qué se ha comprado esas ropas de algodón.

—Sigue mis indicaciones.

—En ese caso —dijo el agente, profundamente, desesperanzado—, no me queda más remedio que confesar que soy un completo idiota.

—No, *Ardilla* —continuó el señor Lecoq, no sin bondad—, no eres un tonto. Únicamente has cometido el error de haberte encargado de una labor superior a tus fuerzas. ¿Has ayudado a que dé un paso adelante el caso desde que lo sigues? No. ¿Lo ves? Eres un lugarteniente incomparable, pero no tienes la sangre fría de un general. Te voy a regalar un aforismo; recuérdalo y que se transforme en la regla de oro de tu conducta: «Quien tanto reluce en segunda fila se oscurece en la primera.»

Nunca, pero es que nunca, había visto Fanferlot a su jefe tan charlatán y tan bien dispuesto. Al considerarse descubierto, se esperaba una tormenta que terminaría con él: nada de eso. Lo que recibió fue un leve chaparrón que apenas le había mojado la cabeza. La ira del señor Lecoq se desvanecía como esas nubes negras que amenazan de un momento a otro el horizonte pero que un golpe de viento barre.

Sin embargo, el esposo de la señora Alexandre estaba nervioso; se preguntaba si aquella amabilidad sorprendente no escondía dobles intenciones.

—Según esto, jefe, usted conoce al culpable.

—No más que tú, muchacho, e incluso todavía no sé qué pensar, mientras que tú ya tienes una opinión. Tú afirmas que el cajero es inocente y que el banquero es culpable, y yo ignoro si tienes razón o no. Incorporado después que tú al caso, todavía estoy en los preliminares de mi investigación. Sólo estoy seguro de una cosa: de que hay un arañazo en la puerta de la caja de caudales. Y es de ahí de donde parto.

Mientras hablaba, el señor Lecoq había desplegado y extendido sobre la mesa una inmensa hoja de papel de dibujo.

En esta hoja estaba fotografiada la puerta de la caja de caudales del señor Fauvel. Allí estaban registrados todos los detalles con la máxima precisión. Se reconocían muy bien los cinco cilindros giratorios con sus letras grabadas y la pequeña cerradura de relieve de cobre. El arañazo estaba señalado con notable nitidez.

—Aquí tenemos —comenzó el señor Lecoq— nuestro arañazo. Va de arriba abajo, a partir del agujero de la cerradura, en diagonal y, obsérvalo bien, de izquierda a derecha, es decir que termina del lado de la puerta de la escalera falsa que lleva a las dependencias del banquero. Muy profunda cerca de la cerradura, acaba luego en una raya apenas visible.

—Sí jefe, ya lo veo.

—Naturalmente tú has pensado que este arañazo debe haber sido realizado por el autor del robo. Veamos si tienes razón. Tengo aquí un pequeño cofre de hierro, pintado de verde como la caja del señor Fauvel; aquí está. Toma una llave e intenta arañarlo.

Sin adivinar demasiado adónde quería ir a parar su jefe, el agente de seguridad realizó lo que le mandó, frotando fuertemente sobre el cofrecito con la punta de la llave.

—¡Diablo! —dijo después de dos o tres intentos—. Es dura de arañar esta pintura.

—Muy dura, efectivamente, muchacho, y sin embargo la de la caja fuerte es todavía más sólida, me he asegurado de ello. Por tanto, el arañazo que tú descubriste no pudo ser realizado por la mano temblorosa de un ladrón al que se le resbala la llave.

—¡Repámpanos! —exclamó Fanferlot asombrado—. Yo no hubiera caído en esto. Es verdad, para arañar el cofre ha sido necesario apoyarse muy fuerte.

—Así es, pero ¿por qué? Aquí donde ves, llevo tres días destrozándome los sesos y hasta ayer no di con la justificación. Examinemos juntos si mis reflexiones ofrecen bastantes grados de probabilidad para convertirlas en punto de partida de mi investigación.

El señor Lecoq dejó la fotografía para aproximarse a la puerta de su despacho que da a la alcoba, y quitó la llave que ahora tenía en la mano.

—Acércate aquí —dijo a Fanferlot—, ponte aquí, a mi lado; muy bien. Supongamos que yo quiero abrir esta puerta y que tú no quieres que lo haga. Cuando ves que aproximo la llave a la cerradura, ¿cuál es tu movimiento instintivo?

—Apoyar mis dos manos sobre su brazo y tirar fuertemente hacia mí, de forma que usted no pueda meter la llave.

—Justamente. Entonces repitamos este movimiento, vamos.

Fanferlot obedeció y la llave que tenía el señor Lecoq, desviada de la cerradura, cayó a lo largo de la puerta, trazando un arañazo totalmente claro, de arriba abajo, en sentido diagonal, reproducción exacta del que aparecía en la fotografía.

—¡Oh! —dijo en tres tonos diferentes el esposo de la señora Alexandre—. ¡Oh! ¡Oh!

Y quedó como atónito delante de la puerta.

—¿Empiezas a entender? —preguntó el señor Lecoq.

—Sí, comprendo, jefe. Un niño lo comprendería ahora. ¡Qué hombre es usted! Veo la escena como si hubiera estado presente. En el momento del robo había dos personas cerca de la caja: una quería apoderarse del dinero, la otra no quería que se tocara nada. Está claro, es evidente, seguro...

El ilustre policía, acostumbrado ya a otros éxitos, se divertía mucho ante el asombro y entusiasmo del agente.

—Mira cómo te dejas influir aún —le dijo comprensivamente—; tomas por real, como prueba, una circunstancia que puede ser casual, y todo lo más, probable.

—No, jefe, no —exclamó Fanferlot—. Un hombre como usted no se confunde: no hay posible duda.

—Entonces, te corresponde a ti extraer las consecuencias de nuestro descubrimiento.

—Primero, esto demuestra que mi olfato no me había engañado: el cajero es inocente.

—¿Por qué?

—Porque, libre para abrir y cerrar la caja cuando quisiera, no iba a buscar un testigo, justo en el momento de robar.

—Bien razonado. Sólo que, por la misma causa, el banquero también resulta inocente; piénsalo un poco.

Fanferlot meditó y toda su anterior animación se le derrumbó.

—Es verdad —dijo con aire desesperado—. ¡Es verdad! ¿Qué hacer después de esto?

—Buscar el tercer ladrón, es decir, el que ha abierto la caja y robado los billetes, y que duerme tan tranquilo mientras se sospecha de otros.

—¡Imposible, jefe, imposible! ¿No le han dicho que sólo el señor Fauvel y su empleado tenían una llave que nunca abandonaban?

—Perdona; el día antes del robo el banquero había dejado su llave en su secreter.

—Sí, pero la llave no es suficiente para abrir: hace falta la combinación.

El señor Lecoq, impaciente, se encogió de hombros.

—¿Cuál era la combinación?

—Gypsy.

—Es decir el nombre de la amante del cajero. Bien, muchacho, reflexiona un poco. El día en que hayas descubierto a un hombre lo bastante unido a Prosper para poder pensar el hecho del nombre y lo bastante conocido en casa del señor Fauvel para llegar hasta su habitación, ese día tendrás al auténtico culpable y se habrá solucionado el problema.

Egoísta como todos los grandes artistas, el señor Lecoq nunca había querido tener discípulos, y ahora tampoco lo pretendía. Odiaba a los ayudantes, no queriendo compartir ni las alegrías del éxito ni las penas de la derrota.

Por eso Fanferlot, que conocía a su jefe al dedillo, estaba asombrado, viéndole dar consejos, él, que sólo daba órdenes.

Estaba tan profundamente intrigado, que, a pesar de tener problemas más importantes, no pudo dejar de corroborar su sorpresa.

—Es necesario, jefe —se arriesgó—, que tanga usted un fuerte interés personal en este caso, para haberlo estudiado así.

El señor Lecoq tuvo un sobresalto nervioso que su agente no percibió; frunció el ceño y con tono muy grave respondió:

—Eres curioso por naturaleza, maese *Ardilla*; sin embargo no es oportuno serlo demasiado ¿me entiendes?

Fanferlot quiso disculparse.

—Bueno, bueno —interrumpió el señor Lecoq—. Si te echo una mano, es porque me interesa. Me gusta ser la cabeza si tú eres el brazo. Tú solo, con tus ideas preconcebidas, nunca habrías encontrado al culpable; los dos sí lo encontraremos, o yo dejaré de ser Lecoq.

—Triunfaremos, ya que usted está metido en esto.

—Sí, me he metido y en estos cuatro días he aprendido muchas cosas. Pero recuerda bien esto: tengo motivos para no aparecer en este caso. Ocurra lo que ocurra, te prohíbo decir mi nombre. Si triunfamos, es necesario que el éxito sólo se te pueda atribuir a ti. Y, sobre todo, nunca intentes saber más; confórmate con las explicaciones que quiera darte.

Estas condiciones no parecieron irritar lo más mínimo al agente de seguridad.

—Seré discreto, jefe —pronunció.

—Cuento con ello, muchacho. Para empezar coge esa fotografía de la caja y vete al juez de instrucción. Sé que el señor Patrigent está todo lo asombrado que se puede estar en lo que respecta al inculpado. Tú le explicarás, como cosa tuya, lo que acabo de explicarte, le repetirás mis observaciones, y estoy seguro de que esas pruebas lo animarán a liberar al cajero. Necesito a Prosper libre para empezar mis indagaciones.

—Entiendo, jefe. ¿Pero debo dejarle entender que sospecho de otro culpable que del banquero o el cajero?

—Necesariamente. La justicia no debe desconocer que tú vas a continuar con este caso. El señor Patrigent te ordenará que vigiles a Prosper; respóndele que no lo perderás de vista. Yo te aseguro que estará en buenas manos.

—¿Y si me pide noticias de Gypsy?

El señor Lecoq dudó un momento.

—Le dirás —dijo, por fin— que has decidido, en beneficio de Prosper, instalarla en una casa donde pueda vigilar a alguien del que sospechas.

Fanferlot, muy feliz, enrolló la fotografía, cogió el sombrero y ya se dispuso a salir. El señor Lecoq lo detuvo con un gesto.

—No he terminado —añadió—. ¿Sabes conducir un coche y cuidar un caballo?

—¡Cómo, jefe! ¿Usted me pregunta eso, a mí, antiguo caballista del circo Bouthor?

—Bueno, ya que es así, en cuanto el juez te haya dejado libre regresas a tu casa rápidamente, te lavas la cara, te pones un traje de criado de buena casa y te diriges con esta carta al agente de colocaciones del pasaje Delorme.

—Pero, jefe.

—No hay ningún pero, muchacho; este agente de colocaciones te presentará al señor Clameran, que está buscando un criado, porque el suyo lo dejó ayer.

—Discúlpeme, si me atrevo a decirle que se confunde, porque ese Clameran no reúne las condiciones indicadas; no es amigo del cajero.

—Ya estás interrumpiéndome —dijo el señor Lecoq, ya con voz imperiosa—. Haz lo que te ordeno y no te preocupes del resto. El señor Clameran no es amigo de Prosper, ya lo sé; pero es amigo y protector de Raoul de Lagors. ¿Por qué? ¿De dónde viene la relación de estos dos hombres de edades tan dispares? Necesitamos saberlo. Necesitamos saber también quién es ese dueño de fundición que vive en París y no se interesa en absoluto de sus altos hornos. Un tipo que ha tenido la idea de ir a instalarse en el hotel del Louvre, en medio de un barullo continuo, es un tipo difícil de vigilar. A través tuyo tendré colocado un ojo en su vida. Tiene coche, tú lo conducirás inmediatamente, conocerás sus relaciones y podrás ponerme al corriente de todos sus pasos.

—Será obedecido, jefe.

—Todavía otra cosa. El señor Clameran es un gentilhombre muy susceptible y aún más receloso. Te presentarás bajo el nombre de Joseph Dubois. Te pedirá certificados. Toma estos tres que confirman que has servido al marqués de Sairmeuse, al conde Commarin y que últimamente sales de la casa del barón de Wortschen, que ha regresado a Alemania. Y estáte atento, cuida tus modales, vigila tus movimientos. Sirve bien, pero sin exagerar. Y, sobre todo, no demasiada honradez; inspirarías sospechas.

—Esté tranquilo, jefe; pero ¿adónde iré para informar?

—Te iré a ver todos los días. Hasta nueva orden, prohibido venir aquí, pueden seguirte. Si sobreviene algún hecho imprevisto, envía una nota a tu mujer; ella me dará el recado. Vete... y sé prudente.

Nada más cerrarse la puerta tras Fanferlot, el señor Lecoq pasó con toda rapidez a la habitación.

En un cerrar de ojos se quitó las apariencias de jefe de negociado, de la corbata almidonada y los lentes de oro, dejó suelta su densa cabellera negra. Desaparecía el Lecoq oficial, para dar paso al auténtico Lecoq, al que nadie conocía, buen mozo, mirada clara, aire decidido.

Pero no duró así más que un instante. Sentado delante de una mesa de tocador más cargada de cremas, colonias, colores y postizos que el tocador de una damisela, se puso de nuevo a deshacer la obra del creador y recomponer un nuevo aspecto.

Trabajaba lentamente, manejando con un absoluto cuidado sus pequeños pinceles; pero después de una hora, había concluido una de sus obras maestras habituales. Cuando terminó, ya no era Lecoq, era el señor grueso de pelirrojas patillas, al que Fanferlot no había reconocido.

—Veamos —dijo echando una última ojeada al espejo—, no olvido nada, no dejo casi nada al azar, tengo todos los cabos bien atados, ya puedo marcharme. ¡Esperemos que *El Ardilla* no pierda el tiempo!...

Pero Fanferlot estaba demasiado feliz para derrochar un minuto. No corría, volaba en dirección al Palacio de Justicia.

Por fin iba a poder demostrar una asombrosa habilidad. Referente a pensar que iba a triunfar con las ideas de otro, eso ni se le ocurría. Con la mejor fe del mundo el cuervo se pavonea con las plumas del pavo real de igual modo.

Por lo demás lo que sucedió no desmintió las esperanzas. Si el juez no quedó plena y completamente convencido, al menos admiró lo ingenioso del procedimiento.

—Esto me acaba de decidir —dijo, despidiendo a Fanferlot—; voy a presentar a la Cámara del Consejo unas decisiones favorables, y mañana muy posiblemente el cajero será puesto en libertad.

Y, en efecto, se puso a redactar uno de esos terribles autos de sobreseimiento que devuelven al acusado la libertad, pero no el honor; que declaran que no es culpable, pero no dicen que es inocente:

> «Teniendo en cuenta que no existen contra el inculpado Prosper Bertomy suficientes cargos, visto el artículo 128 del Código de instrucción criminal, declaramos que no ha lugar seguir, *en cuanto al presente,* contra el susodicho, ordenamos que sea extraído del lugar donde se encuentra detenido y que sea puesto en libertad por el guardián, etc.»

Cuando concluyó:

—Vamos, Sigault —dijo a su escribano—, éste es uno de esos delitos en los que la justicia todavía no ha dicho su última palabra. Un expediente más que colocar en los Archivos del Tribunal.

Y sobre la cubierta escribió de su puño y letra el número ordinal correspondiente: *Expediente número 113.*

7

Prosper llevaba nueve días en prisión, aislado, cuando un jueves por la mañana el carcelero vino a notificarle el auto de sobreseimiento.

Lo llevaron al registro, donde le devolvieron varios pequeños objetos que le habían quitado a su entrada cuando le realizaron el cacheo: su reloj, una navaja, algunas joyas, y le hicieron firmar en una hoja.

Lo empujaron luego hacia un pasillo sombrío, muy estrecho. Una puerta se abrió para cerrarse detrás de él con un funesto ruido.

Se encontró sobre el dique; estaba solo, era libre.

¡Libre! Es decir, que la justicia se declaraba impotente para declararlo convicto del delito del que había sido acusado. ¡Libre! Sí, podía andar, respirar el aire puro; pero iba a encontrarse con todas las puertas cerradas.

Si la absolución después de un juicio es la reincorporación, el auto de sobreseimiento, en cambio, deja planear para siempre sobre el que ha sido arrestado la sombra de una continua sospecha. La opinión tiene fuerzas más temibles que los «secretos» del sumario.

En el mismo instante en que le habían devuelto la libertad, Prosper estaba sintiendo tan violentamente el horror de su situación, que no pudo contener un grito de ira y de odio.

—¡Pero soy inocente! —gritó—. ¡Soy inocente!

Dos caminantes que seguían el mismo camino que Prosper se detuvieron a mirarlo; lo tomaron por un loco.

El Sena estaba ahí, a sus pies. La idea del suicidio lo asaltó.

—¡No! —dijo—. ¡No! Ni siquiera tengo derecho a matarme. ¡No, no quiero morir antes de ser reincorporado!

Cuántas veces en su celda de los calabozos de la Prefectura, Prosper había sentido tan violentamente el horror de su situación, ese odio fríamente madurado que da la fuerza o la paciencia para romper o remover todos los impedimentos y que le hacía decir: «¡Ah, si estuviera libre!»

Ya estaba libre, y sólo ahora empezaba a tomar conciencia de las enormes dificultades de su labor. Sabía que la justicia necesita para cada crimen un criminal, y que sólo entregando al culpable podría hacer brillar su inocencia. ¿Cómo encontrarlo y entregarlo?

Desesperado, aunque no desanimado, cogió el camino de su casa. Mil inquietudes lo empujaban. ¿Qué había pasado en los nueve días que estuvo como suprimido del número de los vivos? No le había llegado ningún eco del exterior. El silencio del aislamiento es tan terrible como el de la tumba.

Iba lentamente a lo largo de las calles, cabizbajo, esquivando la mirada de la gente con la que se cruzaba. Él, tan orgulloso, iba a conocer lo que era el desprecio. Iba a ver cómo a su simple presencia las caras se volverían frías, concluirían las conversaciones. Todas las manos se le retirarían cuando extendiese la suya.

¡Si al menos pudiera apoyarse en un amigo! ¿Pero qué amigo iba a creerlo, cuando su propio padre, el único amigo que queda en las mayores crisis, no había querido creerlo...?

Cuando sus torturas eran más fuertes y desgarradoras, el nombre de Nina Gypsy subió a sus labios. Nunca la había amado; incluso llegó a odiar a la pobre alguna vez, pero en aquel instante su recuerdo tuvo para él infinitas dulzuras.

Se sentía amado por Nina; estaba convencido de que ella no habría dudado cuando hubiera hablado. Sabía que la mujer permanece fiel a sus creencias, fiel al menos en la desgracia, ya que no lo es siempre en la prosperidad.

Llegó a la calle Chaptal, delante de su casa, y en el momento de cruzar el umbral de la puerta dudó.

Sufría esa timidez del hombre honrado que se considera sospechoso; hubiera deseado no volver a ver ninguna cara conocida.

Sin embargo no iba a permanecer allí, en la acera; entró.

Al verlo, el portero tuvo una exclamación de alegría.

—¡Por fin lo vemos, señor! —exclamó—. Ya decía yo que usted saldría de allí, blanco como la nieve. Cuando leí en los periódicos que lo culpaban de haber robado, dije a todos los que quisieron oírlo: «¿Mi inquilino del tercero un ladrón? ¡Vamos, hombre!»

Las felicitaciones de aquel hombre, torpes quizá, pero francas, produjeron en Prosper realmente una lamentable impresión. Quiso cortar en seco toda justificación.

—Supongo que la señora se marchó —dijo—. ¿Sabe adónde?

—De verdad que no, señor. El día que lo detuvieron pidió un coche, cargó con todas sus maletas, y desde entonces no la he vuelto a ver; no volvimos a oír hablar de ella.

Aquella fue para el desdichado cajero una tristeza más que agregar a todas sus tristezas.

—¿Y qué ha sido de mis sirvientes?

También se han ido. Su padre les pagó y los despidió.

—¿Entonces tendrá usted mi llave?

—No, señor. Cuando su padre se marchó esta mañana a las ocho, me dijo que dejaba en su apartamento a uno de sus grandes amigos, a quien yo debía considerar el dueño hasta que usted regresara. Lo conocerá sin duda: es un señor grueso, de su estatura más o menos, con patillas pelirrojas.

Prosper no pudo quedar más asombrado. Un amigo de su padre en su casa... ¿Qué significaba eso? Sin embargo no dejó percibir en absoluto su asombro.

—Sí, ya sé —respondió—, ya sé.

Y, subiendo rápidamente las escaleras, llamó a su puerta.

El amigo de su padre acudió a abrirlo.

Era tal y como el portero lo había descrito: algo obeso, el rostro rojizo, labios sensuales, mirada de una fuerza asombrosa, aire bonachón, aspecto normal. El cajero no lo había visto nunca.

—Encantado de conocerlo, señor —dijo.

Se encontraba en casa de Prosper como en su propia casa; encima de la mesa del salón, un libro que había tomado de la biblioteca; poco faltaba para que le hubiera hecho los honores de la casa.

—Debo confesar, señor... —comenzó el cajero.

—Que está usted asombrado al hallarme aquí, ¿no es eso? Lo entiendo. Su padre se proponía presentarme, pero se ha visto obligado a regresar esta mañana a Beaucaire. Añadiré que se ha marchado seguro, como yo lo estoy ahora mismo, de que usted no ha robado un céntimo al señor Fauvel.

Ante aquella noticia tan buena Prosper no pudo contener una exclamación de alegría.

—Por otra parte —continuó el hombre grueso—, esta carta de su padre, que me mandó entregársela, espero que sustituya una presentación.

El cajero tomó la carta que se le ofrecía, la abrió y según la iba leyendo se le iluminaba la cara y la sangre le volvía a sus pálidas mejillas. Concluida la lectura, extendió la mano al señor grueso.

—Mi padre, señor —comentó—, me dice que usted es su mejor amigo; me recomienda que tenga la absoluta confianza en usted y que siga sus consejos.

—Eso es. Esta mañana su buen padre me dijo: «Verduret (es mi nombre), Verduret, mi hijo está en un apuro, hay que sacarlo de él.» Yo le he contestado: «Presente», y aquí estoy. Ya se ha roto el hielo ¿no es eso? Entonces vamos al grano. ¿Qué piensa hacer?

Esta pregunta hizo brotar toda la ira del cajero; sus ojos despidieron rayos.

—¿Qué pienso hacer? —respondió con voz trémula—. ¡Quiero encontrar al miserable que me ha destrozado, entregarlo a la justicia, vengarme en una palabra!

—Naturalmente. ¿Y tiene usted algún medio para llegar a eso?

—Ninguno. Y sin embargo lo conseguiré, porque un hombre que dedica su vida a una tarea, que se despierta cada mañana queriendo lo que ha querido el día anterior, sin duda termina consiguiéndolo.

—Bien dicho, Prosper y créame francamente, yo esperaba encontrar en usted esa actitud. La prueba está en que he reflexionado y he estado pensando por usted. Tengo un plan. Para empezar, usted va a vender este mobiliario, abandonar esta casa y desaparecer.

—¡Desaparecer! —exclamó el cajero, indignado—. ¡Desaparecer! Piense que eso equivaldría a confesarme culpable; sería permitir a todo el mundo decir que me escondo para disfrutar tranquilo de los trescientos cincuenta mil francos robados.

—Bueno ¿y qué? —dijo fríamente el hombre de las patillas pelirrojas—. ¿No acaba de afirmar que ya tiene hecho el sacrificio de su vida? El experto nadador a quien unos mezquinos han lanzado al agua, se guarda muy bien de salir rápidamente a la superficie; por el contrario se sumerge, nada bajo el agua todo lo que le permite su respiración, sale lo más lejos posible y toca tierra donde no lo puedan ver; y sólo cuando lo consideran perdido, ahogado, de pronto reaparece y se venga. ¿Tiene usted un enemigo? Una sola imprudencia puede entregarlo. Pero, mientras él lo vea a usted en pie, tendrá miedo.

Prosper escuchaba con agradable acatamiento a aquel hombre que, incluso siendo amigo de su padre, era para él un desconocido.

Sin tener conciencia de ello, sufría la influencia de un carácter más fuerte que el suyo. Le faltaba todo y era feliz de encontrar un apoyo.

—Seguiré sus consejos —respondió Prosper, después de unos momentos de reflexión.

—Estaba seguro de ello, mi querido amigo. Por tanto, hagamos limpieza hoy. Y no olvide que el producto de la venta nos será tremendamente útil. ¿Tiene usted dinero? No. Pues nos hace falta. Sabía tan bien que usted se dejaría convencer, que he llamado a un comerciante de muebles; se llevará todo lo que hay aquí por doce mil francos, a excepción de los cuadros.

Muy a su pesar, el cajero sufrió un sobresalto que no pasó desapercibido a Verduret.

—Sí —dijo—, es duro, ya lo sé, pero es necesario. Escuche —añadió con un tono que se diferenciaba del resto de la conversación—, usted es el enfermo, yo soy el médico encargado de salvarlo. Si corto en carne viva, rece, pero déjeme cortar. En ello está su salvación.

—Corte, señor —respondió Prosper, sometido cada vez más a su influencia.

—Perfecto. Y... pasemos a otra cosa, porque el tiempo corre... ¿Es usted amigo del señor Lagors?

—¿De Raoul? Sí, señor, íntimo amigo.

—Veamos: ¿Cómo es ese individuo?

La calificación de «individuo» pareció molestar a Prosper.

—Lagors —respondió como irritado— es sobrino del señor Fauvel; un hombre muy joven, rico, distinguido, de espíritu delicado y el mejor y leal amigo que conozco.

—¡Hum! —dijo Verduret—. Estamos ante un mortal de no pocas cualidades y estoy asombrado con la idea de poder conocerlo. Porque tengo que confesarle que le he escrito en su nombre una nota pidiéndole que venga, y ha contestado que vendrá.

—¡Cómo! —exclamó Prosper, confuso—. ¿Es que usted supone...?

—Oh, yo no supongo nada. Sólo que es necesario que yo vea a ese joven. Incluso tengo en la cabeza un pequeño plan de encuentro, que quiero preguntarle.

Un campanillazo cortó la palabra a Verduret.

—¡Diantre! —dijo—. Ya está aquí. ¡Adiós a mi plan! ¿Dónde puedo esconderme para poder oír y ver?

—Ahí en mi habitación con la puerta abierta y la cortina echada.

Sonó un segundo campanillazo.

—¡Ya voy! ¡Ya voy! —gritó el cajero.

—¡Por lo que más quiera, Prosper! —dijo Verduret en tono capaz de convencer al carácter más rebelde—. ¡Por lo que más quiera, ni una palabra a ese hombre de sus planes ni de mí! Diríjase a él desesperado, débil, confuso...

Y desapareció mientras Prosper se apresuraba a abrir a Raoul.

El retrato de Lagors no había sido exagerado por su amigo. Jamás una fisonomía podía estar más fielmente al servicio de un noble carácter que la de aquel joven. A sus veinticuatro años, Raoul no parecía tener más de veinte. De mediana estatura, estaba sorprendentemente formado. Abundantes cabellos de castaño claro enmarcaban con toda naturalidad su inteligente frente. La franqueza y el orgullo resplandecían en sus grandes ojos azules.

Su primer movimiento fue lanzarse al cuello del cajero.

—¡Pobre estimado amigo! —decía estrechándole las manos—. ¡Pobre estimado Prosper!...

Sin embargo bajo aquellas afectuosas demostraciones se reflejaba una cierta tirantez que, si escapaba al cajero, debía de percibirla Verduret.

Una vez sentado dentro del salón:

—Tu carta, amigo mío —continuó Raoul—, me ha hecho un tremendo daño. Me ha asustado. Me he dicho: «¡Está volviéndose loco!» Entonces lo dejé todo y he venido.

Prosper pareció no oír, interesado en aquella carta que él no había escrito. ¿Qué le habrían hecho decir? ¿Quién era realmente el hombre en cuyas manos se había confiado?

—¿Te va a faltar valor ahora? —continuó Lagors—. ¿Por qué desesperar? A nuestra edad todavía hay tiempo de recomenzar la vida. Al menos tienes amigos. Si vengo es porque quería decirte: cuenta conmigo. Soy rico, la mitad de mi fortuna está a tu disposición.

Aquella generosa oferta, hecha en tal ocasión con la más noble sencillez, conmovió profundamente a Prosper.

—Gracias, Raoul —respondió con emocionada voz—, gracias. Desgraciadamente todo el dinero del mundo no me serviría de nada en este momento.

—¿Cómo es eso? ¿Cuáles son tus planes? ¿Te propones permanecer en París?

—Todavía no lo sé, amigo mío, no tengo planes, he perdido la cabeza.

—Ya te lo he dicho —continuó enérgicamente Raoul—, tienes que recomenzar tu vida. Disculpa mi franqueza, es la de la amistad; mientras el robo no se aclare, es imposible quedarse en París.

—¿Y si nunca se aclara?

—Razón de más para hacerte olvidar. Mira, yo hablaba de ti hace una hora con Clameran; eres injusto con él, porque él te quiere. «Yo en lugar de Prosper —me decía— lo vendería todo, me iría a América, haría fortuna y regresaría con bastantes millones para aplastar a todos los que han sospechado de mí.»

Aquel consejo sublevó el orgullo de Prosper. Sin embargo no realizó ninguna objección. Las palabras del desconocido que escuchaba en aquel mismo momento le acudían a la memoria.

—Bueno, ¿qué? —insistió Raoul.

—Reflexionaré —susurró el cajero—. Ya veré... Quisiera saber lo que dice el señor Fauvel.

—¡Mi tío!... ¿Sabes que desde que rechacé la oferta que me ofrecía de entrar en sus oficinas casi nos hemos enfadado? Hace un mes o más que no he puesto los pies en su casa; pero tengo noticias suyas...

—¿Por quién?

—Por tu protegido, el joven Cavaillon. Desde el suceso, al parecer mi tío está más afectado que tú. Casi no lo ven por las oficinas, se diría que sufre alguna terrible enfermedad.

—¿Y la señora Fauvel, y... —el cajero dudó— la señorita Madeleine?

—¡Oh! —dijo Raoul con tono ligero—. Mi tía sigue tan devota; encarga misas por la salvación del culpable. Con respecto a mi bella y fría prima, ella no puede ocuparse de insignificantes detalles: está tan ocupada en los preparativos del baile de máscaras que dan pasado mañana los Jandidier. Una amiga suya me ha dicho que ha encontrado una maravillosa costurera, desconocida, que le está haciendo un vestido de dama de honor de Catalina de Médicis que es una maravilla.

Es cierto que el exceso de sufrimiento lleva a debilitar el pensamiento, a una especie de insensibilidad. A Prosper, en cambio, que había sufrido tan terriblemente, aquel último golpe lo dejó atónito.

—¡Madeleine...! —murmuró—. ¡Madeleine!

Lagors hizo como si no hubiera oído la exclamación; se levantó.

—Tengo que marcharme, mi querido Prosper —dijo—; el sábado veré a esas damas en el baile y le daré noticias. Hasta entonces, ánimo, y recuerda que, ocurra lo que ocurra, puedes contar conmigo.

Por última vez Raoul estrechó las manos de Prosper antes de retirarse. Debía de estar ya en la calle, y el infeliz Prosper todavía permanecía de pie, en el mismo sitio, inmóvil, desolado.

Fue necesaria, para sacarlo de sus sombrías reflexiones, la voz burlona del hombre de las patillas pelirrojas, que había venido a colocarse delante de él.

—¡Vaya con los amigos! —decía Verduret.

—¡Sí...! —respondió Prosper con amargura—. Y sin embargo, ya lo habrá escuchado, me ha ofrecido la mitad de su dinero.

Verduret se encogió de hombros con aire compasivo.

—Es cruel por su parte —dijo—. Por el mismo precio podría haber ofrecido toda la riqueza. Esas ofertas no comprometen a nada. Sin embargo, estoy seguro de que este atractivo muchacho ofrecería gustosamente diez bonitos billetes de mil francos por tener el Océano entre usted y él.

—¿Él, señor? ¿Por qué?

—¿Quién sabe? Quizá por el mismo motivo por el que ha querido hacerle saber que desde hace un mes no ha puesto el pie en casa de su tío.

—Pero es la verdad, señor, estoy convencido de ello.

—Naturalmente —respondió Verduret con aire irónico—. Pero mire —continuó ya seriamente—, basta de ese atractivo muchacho; ya tengo su medida, es todo lo que quería saber. Ahora, si le parece bien, cámbiese de traje y vamos juntos a hacer una visita al señor Fauvel.

Aquella propuesta pareció humillar a Prosper.

—¡Jamás! —exclamó con una violencia suprema—. ¡No, nunca! No podría soportar ver a ese miserable.

Tal resistencia no sorprendió a Verduret.

—Lo entiendo —dijo— y lo disculpo, pero espero que usted retroceda en su primer impulso. Al igual que he querido ver a Lagors, quiero ver al señor Fauvel; es necesario, ¿comprende? ¿Es usted tan débil que no va a poder contenerse durante cinco minutos? Me presentaré como un pariente suyo y usted no tendrá que decir ni una palabra.

—¡Si es completamente necesario! —dijo Prosper—. Si usted lo quiere...

—Sí, lo quiero. Vamos, ¡diablos!, un poco de coraje y confianza. Rápido, arréglese un poco; se hace tarde, tengo hambre; comeremos en el camino mientras hablamos.

Apenas había pasado a su habitación el cajero, cuando sonó nuevamente la campanilla.

Verduret fue a abrir. Era el portero, que llevaba en la mano una carta bastante grande.

—Traigo —dijo— una carta que me han entregado esta mañana para el señor Bertomy; me quedé tan asombrado al volverlo a ver, que olvidé dársela. Bien mirado, es una extraña carta, ¿verdad, señor?

¡Carta peculiar, en efecto! La dirección no estaba escrita a mano; las palabras que la componían estaban formadas con letras pegadas, recortadas cuidadosamente de un libro o de un periódico y pegadas en el sobre.

—Oh —dijo Verduret—. ¿Qué es esto?

Y, dirigiéndose al portero.

—Siéntese un momento aquí —dijo—, que ahora regreso.

Dejó al portero en el comedor y pasó al salón, donde tuvo la precaución de cerrar la puerta. Prosper estaba allí, había oído primero la campanilla, luego un ruido de voces y venía a saber qué ocurría.

—Mire lo que han traído para usted —dijo Verduret.

Y, sin reparos, abrió el sobre.

Saltaron unos billetes de banco; contó diez.

Prosper se había puesto morado.

—¿Qué significa esto? —dijo.

—Vamos a saberlo —respondió Verduret—. Aquí viene un escrito adjunto.

El escrito, al igual que el sobre, llegaba compuesto con letras y palabras impresas, recortadas y pegadas.

Era corto, pero conciso:

> «Mi querido Prosper: un amigo que conoce su terrible situación le envía esta ayuda. Créame que hay un corazón que comparte todas sus angustias. Salga de aquí, salga de Francia, es usted joven, el futuro es suyo. Váyase y ojalá este dinero le aporte algo de felicidad.»

A medida que el hombre de las patillas pelirrojas leía en voz alta, la ira de Prosper se acrecentaba. Cólera loca, porque no sabía cómo explicarse los acontecimientos que le ocurrían; creía perder la cabeza.

—Todo el mundo quiere que me marche —exclamó—. ¡Pero esto es una conspiración!

Verduret ocultó una sonrisa de satisfacción.

—Menos mal —dijo—. Por fin comienza usted a abrir los ojos. Sí, hijo mío, hay personas que lo odian por todo el mal que ellos mismos le han causado; hay personas para quienes su presencia en París sería una continua amenaza, y que quieren alejarlo a toda costa.

—¿Pero quiénes son esas personas, señor? ¡Dígamelo, dígame quién se permite enviarme ese dinero!

El amigo del señor Bertomy padre movió la cabeza lamentablemente.

—Si lo supiera, querido Prosper —respondió—, mi tarea quedaría cumplida, porque sabría entonces quién ha cometido el robo del que le acusan. Pero vamos a investigar. Por fin tengo una de esas pruebas que tarde o temprano se transforman en un inmenso cargo. Antes solamente tenía deducciones más o menos probables; ahora hay un hecho que acaba de demostrarme que no me había equivocado... Marchaba a tientas y ahora tengo una luz para guiarme...

Verduret, aquel hombre de comunes apariencias, con la fácil energía del viajante de comercio, encontraba cuando quería esos tonos imperiosos que se imponen a las almas débiles y dominan los espíritus enfermos.

Prosper, escuchándolo, recuperaba cierto coraje y sentía que renacía su esperanza.

—¡Se trata de sacar partido a esta prueba que nos ha facilitado la imprudencia de sus enemigos! —continuaba Verduret—. Empecemos interrogando al portero.

Abrió la puerta y llamó:

—Eh, buen hombre, acérquese un poco, si es tan amable.

El portero, hombre muy cortés, se acercó, dándole vueltas a su gorra, muy intrigado por la autoridad que se reflejaba en aquel desconocido en casa de su inquilino.

—¿Quién le entregó el sobre que acaba usted de subir? —preguntó Verduret.

—Un mensajero que me dijo que le habían pagado por ello.

—¿Lo conoce usted?

—Sólo lo conozco a él; es el mensajero que para en la taberna de la esquina, en la calle Pigalle.

—Vaya a buscarlo.

Mientras el portero salía apresurado, Verduret extrajo de su bolsillo una libreta de notas y consultaba alternativamente los billetes de banco tirados sobre la mesa y una página llena de números.

Cuando terminó su examen:

—Estos billetes —dijo con tono decidido—, no los envía el autor del robo.

—¿Usted cree, señor?

—Estoy seguro. A no ser que el ladrón esté capacitado de una penetración y una predicción extraordinarias. Lo cierto y positivo es que ninguno de estos billetes de mil francos formaba parte de los trescientos cincuenta que han sido robados en su caja.

—Pero —exclamó Prosper que no se explicaba la certeza de su amigo—, pero...

—No hay ningún pero; tengo el número de serie de todos los billetes.

—¿Qué? ¡Si no lo tenía ni yo mismo!

—Lo tiene el Banco, mi joven amigo, y debemos alegrarnos de ello. Cuando uno se ocupa de un asunto debe prevenirlo todo y no olvidar nada. No es un pretexto para un hombre inteligente decir, cuando ha cometido un error: «¡Vaya; no lo había pensado!» Yo he pensado en el Banco.

Si Prosper guardaba algún impedimento en volcarse por completo al amigo de su padre, tales impedimentos se disiparon uno a uno.

Comprendía que él solo, apenas consciente de sí, entregado a la inspiración de su inexperiencia, jamás hubiera tenido la paciente habilidad de aquel peculiar personaje.

Éste, sin embargo, continuaba hablando consigo mismo, como si se hubiera olvidado completamente de la presencia de Prosper:

—Por tanto, si el envío no proviene del ladrón, es evidente que sólo puede provenir de una tercera persona, la que estaba cerca de la caja en el momento del delito, que no lo pudo evitar y que ahora tiene remordimientos. La probabilidad de dos personas en el robo, probabilidad corroborada por el arañazo, pasa ahora a indiscutible certeza. Luego, yo tenía razón.

El cajero escuchaba con todas sus fuerzas, haciendo esfuerzos de imaginación por entender algo de aquel monólogo que no se atrevía a cortar.

—Busquemos —continuaba el hombre grueso—, busquemos quién puede ser esa segunda persona, a quien la conciencia le incomoda y que sin embargo no se ha atrevido a confesar nada.

Cogió la carta, la leyó muy despacio, tres o cuatro veces, acompasando las frases, midiendo todas las palabras.

—Evidentemente —murmuraba—, evidentemente esta carta ha sido escrita por una mujer. Jamás un hombre que quiere hacer un favor a otro, y menos si le envía dinero, habría escrito la palabra «ayuda». Hubiera escrito: *préstamo, subsidio, fondos* o cualquier otro sinónimo pero nunca *ayuda*. Sólo una mujer, desconocedora de las ridículas susceptibilidades masculinas, ha podido encontrar normal la idea que representa esa palabra. En cuanto a esta frase: «hay un corazón», etc., no puede ser pensada más que por una mujer.

Prosper esta vez había podido seguir el trabajo inductivo de su protector.

—Creo que usted se confunde —dijo—. Ninguna mujer puede estar inmiscuida en esto.

Verduret no hizo caso de la interrupción. Quizá no la había escuchado, quizá no le convenía discutir sus ideas.

—Tratemos por el momento —continuó— de descubrir de dónde han sido recortadas las palabras que constituyen esas tres frases.

Se acercó a la ventana y se puso a estudiar los caracteres pegados encima con la metódica atención de un sabio en latín, que busca descifrar un viejo manuscrito deteriorado.

—¡Caracteres pequeños —decía—, muy delicados, muy claros, impresión muy cuidada papel muy fino y fuertemente satinado! Por tanto estas palabras no han sido recortadas, ni de un periódico ni siquiera de un volumen de novela, ni siquiera de un libro de venta corriente. Sin embargo, yo he visto estos caracteres, los reconozco: Didot los usa similares, y también Mame, la imprenta de Tours.

Se calló, con la boca semiabierta, las pupilas dilatadas, haciendo uno de esos enérgicos sacrificios de memoria que concentran el pensamiento en un único punto.

De repente se golpeó la frente.

—¡Ya está! —decía—. ¡Ya está! ¡Cómo demonios no lo he visto desde el primer momento! Todas estas palabras han sido extraídas de un devocionario. Para mayor seguridad, vamos a comprobarlo; hay un medio de corroborarlo.

Entonces, cuidadosamente, mojó con la punta de la lengua alguna de las palabras pegadas al papel y cuando notó bastante húmeda la cola, con la ayuda de un alfiler consiguió despegarlas. En el reverso de una de ellas estaba grabada una palabra en latín: *Deus.*

—¡Eh, eh! —dijo con una risita de satisfacción—. Lo había adivinado. Si estuviera aquí el tío Tabaret, estaría orgulloso. ¿Pero qué ha ocurrido con el devocionario dañado? ¿Lo han quedado? No, porque un libro encuadernado no prende así como así. Lo habrán tirado en algún rincón.

Verduret se calló; el portero entraba, trayendo con él al mensajero de la calle Pigalle.

—Ah, llegas a tiempo, muchacho —dijo el hombre grueso con aire campechano.

Y, enseñando al mensajero el sobre de la carta:

—¿Recuerdas —le preguntó— haber traído este sobre aquí esta mañana?

—Perfectamente, señor; sobre todo porque me fijé en la dirección: no se ven muchas similares, ¿no es así?

—Estoy de acuerdo contigo. ¿Y quién te dio el encargo? ¿Un hombre o una mujer?

—No, señor, un mensajero.

Esta respuesta, que divirtió enormemente al portero, no hizo reír a Verduret.

—Un mensajero —continuó—. ¿Conoces tú a ese colega?

—Nunca lo había visto.

—¿Cómo era?

—Bueno, ni grande ni pequeño; llevaba una chaqueta verduzca, con una medalla.

—Diablos, muchacho, las señas son pocas y se pueden aplicar a muchos mensajeros; pero ese colega tuyo ha podido decirte quizá quién le había mandado.

—No, señor. Solamente me dijo, dejándome diez monedas en la mano: «Toma, lleva esto a la calle Chaptal, al número treinta y nueve, me lo ha dado un cochero en el bulevar.» ¡Diez monedas! Estoy convencido de que él sacó más que yo.

Aquella respuesta pareció inquietar un poco a Verduret. Tantas precauciones para hacer llegar la carta a Prosper lo impacientaban y alteraban sus planes.

—Por último —dijo—. ¿Reconocerías al mensajero de esta mañana?

—Si lo viera, desde luego.

—Entonces, presta atención. ¿Cuánto vienes ganando al día?

—Hombre; no lo sé exactamente; pero tengo un buen trabajo; bueno, supongamos que entre ocho y diez francos al día.

—Pues bien, muchacho, voy a darte diez francos al día sólo por pasearte, es decir, por buscarme al mensajero de esta mañana. Todas las tardes, hacia las ocho, vendrás al hotel *Grand-Archange,* Quai Saint-Michel, me informarás de tus pasos y te pagaré. Pregunta por el señor Verduret. Si encuentras a ese hombre te daré cincuenta francos. ¿Te interesa el trato?

—¡Mi madre! Ya lo creo, señorito.

—Entonces no pierdas ni un minuto. ¡En marcha!

Aunque desconocía el plan de Verduret, Prosper comenzaba a comprender el sentido de sus investigaciones. Su vida, por decirlo así, dependía del triunfo de ellas, y sin embargo casi lo olvidaba para admirar la energía de la singular ayuda que su padre le había ofrecido, su sangre fría socarrona, la seguridad de sus pensamientos, la productividad de sus métodos, la rapidez de sus acciones.

—Así que —preguntó cuando el mensajero se había marchado—, ¿sigue usted viendo en todo lo que me ocurre la presencia de una mujer?

—Más que nunca, y de una mujer devota. Y, lo que es más, de una mujer que tiene dos devocionarios, ya que para escribirle a usted ha tenido que dañar uno.

—¿Y tiene alguna esperanza de encontrarla?

—Diga más bien una enorme esperanza, gracias a los medios de investigación inmediata de los que dispongo, medios que voy a utilizar enseguida.

Mientras terminaba de decir aquellas palabras se sentó y rápidamente trazó a lápiz dos o tres líneas sobre una pequeña hoja de papel, que metió en su chaleco.

—¿Está usted preparado —preguntó— para nuestra visita al señor Fauvel? ¿Sí? Entonces salgamos, hoy nos tenemos bien ganada la comida.

8

Cuando Raoul de Lagors habló de la extraordinaria desolación de André Fauvel, no había exagerado nada.

Desde el nefasto día en el que, a raíz de su denuncia, habían arrestado al cajero, el banquero, un hombre activo hasta el aturdimiento, había dejado completamente de interesarse de sus negocios, presa de la más enorme tristeza.

Hombre de familia por excelencia, solamente aparecía ya junto a los suyos en la hora de las comidas. Comía deprisa algunos bocados y enseguida se retiraba.

Luego se encerraba en su despacho y prohibía que nadie atravesase su puerta. Los rasgos tensos de su cara, su absoluta indiferencia, sus continuas distracciones, traicionaban las preocupaciones de una idea fija o el cruel influjo de algún dolor oculto.

El día de la puesta en libertad de Prosper, a las tres de la tarde, el señor Fauvel estaba como de costumbre sentado en su escritorio, con los codos en la mesa, la frente entre las manos, la mirada perdida en el vacío, cuando un guardia entró apresuradamente, con aire de asombro.

—Señor —dijo aquel hombre—, el antiguo cajero, el señor Bertomy, está aquí con un familiar suyo; quiere verlo a toda costa y hablar con usted.

Al oír estas palabras, el banquero se levantó de un salto, más extrañado que si hubiera presenciado caer un rayo a tres palmos de él.

—¡Prosper! —exclamó, con una voz ahogada por la ira—. Pero ¿cómo se atreve?

Comprendió, sin embargo, que delante del guardia no podía dejarse llevar por los arrebatos de su carácter, logró controlarse y con voz relativamente sosegada añadió:

—Haga entrar a esos señores.

Si Verduret, aquel hombre grueso de aire jovial, esperaba encontrarse con un extraño y emocionante espectáculo, no se equivocó.

Nada más terrible que la actitud de aquellos dos hombres cara a cara: el banquero, rojo, el rostro asombrado, como a punto de un ataque de apoplejía. Prosper, más pálido que el herido que acaba de perder su última gota de sangre.

Inmóviles, temblorosos, separados entre sí unos tres pasos, intercambiaban miradas repletas de mortal odio, a punto de arrojarse el uno contra el otro.

Durante un minuto al menos, Verduret estuvo observando curiosamente a aquellos dos enemigos, con el distanciamiento y la sangre fría de un filósofo que, en los ataques más violentos de la pasión humana, no ve más que un objeto de estudio y meditación.

Al final, al ver que el silencio se volvía cada vez más acuciante, se decidió a tomar la palabra, dirigiéndose al banquero:

—Supongo que sabe usted —dijo— que mi joven pariente acaba de ser puesto en libertad.

—Sí —respondió el señor Fauvel, que hacía los más notables esfuerzos por no estallar—. Sí, por falta de suficientes pruebas.

—Efectivamente. Ahora bien, ese considerando de «falta de pruebas» que relata el auto de sobreseimiento echa de tal forma a perder el futuro de mi pariente, que está decidido a irse a América.

Ante aquella declaración el rostro del señor Fauvel cambió violentamente. Sus rasgos se relajaron como si aquello lo hubiera aliviado de una terrible angustia.

—¡Ah, se va! —repitió varias veces—. ¡Se va!

No había que dejarse engañar sin embargo por el tono. Aquel «se va», así articulado, era una inmensa injuria.

Verduret no se dio por enterado.

—Me parece —continuó en tono ligero— que la decisión de mi pariente es razonable. Solamente he querido que antes de abandonar París, viniera a presentar sus respetos a su antiguo jefe.

Una amarga sonrisa encogió los labios del banquero.

—El señor Bertomy —replicó— podía haberse ahorrado este paso tan lamentable para los dos. Yo no tenía nada que oír, ni tengo nada que decirle.

Era un despido absoluto, y el señor Verduret, lo entendió así, saludó al señor Fauvel y salió llevándose a Prosper, que no había dicho ni una palabra.

Sólo cuando llegaron a la calle tomó la palabra.

—Es usted quien lo ha querido —dijo con voz sorda—; usted lo ha impuesto y yo no he hecho más que seguirle. ¿Está satisfecho? ¿He ganado algo añadiendo esta dura humillación a todas las anteriores?

—Usted, no —respondió Verduret—, pero yo, sí. Yo no podía llegar al banquero sin usted, y ahora ya sé lo que tenía interés en saber: tengo la seguridad de que el señor Fauvel no tiene nada que ver en este robo.

—Oh —protestó Prosper—, se puede disimular.

—Sin duda, pero no hasta ese punto. Y eso no es todo: para mi posterior proyecto necesitaba saber si su jefe sería accesible a algunas sospechas. Ahora puedo atreverme a responder que sí.

Prosper y su acompañante se habían detenido, para hablar con más calma, en la esquina de la calle Laffitte, en medio de un ancho solar que quedó abierto después de recientes derribos.

Verduret parecía nervioso y, mientras hablaban, giraba continuamente la cabeza como si esperara a alguien.

Enseguida lanzó una exclamación de alegría.

En el otro lado de la improvisada plaza, acababa de aparecer Cavaillon; no llevaba sombrero y corría.

Iba tan deprisa y alarmado al mismo tiempo que no pensó ni en felicitar a su gran amigo Prosper, ni siquiera estrecharle la mano. Se dirigió inmediatamente a Verduret.

—Ellas se han ido —dijo.

—¿Hace mucho?

—No, hace un cuarto de hora aproximadamente.

—¡Diablo! —dijo Verduret—. Entonces no tenemos tiempo que perder.

Y, dando a Cavaillon la nota que había escrito unas horas antes en casa de Prosper.

—Tenga —dijo—, entrégele esto y vuelva enseguida, que no perciban su ausencia; salir sin sombrero es una imprudencia que puede crear sospechas.

El pequeño Cavaillon no se lo hizo repetir dos veces y se marchó corriendo, como había venido. Prosper estaba asombrado.

—¡Pero, cómo! ¿Usted conoce a Cavaillon?

—Eso parece —respondió Verduret sonriendo—. Pero éste no es el momento de charlar. Venga, ¡apresurémonos!

—¿Adónde vamos ahora?

—Ya lo sabrá. Vamos, ¡deprisa, deprisa!...

Él mismo daba ejemplo, y subían la calle Lafayette, casi a paso gimnástico. Mientras andaban, o más bien corrían, hablaba, interesándose muy poco de que Prosper lo oyera o no.

—Ah, vaya —decía— no se consiguen los premios en una carrera con los dos pies en el mismo zapato. Descubierta una pista, no hay que darse ni un minuto de reposo. El salvaje que en la selva virgen ha encontrado la huella del enemigo la sigue sin parar, sabiendo que el viento que sopla o la lluvia que cae son suficientes para borrarla. Nosotros igual; el menor incidente puede hacer que se borren las huellas que seguimos.

Al llegar al número 81, Verduret se calló y se detuvo al mismo tiempo.

—Aquí es —dijo a Prosper—. Entremos.

Subieron y se detuvieron en el segundo piso, delante de una puerta decorada con un emblema de cuero sobre el que se leía: *Modas y Confecciones.*

A lo largo del marco de la puerta colgaba un magnífico cordón para la campanilla, pero Verduret no lo tocó. Con la punta del dedo golpeó muy suavemente, de una forma especial, y enseguida, como si alguien hubiera estado esperando la señal, se abrió la puerta.

Abrió una mujer. Podía tener unos cuarenta años, su aspecto era sencillo, pero muy decoroso. Hizo pasar silenciosamente a Prosper y a su acompañante a un pequeño comedor muy limpio, al que conducían varias puertas.

Aquella mujer se inclinó profundamente ante Verduret, como una protegida delante de su protector.

Casi no respondió al saludo. Con la mirada interrogaba a la mujer. Quería decir:

—¿Bien?

La mujer agachó afirmativamente la cabeza.

—Sí.

—Ahí, ¿no? —dijo Verduret en voz baja, señalando una de las puertas.

—No —respondió la mujer en el mismo tono—, la otra, la del saloncito.

Verduret abrió seguidamente la puerta que le había señalado y empujó suavemente a Prosper al pequeño salón, susurrándole al oído:

—Entre... y ¡sangre fría!

Pero de nada sirvieron tantos consejos. Al echar el primer vistazo a la habitación donde, a su pesar, lo empujaba, sin haberlo advertido nada, Prosper lanzó un gran grito:

—¡Madeleine!

Se trataba, efectivamente, de la sobrina del señor Fauvel, más hermosa que nunca, con esa hermosura sosegada y serena que impone admiración y solicita respeto.

De pie, en medio del salón, cerca de una mesa cubierta de telas, estaba ella preparando las dobleces de una falda de terciopelo rojo y lamé de oro, sin duda la falda de su disfraz de dama de honor de Catalina de Médicis.

Al ver a Prosper, toda la sangre se le subió al rostro, sus hermosos ojos se entrecerraron, como si estuviera a punto de desmayarse, y le cedieron las fuerzas, tanto, que se vio obligada a apoyarse en la mesa para no caer.

Madeleine no era, y Prosper no podía desconocerlo, de esas mujeres fuertes de corazón frío, lo que les permite una mente decidida, que tienen sensaciones pero jamás un sentimiento verdadero, heroínas de novelas que encuentran métodos para todas las oportunidades.

Alma dulce y soñadora, debía a las particularidades de su vida una notable sensibilidad, casi enfermiza. Pero era orgullosa, incapaz de consentir con su conciencia. Cuando el deber hablaba, ella obedecía.

Su desmayo duró sólo un instante, y enseguida sus dulces ojos no expresaron más que decencia y rencor. Y con una voz ofendida dijo:

—¿Quién le ha hecho tan atrevido, señor, para osar vigilar mis pasos? ¿Cómo se ha permitido seguirme y entrar en esta casa?

Realmente Prosper no era culpable. Hubiera querido explicar con una simple palabra todo lo que había ocurrido. La impotencia en que se encontraba para manifestar su pensamiento le hizo guardar silencio.

—Usted me juró —siguió Madeleine— por su honor no intentar volver a verme. ¿Es así como cumple su palabra?

—Lo juré, señorita, pero...

Y se paró.

—Oh, ¡hable!

—Han ocurrido tantos acontecimientos desde ese día, que he creído poder olvidar, aunque no fuera más que por una hora, un juramento arrancado a mi debilidad. Se debe al destino, o al menos a una voluntad que no es la mía, el que yo tenga la felicidad de poder encontrarme una vez más a su lado. Desgraciadamente, al verla, mi corazón se ha estremecido de interna alegría. No pensaba, no, no podía pensar que usted, tan inflexible o más que el resto del mundo, me rechazaría cuando soy tan desgraciado.

Rechazado menos bruscamente de lo imaginado, Prosper habría podido seguir en los ojos de Madeleine, aquellos hermosos ojos tanto tiempo jueces de su destino, la señal de los enfrentamientos que se libraban en ella.

Sin embargo, con voz bastante firme continuó Madeleine:

—Usted me conoce bastante, Prosper, para saber que ningún golpe puede caer sobre usted sin que me golpee a mí también. Usted sufre..., yo me apiado como una hermana se apiada de un hermano a quien ama dulcemente.

—¡Una hermana! —dijo tristemente Prosper—. Sí, ésa fue la palabra articulada el día en que usted me echó de su lado. ¡Una hermana! Entonces, ¿por qué me alentó durante tres años con las más lastimosas ilusiones? ¿Era yo un hermano para usted el día en que fuimos juntos en peregrinación a Notre-Dame-de-Fourvières, el día en el que, después de habernos jurado al pie del altar amarnos eternamente, me colocó en el cuello un recuerdo bendecido, diciéndome: «Por amor a mí, guárdela siempre, le dará suerte»?

Madeleine intentó cortarlo con un gesto dulce y suplicante, pero él no la vio.

—Hace un año de todo esto —continuaba—, y menos de un mes más tarde usted me devolvía mi palabra y me arrancó la promesa de no volverla a ver más. ¡Si yo supiera por qué acción, por qué pensamiento pude haberla molestado! Pero usted no se ha dignado nunca a aclarármelo. Usted me echó y por respetarla he dejado creer que era yo quien voluntariamente me alejaba. Usted me dijo que un obstáculo inseparable se interponía entre nosotros y la creí. ¡Estaba loco! El obstáculo es su corazón. Sin embargo, siempre he conservado pisadosamente la medalla bendecida... No me ha dado suerte.

Más quieta y blanca que una estatua, Madeleine bajaba la cabeza bajo la tormenta de una inmensa pasión. Gruesas lágrimas caían silenciosamente a lo largo de sus mejillas.

—Le dije que olvidara —murmuró ella.

—¡Olvidar! —continuó Prosper, molesto como si hubiera oído una blasfemia—. ¡Olvidar! ¿Puedo acaso? ¿Está en mi poder suspender, por el simple esfuerzo de mi deseo, la circulación de la sangre? Para olvidar, como para detener los latidos de mi corazón, sólo hay un medio... morir.

Aquella palabra, pronunciada así, con el acento de una decisión salvaje, estremeció a Madeleine.

—¡Infeliz! —exclamó.

—Sí, ¡infeliz! ¡Mil veces más infeliz de lo que usted puede pensar. Usted nunca entenderá mis sufrimientos desde que hace un año cada mañana tengo, por así decirlo, que ser consciente de mi desgracia y decirme: ¡Se acabó, ya no me ama! ¿Cómo puede hablar de olvido? Lo he buscado en el fondo de copas amargas: no lo encontré. He intentado apagar ese recuerdo del pasado que me quemaba como una llama devoradora: era inútil. Cuando el cuerpo desfallecía, velaba implacable el pensamiento.

Usted puede comprender que haya pensado en descansar, es decir, en el suicio.

—Le prohíbo mencionar esta palabra.

—Oh, nada tiene que prohibir a quien ya no ama, Madeleine, ¿no lo sabe?

Con un gesto dominante, Madeleine lo interrumpió como si hubiera querido hablar y quién sabe si aclararlo todo, disculparse.

Pero una reflexión repentina la frenó; tuvo un momento de angustia y exclamó:

—¡Dios mío! ¡Es demasiado tormento!

Prosper no comprendió el significado de la exclamación.

—Su piedad llega demasiado tarde —continuó con una desgarradora resignación—. No hay felicidad posible para quien, como yo, ha imaginado ideales felicidades. Nada puede aferrarme a la vida. Usted ha roto en mí las más firmes creencias. Salgo de prisión humillado por mis enemigos; ¿qué hacer? Inútilmente interrogo al futuro en el que no veo ni esperanzas, ni promesas, ni sonrisas. Miro a mi alrededor y no encuentro más que abandono, infamia y desesperación.

—Prosper, amigo mío, hermano mío, si supiera...

—Solamente sé una cosa, Madeleine, y es que usted me amó y ya no me ama; ¡y yo la amo!

Se calló. Esperaba una respuesta. No llegó.

Pero de repente el silencio fue cortado por un lamento sofocado.

Era la doncella de Madeleine que, sentada cerca de la chimenea del saloncito, lloraba.

Madeleine la había olvidado; Prosper, al entrar, deslumbrado, atónito, no la había visto.

La miró.

La joven, vestida como las doncellas de casas pudientes, era, no había duda, Nina Gypsy.

Fue tan violento el sobresalto que sintió Prosper, que no tuvo ni una exclamación, ni pudo pronunciar ninguna palabra.

El horror de la situación lo espantó. Estaba allí, entre las dos mujeres que habían decidido su vida; entre Madeleine, la altiva heredera que él adoraba y que lo rechazaba, y Nina Gypsy, la pobre muchacha que lo amaba y a la que él, en cambio, rechazaba.

La infeliz Gypsy lo había oído todo; había visto cómo la pasión de su amante por otra mujer se desbordaba en horribles reproches y en amenazas insensatas.

Por lo que él sufría, Prosper comprendió lo que ella tenía que sufrir. Porque Nina quedaba afectada no sólo en ese momento sino en su pasado. Cuál no debería ser su humillación y su ira al saber el miserable papel que su amor a Prosper le había impuesto.

Se asombraba de que Gypsy —la violencia misma— se quedara allí llorando y no se levantara para protestar, para insultarlo.

Madeleine, por su parte, tras el silencio de Prosper, logró, a base de coraje, recuperar las apariencias de la tranquilidad.

Lentamente, con movimientos de los que ella apenas parecía ser consciente, cogió su abrigo, que estaba en el sofá.

Antes de marcharse, se acercó a Prosper:

—¿Por qué ha venido? —dijo—. Usted y yo tenemos necesidad de todo nuestro coraje. Usted es infeliz, Prosper; yo lo soy más que usted. Usted tiene derecho a reclamar; yo no tengo derecho a que se me salte una lágrima y, cuando mi corazón está desgarrado, todavía debo sonreír. Usted puede pedir consejo a un amigo; yo sólo puedo tener a Dios como confidente.

Prosper intentó articular una respuesta: las palabras sucumbían en sus labios; se asfixiaba.

—Quiero decírselo —continuó Madeleine—: no he olvidado nada. ¡Oh!, pero que esta seguridad no le dé ninguna esperanza. No hay futuro para nosotros. Si usted me ama, debe vivir. No cometerá la brutalidad de añadir a mis sufrimientos la desgracia de su muerte. Quizá llegue el día en que se me permita explicarme... y ahora, hermano mío, mi único amigo, ¡adiós, adiós!

Al mismo tiempo se inclinó sobre Prosper, con sus labios rozó la frente del desdichado joven y salió rápidamente, seguida de Nina Gypsy.

Prosper se quedó solo; le pareció que despertaba de un sueño.

Sólo entonces hizo un esfuerzo para hacerse cargo de lo que acababa de ocurrir, preguntándose si no era víctima de un sueño o si no estaría perdiendo la razón.

No podía desconocer la influencia suprema del hombre que, aquella misma mañana, se le había presentado por primera vez.

¿De qué enigmático poder disponía aquel desconocido para preparar así, voluntariamente, los acontecimientos? Parecía planearlo y adivinarlo todo; conocía a Cavaillon, sabía los pasos de Madeleine, había podido someter a obediencia a la independiente Gypsy.

Llegó rápidamente a tal estado de exasperación, que cuando Verduret entró en el pequeño salón se dirigió hacia él como un loco, pálido, acuaciante, y con voz cortante y dura le dijo:

—¿Quién es usted?

El hombre grueso sólo pareció ligeramente sorprendido de aquel ataque de violencia.

—Un amigo de su padre —dijo—. ¿No lo sabía?

—Eso no es una respuesta, señor. Yo en un momento de sorpresa he podido dejar mi voluntad en manos de un desconocido, pero en este momento...

—¿Qué? ¿Es mi biografía lo que pide? ¿Lo que soy, lo que he sido, lo que seré?... ¿Qué le importa? Ya se lo he dicho: lo salvaré. Lo importante es que yo lo salve.

—Aun así, tengo derecho a preguntarle con qué recursos.

—¿Para qué?

—Con el fin de aceptar esos recursos a rechazarlos.

—¡Y si le aseguro el triunfo!

—No me basta, y no puede convenirme estar más tiempo falto de mi libertad, estar sometido, sin ser prevenido, a pruebas como las de hoy. Un hombre de mi edad debe saber lo que hace.

—Un hombre de su edad, Prosper, cuando está ciego, toma un guía, y se guarda de tener la intención de enseñar el camino a quien lo guía.

El tono de Verduret, mitad irónico, mitad conmisivo, no estaba hecho para calmar la cólera creciente de Prosper.

—Puesto que es así —exclamó—, le agradezco sus servicios, ya no los necesito. Si luchaba por defender mi honor y mi vida era porque esperaba, al menos, que Madeleine regresara a mí. Ahora sé que entre ella y yo todo ha terminado; abandono la lucha.

Era tan evidente la decisión de Prosper, que por un instante Verduret pareció asustado.

—Está volviéndose loco —pronunció.

—No, desgraciadamente, Madeleine ya no me ama; qué importa lo demás.

Su acento era tan angustiado, que Verduret se emocionó.

—Así pues —continuó—, ¿no sospecha usted nada? ¿No ha sabido extraer el sentido de sus palabras?

Prosper tuvo un gesto terrible.

—¡Estaba usted escuchando! —exclamó.

—Lo confieso.

—¡Caballero!...

—Sí, no es muy delicado quizá, pero quien quiere el fin, quiere los medios. He escuchado y no me arrepiento de ello, porque ya puedo decirle desde ahora: recupere el ánimo, Prosper, la señorita Madeleine lo ama; ella no ha dejado nunca de amarlo.

El enfermo, aun considerándose perdido, cercano a la muerte, hace caso a las promesas del médico. La afirmación tan exacta de Verduret iluminó con un brillo de esperanza el dolor de Prosper.

—Oh —murmuró, sosegado repentinamente—, si pudiera creerlo...

—Créame, porque no puedo confundirme. Ah, usted no ha adivinado como yo las torturas de esa generosa muchacha, que se doblegaba entre su amor y lo que ella considera su deber. ¿No ha latido su corazón al oír sus palabras de adiós?...

—Me ama, es libre y sin embargo me desprecia... ¿Cómo se explica?

—¡Libre!... No, no lo es. Ella se sacrifica. ¿Por quién? Lo sabremos pronto, y el secreto de su sacrificio nos dirá el secreto del complot del que usted es víctima.

A medida que Verduret hablaba, Prosper sentía desvanecer sus decisiones de rebeldía. Brotaban la esperanza y la confianza.

—Si fuera verdad lo que dice... —murmuraba—. ¡Si fuera verdad!...

—¡Pobre muchacho! ¿Por qué se empeña en cerrar los ojos a la evidencia? ¿No comprende usted que Madeleine sabe el nombre del ladrón?

—Imposible.

—Cierto. Pero ese nombre, créalo bien, no hay potencia humana capaz de arrebatárselo. Lo ha sacrificado a usted, es cierto, pero tiene casi derecho a hacerlo, porque primero se ha sacrificado a sí misma.

Prosper estaba vencido, pero no podía dejar el salón donde se le había aparecido Madeleine; el corazón se le desquebrajaba.

—¡Ay! —exclamó, cogiendo la mano de Verduret—. Debo de parecerle a usted insensato, ridículo... Es que usted no imagina, no puede imaginar lo que sufro...

El hombre de las patillas pelirrojas movió lamentablemente la cabeza; por un momento su aspecto cambió, se le oscurecieron sus ojos siempre tan brillantes, su voz tembló.

—Lo que usted sufre lo he sufrido yo —respondió—. Yo, como usted, amé no a una noble y pura muchacha, sino a una mujer de la vida. Durante tres años estuve a sus pies. Después, un día, bruscamente, me dejó a mí, que la adoraba, para lanzarse en los brazos de un hombre que la despreciaba. Entonces también yo, como usted, quise morirme. ¡Desgraciada! Ni las lágrimas ni las súplicas pudieron hacer que regresara a mí. La pasión no razona, y ella amaba al otro.

—¿Usted conocía al otro?

—Lo conocía.

—¡Y no se vengó de él!

—No —respondió Verduret. Y en un tono muy especial añadió—: El destino se encargó de mi venganza.

Prosper guardó silencio durante más de un minuto.

—Estoy decidido —dijo finalmente—. Mi honor es un sagrado depósito del que debo rendir cuenta a mi familia; estoy dispuesto a seguirlo hasta el fin; cuente conmigo.

Aquel mismo día Prosper, fiel a su promesa, vendía su mobiliario y escribía una carta a sus amigos, en la que notificaba su próxima salida para San Francisco.

Por la tarde se instalaba, al igual que Verduret, en el hotel *Grand-Archange.*

La señora Alexandre le había dado su habitación más hermosa, que podía considerarse fea comparada con la coquetona sala de la calle Chaptal. Pero no estaba en condiciones de establecer comparaciones. Tumbado sobre un mal sofá, repasaba los sucesos del día, encontrando un áspero placer en su soledad.

Hacia las once, sintiendo la cabeza pesada, quiso abrir la ventana; el viento lo obligó a cerrarla rápidamente.

Pero una bocanada de tempestad había entrado ya en la habitación y en medio de su remolino se movía un pequeño trozo de papel.

Prosper recogió instintivamente el papel y lo examinó.

En su letra fina reconoció la de Nina Gypsy, no había duda.

Era un trozo de una carta rota y, si las frases incompletas no presentaban ningún sentido satisfactorio, eran suficientes para que la imaginación se perdiera en el campo sin límites de lo posible.

El fragmento decía exactamente lo siguiente:

... del señor Raoul, yo he quedado muy imp...
... tramado contra él, del que jamás...
... advertir a Prosper y entonces...
... mejor amigo, él...
... mano de la señorita Ma...

Aquella noche Prosper no durmió.

9

No lejos del Palais-Royal, en la calle Saint-Honoré, bajo el letrero de la *Bonne foi,* hay un pequeño local, medio café, medio tienda de frutas, muy frecuentado por los empleados del barrio.

En una de las salas de aquel humilde café esperaba Prosper, al día siguiente de su puesta en libertad, viernes, a Verduret, que lo había citado para las cuatro.

Dieron las cuatro; Verduret, que era la puntualidad personificada, apareció. Parecía más pelirrojo aún que el día anterior y del mismo modo, seguía teniendo aquel admirable aire de estar satisfecho consigo mismo.

Nada más alejarse el camarero al que había pedido una copa, preguntó a Prosper:

—¿Qué? ¿Se han realizado todos nuestros encargos?

—Sí señor.

—¿Ha visto usted al sastre?

—Le he entregado su carta. Todo lo que usted ha pedido se lo dará mañana en el *Grand-Archange.*

—Entonces todo va bien, porque yo no he perdido el tiempo y traigo importantes noticias.

Hacia las cuatro la *Bonne foi* está casi vacía. El agobio del café de la mañana ha pasado y aún no ha llegado la hora del vermut, Verduret y Prosper podían hablar tranquilamente, sin miedo del indiscreto oído de los vecinos.

Verduret sacó su libreta, la preciosa libreta que, igual que los libros encantados de las ferias, tienen una respuesta para todas las preguntas.

—Mientras llegan todos nuestros mensajeros, a quienes he citado aquí —dijo—, ocupémonos un poco del señor Lagors.

Ante aquel nombre, Prosper ya no protestó como lo había hecho el día anterior. Como esos insectos imperceptibles que, una vez metidos dentro del tronco de árbol, lo consumen en una noche, la sospecha, cuando se ha introducido en nuestro espíritu, se desarrolla dentro y no tarda en romper las más firmes creencias.

La visita de Lagors y el trozo de carta de Gypsy habían creado a Prosper dudas que, en pocas horas, por así decirlo, habían crecido y se habían hecho fuertes.

—¿Sabe usted, mi querido amigo —continuó Verduret— de qué región es exactamente el joven que tanto se orgullece de ser su amigo?

—De la región de la señora Fauvel, de Saint-Remy.

—¿Está usted seguro?

—Totalmente. No sólo lo ha dicho él, muy frecuentemente, sino que yo mismo se lo he oído decir al señor Fauvel y se lo he oído repetir cien veces a la señora Fauvel cuando hablaba de su pariente, la madre de Lagors a la que dice querer mucho.

—De este modo no hay ni duda ni error posibles a este respecto?

—No, señor.

—¡Vaya, vaya! —dijo Verduret—. Esto empieza a ser curioso.

Y silbaba entre dientes, cosa que en él era signo evidente de una satisfacción íntima y excepcional.

—¿Qué es eso tan curioso? —preguntó Prosper intrigado.

—¡Pardiez! —respondió el hombre grueso—. Ocurre lo que yo había olfateado. ¡Maldita sea! —continuó imitando ya el habla de los presentadores de curiosidades de ferias—. Saint-Remy, es una ciudad encantadora, seis mil habitantes, bulevares preciosos sobre el antiguo emplazamiento de las murallas, precioso Ayuntamiento, numerosas fuentes, gran comercio de carbones, fábricas de seda, hospitales famosos, etc.

Prosper estaba intrigado.

—Por favor... —comenzó.

—Es conocido —continuó— su arco de triunfo romano, que no tiene comparación, y un mausoleo griego, pero ni por asomo lo es Lagors. Saint-Remy es la patria de Nostradamus, pero no la de su amigo.

—Sin embargo, señor, yo he tenido pruebas.

—Naturalmente. Pero las pruebas se pueden inventar, y los parientes se pueden improvisar ¿sabe? Sus declaraciones son sospechosas; mis informes, en cambio, irrecusables. Mientras usted sufría en prisión, yo dirigía mis armas y recogía municiones para abrir fuego. He escrito a Saint-Remy y he obtenido respuestas.

—¿No va a decírmelas?

—Un poco de paciencia —dijo Verduret, hojeando su cuadernillo de notas—. Ah, aquí tengo la primera, la número uno. Valore el estilo, es oficial. Leyó:

> «Lagors. Muy antigua familia, procedente de Maillane, asentada en Saint-Remy desde hace un siglo...»

—¿Ve usted? —exclamó Prosper.

—Si me dejase concluir, ¡caramba! —dijo Verduret.

Y continuó:

> «El último de los Lagors (Jules-René-Henri), que posee, sin derechos bien demostrados, el título de conde, se casó en 1829 con la señorita Rosalie-Clarisse Fontanet, de Tarascon; falleció en diciembre de 1848, sin heredero masculino, dejando únicamente dos hijas. Los registros de estado civil consultados no mencionan a nadie que lleve en el distrito el nombre de Lagors.»

—Bueno —preguntó el hombre grueso—. ¿Qué piensa usted del informe?

Prosper estaba confuso.

—¿Cómo entonces el señor Fauvel trata a Raoul como sobrino?

—Como el sobrino de su mujer, querrá decir. Pero estudiaremos la noticia número dos. Esta no es oficial. Sin embargo, refleja una preciosa luz sobre las veinte mil libras de renta de su amigo:

> «Jules-René-Henri de Lagors, último de su nombre, falleció en Saint-Remy el 29 de diciembre de 1848, en un estado cercano a la miseria. Había poseído cierta riqueza, pero un criadero de gusanos de seda lo arruinó.
>
> »No ha dejado varón, solamente dos hijas, una de ellas maestra en Aix y la otra casada con un negociante de Orgon. Su viuda, que vive en la masía de la Montagnette, sólo vive de la generosidad de una de sus parientes, esposa de un rico banquero de la capital. No se conoce a nadie con el nombre de Lagors en la zona de Arles.»

—Eso es todo —dijo Verduret—. ¿Cree usted que es suficiente?

—Es decir, que me pregunto si no estoy soñando.

—Lo creo. Sin embargo, tengo que hacerle una observación. Personas atentas quizá aludirán a que la viuda de Lagors ha podido, tras la muerte de su marido, tener un hijo natural no declarado y que lleve su nombre.

Esta idea queda anulada por la edad de su amigo. Raoul tiene veinticuatro años y hace menos de veinte que falleció el señor Lagors.

No había posibilidad de réplica y Prosper lo comprendió perfectamente.

—Pero entonces —dijo pensativo—, ¿quién es Raoul?

—No lo sé. Francamente, es más difícil averiguar quién es que descubrir quién no es. Sólo un hombre podría informarnos sobre este tema, pero se negará a hacerlo.

—Clameran, ¿no?

—Exacto.

—Siempre me ha inspirado una incomprensible repulsión —dijo Prosper—. ¡Ah, si se pudiera averiguar el expediente de ese sujeto!

—Tengo algunas pequeñas notas —respondió Verduret— que me ha proporcionado su padre, el cual conoce bien a la familia Clameran; son muy breves, pero espero otras.

—¿Qué le ha dicho mi padre?

—Nada favorable, cálmese. Este es, por lo demás y para su edificación, el resumen de sus informaciones:

> «Louis de Clameran nació en un castillo de Clameran, cerca de Tarascon. Tenía un hermano mayor llamado Gaston. En 1842, a causa de una pelea donde había tenido la desgracia de matar a un hombre y de herir gravemente a otro, se vio obligado a exiliarse. Era un muchacho fiel, sincero, honrado, a quien todo el mundo apreciaba, Louis, por el contrario, tenía los más monstruosos instintos y era odiado.
>
> »A la muerte de su padre Louis vino a París, y en menos de dos años gastó no solamente su parte de la herencia paterna sino también la de su hermano.
>
> »Arruinado, repleto de deudas, Louis de Clameran se hizo soldado y se portaba tan mal en el ejército, que fue enviado a los batallones disciplinarios.
>
> »A su salida del ejército se le pierde totalmente de vista; todo lo que se sabe es que vivió posteriormente en Inglaterra y Alemania, donde tuvo un horrible problema de juego.
>
> »En 1865 volvemos a encontrarlo en París. Estaba en la extrema miseria y era asiduo de las peores sociedades, viviendo únicamente de timadores y prostitutas.
>
> »Había echado mano a los más vergonzosos recursos, cuando de pronto conoció el regreso de su hermano a Francia, Gaston había hecho fortuna en México. Pero, joven aún, acostumbrado a una vida activa, acababa

de comprar cerca de Oloron una fundición de hierro, cuando hace seis meses, falleció en los brazos de su hermano Louis. Esta muerte ha otorgado a nuestro Clameran una gran fortuna y el título de marqués.»

Prosper meditaba. Después de veinticuatro horas que hacía que trabajaba con Verduret, empezaba a acostumbrarse a su método de inducción. Al igual que él, intentaba reunir los hechos, ajustar las circunstancias a sospechas más o menos probables.

—De lo que usted me dice —dijo al fin—, resulta que Clameran, el nuestro por supuesto, estaba en una grave miseria cuando yo lo vi por primera vez en casa del señor Fauvel.

—Evidentemente.

—¿Y fue poco después cuando Lagors llegó de su provincia?

—Exactamente.

—Y un mes aproximadamente más tarde de su llegada es cuando Madeleine, de repente, me desprecia.

—Vaya, hombre... —exclamó Verduret—, empieza usted a formarse y a comprender el sentido de los hechos.

Se interrumpió, a la vista de un nuevo parroquiano que entraba en la *Bonne foi.*

Era un sirviente de buena casa, bien peinado, mejor afeitado, que llevaba unas patillas negras a la Bergami; llevaba unas bonitas botas fruncidas con dobles y un pantalón amarillo y el chaleco con mangas a rayas rojas y negras.

Después de echar una rápida mirada, pero segura, por toda la sala, se dirigió rápidamente a la mesa de Verduret.

—¿Qué hay, maese Joseph Dubois? —preguntó el hombre grueso.

—Ah, jefe, no me hable —respondió el sirviente—. Esto está que arde, pero lo que se dice ardiendo.

Toda la atención de la que Prosper era capaz la concentraba en el extraordinario sirviente.

Le parecía conocer aquella fisonomía. Estaba convencido de haber visto en alguna otra parte aquella frente huidiza y aquellos ojos de una irritante actividad. Pero, ¿dónde y en qué momento? Pensaba y no daba con ello.

Sin embargo, Joseph se sentó, no en la mesa de Verduret, sino en la de al lado, y pidió un vaso de ajenjo, que preparaba lentamente dejando caer el agua gota a gota desde muy alto, según la fórmula clásica.

—Habla —le dijo Verduret.

—Para empezar, jefe, debo confesarle que no todo es color de rosas en el oficio de sirviente-cochero del señor Clameran.

—¡Al grano, al grano! Ya te quejarás mañana.

—Bueno, allá voy. Ayer mi jefe salió a pie hacia las dos. Pude seguirlo por los pelos. ¿Sabe dónde iba? Es como un chiste. Se dirigía al *Grand-Archange,* a la cita con la joven dama.

—Sigue; le dijeron que se había ido. ¿Y después?

—¡Después! ¡Ah! Le aseguro que no le hizo ninguna gracia. Entró rápidamente en el hotel donde el otro, Lagors, lo esperaba. Lo cierto es que ese hombre es de lo que no hay, se lo juro. El Raoul le preguntó qué noticias había que le había puesto tan irritado. «Nada —respondió mi amo—, nada sino que la tunanta se ha marchado, que no se sabe dónde está, que se nos escapa de las manos.» Entonces ambos se pusieron muy coléricos y muy nerviosos. «¿Pero es que sabe algo importante?», preguntó Lagors. «No sabe nada más que lo que te he dicho —dijo Clameran—, pero si ese nada llega a caer en las manos de un hombre con ingenio, puede ponerlo en la pista.»

Verduret sonrió, como hombre que tenía sus razones para valorar en su punto justo los temores de Clameran.

—Oye —dijo—, ¿sabes que tu amo no está totalmente carente de inteligencia? ¿Y después?

—En ese momento, jefe, va Lagors y se pone de todos los colores y exclama: «Si es tan grave, hay que acabar con esa bribona.» No iba mal, el pequeño. Pero mi amo se echó a reír y se encogió de hombros. «Tú lo que eres es un estúpido —respondió—. Cuando estorba una mujer de ese tipo, para deshacerse de ella se toman medidas administrativas.» Se rieron mucho.

—No me extraña nada —aprobó Verduret—, es una brillante idea: la desgracia está en que es demasiado tarde para realizarlo. El «nada» que temía Clameran ha caído ya en manos inteligentes. Sin embargo, como no quiero que estos mozos me enreden las cartas, habrá que llamar al departamento de Costumbres.

—Ya está hecho, jefe —respondió satisfecho Joseph.

Prosper escuchaba con una ardiente curiosidad, ansioso, aquel informe, cada palabra del cual, por así decirlo, proyectaba una nueva luz sobre los hechos. Se explicaba ahora, según parecía, el trozo de la carta de Gypsy. Ahora entendía que aquel Raoul, que había gozado de toda su confianza, no podía ser más que un miserable. Mil circunstancias que antes le habían pasado inadvertidas ahora le venían a la memoria y se preguntaba cómo había podido estar tan ciego durante tanto tiempo.

Joseph, sin embargo, continuaba:

—Ayer, después de cenar, mi amo se compuso como un novio. Lo afeité, le ricé el pelo, lo perfumé, lo acicalé, después de lo cual subió al coche y lo llevé a la calle Provence, a casa del señor Fauvel.

—¿Cómo? —exclamó Prosper—. Después de sus palabras insultantes el día del robo, ¿ha sido tan atrevido como para volver a presentarse allí?

—Sí, mi joven señor, ha tenido esa audacia e incluso se ha atrevido a estar toda la velada hasta medianoche, muy a mi pesar, porque he tenido que permanecer en el pescante, empapado como una sopa.

—¿Qué aspecto tenía al salir? —preguntó Verduret.

—Un rostro menos alegre que al llegar, claro. Cuando, ya con el caballo limpio y el coche en la cochera, me acerqué a preguntarle si necesitaba algo, encontré su puerta cerrada y me lanzó insultos a través de ella.

Y para ayudarse a digerir la indignación, maese Joseph tomó un trago de ajenjo.

—¿Eso es todo? —preguntó Verduret.

—Por lo que se refiere a ayer, sí, jefe. Esta mañana, el amo se ha levantado tarde y con el mismo humor de perros. Al mediodía, el otro, Raoul, llegó colérico también. Enseguida se pusieron a discutir, pero lo que se dice a discutir..., oiga, los propios carreteros se hubieran avergonzado al oírlos. En cierto momento el grandullón de mi amo cogió al pequeño por el cuello y lo movió como un muñeco; pensé que iba a estrangularlo. Pero Raoul, que no es tonto, extrajo de su bolsillo un precioso cuchillo puntiagudo, y de verdad que el otro tuvo miedo; soltó a la víctima y se calmó.

—Pero ¿qué decían?

—¡Ah! Ahí está el quid, jefe —dijo lastimeramente Joseph—. Hablaban en inglés los ruines, de tal modo que no entendí nada. De lo que estoy seguro, por ejemplo, es de que discutían sobre dinero.

—¿Cómo lo sabes?

—Por la simple razón de que con motivo de la Exposición Universal aprendí cómo se dice dinero en todas las lenguas de Europa, y esa palabra salía a cada momento en su conversación.

Verduret, con las cejas fruncidas, murmuraba un monólogo ininteligible y Prosper, que lo observaba, se preguntaba si por casualidad no tendría la intención de reconstruir, a base de reflexión, la disputa cuyo sentido exacto había escapado a su sirviente.

—Para concluir —continuó Joseph—, cuando mis granujas se tranquilizaron, se pusieron de nuevo a hablar en francés. Pero, vaya, sólo hablaron de cosas insignificantes, de un baile de máscaras que se dará mañana en casa de los banqueros. Sólo que, mientras acompañaba al pequeño a la puerta, mi amo le dijo: «Ya que es inevitable esa escena, hasta la hora de la fiesta no te muevas de casa esta tarde, en Vesinet.» Raoul respondió: «De acuerdo.»

Se hacía de noche. El cafetín se iba llenando poco a poco de parroquianos que gritaban al mismo tiempo que les sirvieran su ajenjo o su *bitter*.

Los camareros, subidos en taburetes, acercaban la cerilla a las lámparas de gas, que prendían con sordas detonaciones.

—Tenemos que marcharnos —dijo Verduret a Joseph—. Tu amo puede necesitarte y, además, viene alguien que quiere hablar conmigo. Hasta mañana.

Ese alguien no era otro que Cavaillon, más angustiado y temblando que nunca. Paseaba su mirada intranquila por todos los lados, más asustado que un ratero que supiera que tiene a toda la policía de París pisándole los talones.

Tampoco él se sentó en la mesa de Verduret. A escondidas dio un apretón de manos a Prosper, y sólo después de haberse asegurado de que nadie lo vigilaba se atrevió a entregar a Verduret un pequeño paquete, diciendo:

—Esto es lo que ha encontrado ella en un armario.

Era un devocionario ricamente encuadernado. Verduret lo hojeó rápidamente y encontró enseguida las páginas de donde salieron recortadas las palabras impresas en la carta que Prosper recibió el día anterior.

—Yo tenía pruebas morales —dijo ofreciendo el libro al joven—, pero aquí tenemos una prueba material que por sí sola puede salvarlo.

A la vista del libro, Prosper palideció. Lo reconocía. Era el devocionario que él mismo había regalado a Madeleine a cambio de la medalla bendecida.

Y, en efecto, en la primera página Madeleine había escrito: Recuerdo de Notre-Dame-de-Fourvières, 17 de enero de 1866.

—¡Pero este libro es de Madeleine! —exclamó.

Verduret no respondió. Acababa de levantarse para dirigirse a un joven vestido como los mozos de taberna, que acababa de entrar.

Nada más echar un vistazo a la nota que el mozo le dio, volvió a la mesa en un estado de extremada agitación.

—¡Lo tenemos, quizá! —exclamó.

Y, lanzando sobre la mesa una pieza de cinco francos, sin dirigir una palabra a Cavaillon, se llevó a Prosper.

—¡Qué desgracia! —decía mientras corrían por la acera—. Quizá vamos a perderlos. Seguro que llegaremos a la estación Saint-Lazare demasiado tarde para el tren de Saint-Germain.

—Pero, ¿qué sucede, por amor de Dios? —preguntó Prosper.

—Venga, venga, hablaremos por el camino.

Cuando llegaron a la plaza del Palais-Royal, Verduret se paró delante de uno de los coches de la estación, aunque antes había valorado los caballos.

—¿Cuánto pides por llevarme a Vesinet? —preguntó al cochero.

—Es que no conozco bien el camino por allá...

El nombre de Vesinet, sin embargo, le aclaró todo a Prosper.

—Yo le indicaré el camino —dijo enérgicamente.

—Entonces —continuó el cochero—, a estas horas y con el tiempo de perros que hace, unos... veinticinco francos.

—¿Y por ir deprisa cuánto más?

—¡Hombre, jefe, eso lo dejo en sus manos! Pero si pone treinta y cinco francos, yo creo...

—Tendrás cien —interrumpió Verduret— si alcanzas a un coche que nos lleva media hora de ventaja.

—¡Rayos de Brest! —exclamó el cochero, asombrado—, suba entonces, que me está haciendo perder un minuto.

Y con un triple latigazo sobre sus finos rocines, lanzó su coche al galope por la calle Valois.

10

Al salir de la pequeña estación de Vesinet, se forman dos carreteras. La de la izquierda, asfaltada, cuidadosamente conservada, lleva al pueblo, cuya iglesia nueva podía distinguirse entre árboles; la de la derecha, recientemente configurada y apenas enarenada, conduce al interior del bosque.

A lo largo de esta última, que antes de cinco años será una calle, no se encuentran más que algunas casas aisladas, edificadas con un gusto lamentable, en medio de claros de árboles, asilos campestres de negociantes parisinos, desiertos en invierno.

Al llegar al punto de unión de estas dos carreteras, hacia las nueve de la tarde, Prosper mandó parar el coche al que había subido en la plaza Palais-Royal con Verduret.

El cochero había ganado sus cien francos. Los caballos se encontraban asfixiados, pero Verduret y Prosper llevaban ya cinco minutos viendo la lucecita de un coche de punto como el suyo, trotando a cincuenta metros de ellos.

Verduret bajó el primero y entregó al cochero un billete de banco.

—Aquí tienes lo que te he prometido. Ve ahora a la primera posada que encuentres a mano derecha según se entra al pueblo. Si dentro de una hora no hemos regresado, quedas libre para volver a París.

El cochero se deshizo en agradecimientos; pero ni Prosper ni su acompañante los oyeron.

Se dirigieron corriendo por el camino desierto.

El tiempo, tan detestable a la salida, que había hecho dudar al cochero, había empeorado en el camino. La lluvia caía a mares y un viento furioso movía violentamente las negras ramas de los árboles, que chocaban entre sí produciendo tétricos ruidos.

La oscuridad era profunda, densa; el reflejo de las farolas de la estación, que se descubría a lo lejos, dudosas y a punto de apagarse bajo el soplo de las ráfagas, la hacía aún más tétrica.

Llevaban cinco minutos corriendo Verduret y Prosper por el centro del camino empapado y convertido en barrizal, cuando el cajero se paró de pronto.

—Ya estamos —dijo—; ahí vive Raoul.

Delante de la verja se encontraba el coche que había visto delante de ellos.

Tumbado sobre el pescante, arropado como podía en su abrigo, a pesar del viento y de la lluvia el cochero dormía ya, esperando la vuelta del cliente que acababa de traer.

Verduret se aproximó al coche y tirando del cochero por su abrigo le llamó:

—¡Eh, buen hombre!

El cochero se despertó exaltado, juntando inconscientemente las riendas, balbuceando:

—Ya va, jefe, ya va.

Pero cuando a la luz de las farolas vio a aquellos dos hombres en aquel aislado lugar, se imaginó que querían su bolsa, y quién sabe si su vida, y le invadió un miedo terrible.

—¡No está libre! —dijo, moviendo su látigo—. Estoy comprometido.

—¡Ya lo sé, imbécil! —dijo Verduret—. Solamente quiero una información, que te pagaré con cien monedas. ¿No acabas de traer aquí a una dama de cierta edad?

Aquella pregunta y la promesa de cinco francos, lejos de calmar al cochero transformaron su miedo en espanto.

—Ya les he dicho que sigan su camino —respondió—, márchense o pido socorro.

Verduret retrocedió enérgicamente.

—Alejémonos —murmuró al oído de Prosper—. Este animal hará lo que dice y, una vez dada la alarma, adiós a nuestros planes. Habrá que dejar la cancela y entrar por otro lugar.

Ambos siguieron el muro que rodeaba el jardín, buscando un lugar adecuado para escalar.

No era fácil encontrar el lugar en la oscuridad, y el muro tenía diez o doce pies de altura.

Por suerte, Verduret era ágil. Reconocido y elegido el punto más débil, dio unos pasos atrás, cogió carrerilla, y de un salto prodigioso para un hombre tan grueso logró agarrarse a las piedras del caballete. Ayudándose luego con los pies y el pulso de las muñecas, se alzó poniéndose a caballo en lo alto del muro.

Le tocaba ahora el turno a Prosper, pero, aunque más joven que su compañero, no tenía sus piernas, y Verduret tuvo que ayudarle no sólo a subir sino a bajar por el otro lado.

Una vez en el jardín, Verduret se encargó de examinar el terreno.

La casa que ocupaba Lagors estaba construida en el centro de un jardín muy amplio. Era estrecha y relativamente alta, con dos pisos y encima unos graneros.

Sólo había una ventana iluminada, en el segundo piso.

—Usted que conoce la casa por haber venido muchas veces —preguntó Verduret—, ¿sabría decirme qué habitación es ésa donde hay luz?

—El dormitorio de Raoul.

—Muy bien. Pasemos a la distribución: ¿qué hay en la planta baja?

—La cocina, la antecocina, una sala de billar y el comedor.

—¿Y en el primero?

—Dos salones separados por una puerta corrediza y un despacho.

—¿Dónde están los sirvientes?

—Raoul no los tiene a estas horas. Le sirven unas personas de Vesinet, marido y mujer, que vienen por la mañana y se marchan por la noche después de cenar.

Verduret se frotó satisfactoriamente las manos.

—¡Entonces todo va bien! —dijo—. Será cosa del demonio si no llegamos a escuchar algo de lo que dicen Raoul y la persona que ha venido de París a estas horas y con este tiempo... Entremos.

Prosper tuvo un gesto de reparo; la propuesta le parecía peligrosa.

—¿Lo dice en serio? —dijo.

—Pero, ¡vamos! —respondió Verduret en tono sarcástico—. ¿A qué cree entonces que hemos venido aquí? ¿Esperaba usted una excursión?

—Podemos ser descubiertos.

—¿Y qué?... Al menor ruido que pueda revelar nuestra presencia usted sale osadamente como un amigo que viene a visitar a su amigo y que ha encontrado todas las puertas cerradas.

Por desgracia, la puerta —una puerta de roble compacta— estaba cerrada, y Verduret la empujó inútilmente.

—¡Qué imprudencia! —murmuraba molesto—. Hay que llevar siempre encima los instrumentos. Una cerradura de nada que se abriría con un clavo, ¡y ni una ganzúa, ni un trozo de alambre!

Reconociendo la inutilidad de sus esfuerzos, dejó la puerta para recorrer posteriormente todas las ventanas de la planta baja. ¡Nada! Todas las persianas estaban cerradas y firmemente sujetas.

Verduret parecía desesperado. Daba vueltas alrededor de la casa, como una zorra alrededor del gallinero, furioso, buscando una salida, sin hallarla.

Como último recurso, se fue al lugar del jardín desde donde mejor se podía controlar la ventana iluminada.

—¡Si al menos pudiéramos ver! —exclamó—. ¡Pensar que ahí, ahí —y señalaba con la mano la ventana— está la clave del misterio y que sólo nos separan de él los treinta o cuarenta pies de esos dos pisos!...

Nunca había sorprendido a Prosper tanto la actitud de su singular compañero. Parecía como si el jardín en el que había entrado saltando, por el muro fuera el de su propia casa; iba y venía sin recatos; se diría que acostumbrado a ese tipo de expediciones, encontraba la situación totalmente normal, hablando de forzar la puerta de una casa habitada como un burgués habla de abrir su tabaquera. Insensible por otro lado al mal tiempo, al viento, a la lluvia que seguía cayendo, al barro en el que chapoteaba.

De espaldas a la casa, calculaba, tomaba medidas, como si tuviese la alocada idea de poder escalar aquella pared lisa.

—Quiero ver —repetía— y veré.

De repente un recuerdo de tiempos pasados asaltó la mente de Prosper.

—¡Pero si hay una escalera aquí! —exclamó.

—¡Y cómo no lo ha dicho antes!... ¿Dónde está?

—Al final del jardín, debajo de los árboles.

Corrieron, y no tardaron en encontrarla echada a lo largo del muro. Levantarla y llevarla cerca de la casa fue cosa de un momento.

Pero, cuando la pusieron de pie, vieron que, incluso colocándola lo más verticalmente que podían, faltaban seis buenos pies para llegar a la ventana iluminada.

—¡No llegaremos! —dijo Prosper, abatido.

—¡Llegaremos! —exclamó Verduret, triunfal.

Enseguida, situándose a un metro de la casa, de frente a ella, cogió la escalera, la levantó con precaución y apoyó el último escalón sobre sus espaldas, manteniendo los largueros todo lo alto que le era posible. El obstáculo estaba vencido.

—Ahora —dijo a su compañero— suba.

Para Prosper la situación era confusa, extrema; no dudó. El entusiasmo de la dificultad vencida, la esperanza del triunfo, le daban una fuerza y una agilidad que él nunca hubiera sospechado. Se dirigió hasta los escalones inferiores sin ninguna brusquedad y se lanzó sobre la escalera que temblaba y se movía bajo su peso.

Pero cuando su cabeza había rebasado el apoyo de la ventana, lanzó un gran grito, un grito terrible, que se desvaneció en medio de los rugidos de la tempestad, y se dejó resbalar o más bien caer sobre la tierra empapada, gritando:

—¡Miserable!... ¡Miserable!

Con una rapidez y fuerza majestuosa, Verduret dejó en el suelo la pesada escalera y se dirigió hacia Prosper, temiendo que se hubiera herido gravemente.

—¿Qué es lo que ha visto? —preguntó—. ¿Qué hay?

Pero Prosper ya se había puesto en pie.

Si la caída había sido grave, estaba en una de esas crisis en las que el alma domina tan extremadamente a la bestia, que el cuerpo es indiferente al dolor.

—Es Madeleine —respondió con voz ronca y seca—. Es Madeleine, ¿lo oye bien?, es Madeleine la que está ahí en esa habitación, sola con Raoul.

Verduret estaba aturdido. ¡Sus pensamientos le habían engañado, a él, al hombre infalible!

Sabía muy bien que era una mujer la que estaba en casa de Lagors; pero, según sus ideas, según la nota que Gypsy le había hecho llegar al cafetín, creía que esa mujer era la señora Fauvel.

—¿No se habrá equivocado? —preguntó.

—¡No, señor, no! No podría confundir a ninguna mujer con Madeleine. Ah, usted que la oyó ayer, respóndame: ¿Podía yo esperar esta humillante traición? «¡Ella lo ama —me decía usted—, ella lo ama!»

Verduret no respondió. Angustiado primero por su error, buscaba las razones, y su espíritu penetrante comenzó a presentirlas.

—Éste es, pues —seguía Prosper—, el secreto sorprendido por Nina Gupsy. Madeleine, la noble y pura Madeleine, en quien yo tenía puesta mi fe como en mi madre, es la amante de este impostor, que ha robado hasta el nombre que lleva. Y yo, imbécil de hombre humilde, había hecho de ese miserable mi mejor amigo. Y le contaba mis sufrimientos y mi esperanza... ¡y él era su amante!... Y yo, sin duda, la diversión de sus encuentros, en las que se reían de mi estúpido amor, de mi ridícula confianza...

Se calló, víctima de la violencia de sus emociones. El desgarramiento de su amor propio agregaba un agudo sufrimiento a los más terribles dolores. La seguridad de haber sido tan indignamente traicionado y burlado lo llevaba al delirio.

—Pero basta ya de humillaciones como ésta —continuó con un acento de rabia inaudita—. No se dirá de mí que he agachado cobardemente la cabeza ante las más crueles afrentas.

Iba a dirigirse a la casa; Verduret, que dentro de lo que le permitía la oscuridad controlaba sus movimientos, lo paró.

—¿Qué quiere hacer?

—Vengarme. ¡Ah! Voy a derribar la puerta, ahora que no temo ni el escándalo ni el ruido y que ya no tengo nada que perder. Ya no busco deslizarme a escondidas en la casa, como un ladrón; quiero entrar como amo, como hombre mortalmente humillado que viene a solicitar satisfacción de la ofensa.

—No hará eso, Prosper.

—¿Quién va a impedírmelo?

—¡Yo!

—¿Usted?... No, no lo espere. Aparecer, turbarlos, matarlos, morir después, eso es lo que quiero, y eso es lo que voy a hacer.

Si Verduret no hubiera tenido puños de hierro, Prosper se le hubiera escapado.

Se produjo entre los dos hombres una breve lucha, pero ganó el señor Verduret.

—Si hace usted ruido, si da usted la alarma, se terminaron nuestras esperanzas.

—Ya no tengo ninguna esperanza.

—Raoul, avisado, se nos escaparía y usted quedaría humillado para siempre.

—¡Qué me importa!

—¡Pero me importa a mí, desgraciado, a mí, que he jurado hacer que se ilumine su inocencia! A su edad uno recupera siempre una amante, pero no se recupera el honor perdido.

Para la pasión verdadera no hay elementos exteriores. Verduret y Prosper estaban allí, bajo la lluvia, empapados hasta los huesos, los pies en el barro, ¡y discutían!

—Quiero vengarme —repetía Prosper con esa persistencia idiota de la idea fija—, quiero vengarme.

—Vénguese, de acuerdo —exclamó Verduret, a quien la ira estaba ganando—, pero como un hombre y no como un niño.

—¡Caballero!...

—Sí, como un niño. ¿Qué va a hacer usted dentro de la casa? ¿Tiene armas? No. Usted se lanza sobre Raoul, lucharán mano a mano. Mientras tanto Madeleine regresará a su coche y desaparecerá. ¿Será usted, además, el más fuerte?

Prosper angustiado por el sentimiento de su incapacidad guardaba silencio.

—¿Qué necesidad tenemos de armas? —proseguía Verduret—. Hay que ser imprudente para matar a un hombre a quien se le puede meter en prisión.

—¿Qué hacer, entonces?

—Esperar. La venganza es un placer delicioso que es necesario dejar madurar.

Prosper parecía estar vacilando. Verduret lo comprendió y expresó el último argumento, el más seguro, el que tenía guardado.

—Por otro lado —añadió—, ¿quién le asegura que Madeleine esté aquí por su cuenta? ¿No habíamos llegado a la conclusión de que ella se sacrifica? La voluntad superior que le ha exigido su rechazo puede haberla forzado a dar este paso esta noche perfectamente.

Siempre la voz que hable en el sentido de nuestros más caros deseos es la que al fin se oye. Esta suposición, tan poco posible en apariencia, conmovió a Prosper.

—Efectivamente —murmuró—, ¡quién sabe!...

—¡Yo lo sabría! —dijo Verduret—. Si yo pudiera ver...

Prosper se quedó un momento sin respuesta.

—¿Me promete —pronunció al fin— decirme su pensamiento completo, la verdad, por dolorosa que pueda ser para mí?

—Se lo juro bajo mi palabra de honor.

Inmediatamente, con una fuerza que tampoco se hubiera sospechado tan sólo unos momentos antes. Prosper levantó la escalera y colocó el último escalón encima de sus hombros al igual que había hecho su compañero.

—Suba —dijo entonces.

En un segundo, tan rápidamente, tan hábilmente, que no produjo a la escalera la menor sacudida, Verduret llegó a la altura de la ventana.

Prosper había visto perfectamente. Madeleine estaba allí, a aquellas horas, a solas con Raoul de Lagors.

Verduret observó muy bien que seguía con su vestido de calle, su sombrero y su abrigo de paño.

De pie en el centro de la habitación hablaba animadamente. Su actitud, sus gestos, su rostro reflejaban una fuerte humillación, difícilmente retenida y un cierto desprecio mal fingido.

Raoul estaba sentado en una silla baja, al lado de la chimenea, moviendo el fuego con las tenazas. A veces levantaba el brazo enarcando los hombros, con ese movimiento del hombre dispuesto a oírlo todo y que a todo responde: «No puedo hacer nada.»

Realmente Verduret hubiese entregado la bonita sortija que llevaba en su anular por oír algo, aunque sólo fueran diez palabras de la conversación; pero con el viento que hacía no llegaba a sus oídos el más tenue murmullo y no se atrevía a pegar su oreja en los cristales por medio a ser visto.

«Evidentemente es una pelea —pensaba—, pero es claro que no se trata de una pelea de enamorados.»

Madeleine, sin embargo, continuaba; y Verduret esperaba encontrar el sentido de aquella acción examinando la figura de Lagors, que se distinguía muy bien, iluminada por la lámpara situada sobre la chimenea. A veces Raoul temblaba a pesar de su aparente insensibilidad, o bien golpeaba con mayor fuerza sobre el fuego con las tenazas; sin duda recibía algún reproche más directo.

Desesperada, Madeleine recurrió a la oración; juntaba las manos, se inclinaba, se ponía casi de rodillas.

Él giró la cabeza. Sólo respondía con monosílabos.

En dos o tres ocasiones, pareció que Madeleine quería marcharse, pero siempre volvía, como si, pidiendo un favor, no pudiera resignarse en salir sin haberlo conseguido.

Por último, ella encontró sin duda alguna razón culminante, porque Raoul de repente se levantó, abrió un pequeño mueble colocado cerca de la chimenea y sacó de él un fajo de papeles que le dio.

«Vaya —pensaba Verduret—. ¿Qué demonios de juego se traen entre manos? ¿Será una correspondencia comprometedora lo que ha venido a reclamar la joven señorita?»

Madeleine, que había cogido el fajo, todavía no estaba conforme. Hablaba e insistía de nuevo como para que le dieran otra cosa. Al negarse Raoul, ella lanzó el fajo sobre la mesa.

Aquellos papeles intrigaban particularmente a Verduret. Estaban esparcidos sobre la mesa y los veía bastante bien. Los había de muchos colores: grises, verdes, rojos.

«No me engaño —pensaba Verduret—, no estoy ciego; son recibos del Monte de Piedad.»

Madeleine buscaba entre todas las hojas dispersas sobre la mesa. Escogió tres, que dobló y metió en su bolso, rechazando las otras con un claro desprecio.

Ahora sí que estaba decidida a marcharse, porque a una palabra que ella pronunció, Raoul cogió la lámpara para iluminar.

A Verduret ya no le quedaba más por ver. Mientras bajaba con mil precauciones, murmuraba:

«¡Recibos del Monte de Piedad!... ¿Qué misteriosa infamia esconde entonces este asunto...?»

Ahora tenían que esconder rápidamente la escalera.

Raoul, para despedir a Madeleine, podía ocurrírsele salir al jardín y, a pesar de la oscuridad, descubrir la escalera que, levantada de este modo destacaba en negro sobre la pared.

Con toda prisa Verduret y Prosper la tumbaron en la tierra, sin preocuparse de los arbustos que tronchaban, y fueron a ponerla donde la sombra era más densa, en un lugar desde el que vigilaban la puerta de la casa y la cancela a la vez.

Casi al mismo tiempo aparecieron Raoul y Madeleine en la escalinata. Raoul había puesto la lámpara sobre el primer peldaño, extendiendo la mano a la joven, pero ésta la despreció con un gesto lleno de insultante arrogancia que, para Prosper, fue como un bálsamo en la herida.

Este desprecio no pareció ni emocionar ni sorprender a Raoul; respondió simplemente con ese gesto irónico que significa: «Allá usted.»

Llegó a la verja, la abrió y volvió a cerrar; después entró rápidamente, mientras el coche de Madeleine se alejaba al galope.

—Ahora, señor —interrogó Prosper, a quien angustiaba la duda—, recuerde que me ha prometido la verdad, sea lo que sea. Hable, no tema nada, soy fuerte.

—Eso significa que necesita ser fuerte para recibir una alegría, amigo mío. Antes de un mes, se arrepentirá de sus malévolas sospechas de esta noche. Se avergonzará al pensar que ha podido considerar que Madeleine era la amante de un Lagors.

—Sin embargo, las apariencias...

—Pues sí, no hay que fiarse de las apariencias. Demonios, una sospecha, falsa o justa, siempre se basa en algo. Pero no podemos entretenernos aquí; el bribón de Raoul acaba de cerrar la verja, lo he visto; tenemos que marcharnos por nuestro camino de antes.

—Pero la escalera...

—Que se quede donde está; de todas formas, como no podemos borrar nuestras huellas, que se lo carguen los ladrones.

De nuevo pasaron el muro. No habían dado cincuenta pasos por la carretera, cuando oyeron el ruido de una verja que se cerraba. Presintieron unos pasos y enseguida los adelantó un hombre que se dirigía a la estación.

Cuando estuvo a una cierta distancia, dijo Verduret:

—Es Raoul. Nuestro sirviente de hace poco, Joseph, nos informará mañana de cómo fue a comunicar a Clameron el suceso. Si al menos tienen la cortesía de hablar en francés...

Caminó un momento sin decir nada, buscando recoger el hilo interrumpido de sus ideas.

—¿Por qué diablos —continuó de pronto— este Lagors, que no debería buscar más que el mundo, el placer y el juego, ha venido a elegir una casa aislada en Vesinet?

—Sin duda —respondió Prosper—, porque la casa de campo del señor Fauvel está a un cuarto de hora de aquí rodeando el Sena.

—Es una explicación para el verano; pero ¿y el invierno?

—Oh, durante el invierno posee una habitación en el hotel del Louvre y dispone de un apartamento en París todo el año.

Todo esto no le aclaraba nada a Verduret; se puso a caminar más deprisa.

—Ojalá —murmuró— nuestro cochero no se haya marchado ya. No podemos coger el próximo tren; nos encontraríamos con Raoul en la estación.

Aunque ya había pasado más de una hora desde que Prosper y su compañero habían llegado al cruce de las dos carreteras, el coche que los había traído aún seguía delante de la venta señalada por Verduret.

El cochero no había podido contener el deseo de darle un pellizco al billete de cien francos ganado con sus caballos; había pedido la cena; el vino era de su gusto y no tenía prisa.

Le encantó ver a sus ricachones. Ya no regresaría de vacío a París. Pero le sorprendió mucho el estado en que los veía.

—¡Cómo se han puesto ustedes! —exclamó.

Prosper respondió simplemente que, yendo a visitar a uno de sus amigos, se habían perdido y se habían caído en un barrizal en el bosque de Vesinet.

—Ah, sólo es eso —dijo el cochero.

Aparentemente se había conformado con la explicación. En el fondo no estaba lejos de creer que sus dos clientes acababan de intentar, si es que no la habían realizado, una fechoría.

Esta última opinión debió de ser también la de algunas personas presentes, porque se produjeron peculiares intercambios de miradas.

Pero Verduret cortó en seco todo comentario.

—¿Nos vamos? —preguntó con un tono más dominante.

—¡Listo, jefe! —respondió el cochero—. El tiempo de pagar y estoy con ustedes. Suban ya.

La carretera, de regreso, fue eternamente larga y silenciosa.

Prosper intentó hacer hablar a su singular compañero, pero, como sólo respondía con monosílabos, puso todo su amor propio en callarse. Estaba molesto por el dominio tan ridículo que aquel hombre ejercía sobre él.

Las circunstancias físicas acrecentaban todavía más su fastidio. Estaba transido de frío, helado hasta los huesos y se sentía vencido por una irresistible confusión que envolvía su pensamiento en una especie de neblina opaca. Si la fuerza de la imaginación no tiene fronteras, las fuerzas físicas sí la tienen. Después del esfuerzo viene la reacción.

Acurrucado en un extremo, con los pies sobre el banco de delante, Verduret parecía dormir, y sin embargo nunca había estado tan despierto.

Se sentía muy insatisfecho. La expedición, que en su pensamiento iba a aclarar sus dudas, añadía un nuevo problema.

Todos los hilos que pensaba tener en sus manos se le escapaban.

En verdad, los hechos seguían siendo los mismos, pero las circunstancias cambiaban. No había descubierto qué móvil común, qué complicidad moral o material, qué influencias arrastraban a actuar en la misma dirección a los cuatro actores de su drama: la señora Fauvel y Madeleine, Raoul y Clameran.

Buscaba en su productivo espíritu, auténtica enciclopedia de la astucia, alguna combinación que pudiera darle alguna luz.

El coche llegaba delante del hotel *Grand-Archange* cuando sonaban las doce de la noche y sólo entonces Verduret observó, arrancado de sus meditaciones, que no había cenado.

Por suerte, la señora Alexandre los esperaba y en un abrir y cerrar de ojos preparó una cena. Era más que atención, más que respeto lo que ella sentía por su huésped. Prosper lo notó perfectamente, la señora Alexandre consideraba a su compañero con una especie de admiración llena de asombro.

Después de acabar de comer, Verduret se levantó.

—Mañana no me verá en todo el día —dijo a Prosper—, pero por la noche, sobre esta hora, estaré aquí. Quizá tenga la suerte de encontrar lo que busco en el baile de los señores Jandidier.

Prosper estuvo a punto de desmayarse. ¡Cómo! ¿Verduret pensaba presentarse a una fiesta ofrecida por los financieros más ricos de la capital? Por eso lo había enviado al sastre.

—¿Está usted invitado? —preguntó.

Una leve sonrisa pasó por los expresivos ojos de Verduret.

—Todavía no, pero lo estaré.

¡Oh contradicción del espíritu humano! Muy agudas eran las preocupaciones que amenazaban el pensamiento de Prosper, pero ahora, observando tristemente su habitación, pensando en los planes de Verduret, murmuró:

—¡Ah, qué suerte la suya! Mañana verá a Madeleine, la verá, más bella que nunca, con su disfraz de dama de honor.

11

En mitad de la calle de Saint-Lazare se encuentran las mansiones gemelas de los señores Jandidier, dos ilustres financieros que, incluso desposeídos de sus millones, habrían sido hombres famosos. Lo que no se puede decir de todos.

Estos dos hoteles, que cuando fueron acabados, hace algunos años, provocaron en la prensa exclamaciones de admiración, son totalmente distintos el uno del otro, pero hábilmente dispuestos, de forma que se pueden convertir en uno solo, si el caso lo requiere.

Cuando los señores Jandidier ofrecen una fiesta, mandan quitar los gruesos tabiques corredizos y sus salones se transforman entonces en los más hermosos de París.

Suntuosidad principesca, espléndida armonía en el confort, hospitalidad llena de atenciones; todo colabora a que estas fiestas sean las más concurridas y agradables que se conocen.

Es decir, que el sábado la calle Saint-Lazare estaba repleta de coches que formaban fila, esperando su turno.

A las diez ya estaban bailando en los dos salones.

Era un baile de disfraces, con vestidos la mayoría de ellos de gran riqueza, muchos del mejor gusto y algunos realmente originales.

Entre estos últimos destacaba sobre todo el de un payaso, de un auténtico payaso, que tenía el aspecto admirable del oficio, imprudente mirada, boca golosa y burlona, pómulos iluminados y una barba roja que parecía arder a la luz de las arañas.

El atuendo era exactamente el de la tradición: las botas del revés, el sombrero con las debidas hendiduras, el encaje del cuello desecho.

Sostenía en la mano izquierda el palo de una especie de bandera de tela en la que se representaban siete u ocho cuadros, rudamente pintados como los cuadros de las barracas de feria. Su mano derecha sujetaba una varita con la que golpeaba la tela, a veces, al modo de los saltimbanquis cuando recitan su perorata.

Rodeaban al payaso; esperaban de él anécdotas ingeniosas, pero él se mantenían cerca de la puerta de entrada.

Serían apenas las diez y media cuando dejó su lugar.

Acababan de entrar el señor y la señora Fauvel, acompañados de su sobrina Madeleine.

Un denso grupo se formó rápidamente cerca de la puerta.

Desde hacía diez días, el caso del banquero de la calle Provence era el tema principal en todas las conversaciones: amigos y enemigos se felicitaban de poder aproximarse a ellos: los unos para asegurarles su simpatía, los otros para ofrecerles sus confusos sentimientos de compasión, que es lo que más hiere y molesta del mundo.

Alistado en el batallón de los hombres serios, el señor Fauvel no se había disfrazado; simplemente se había cubierto los hombros con una pequeña capa de seda.

De su brazo, la señora Fauvel, de soltera Valentina de La Verberie, se inclinaba y saludaba con la más graciosa cortesía.

Su belleza había sido espectacular en otros tiempos, y aquella noche la magia del vestido y la fantasía de las luces le habían devuelto la frescura y el brillo de la juventud. Nadie le hubiera echado los cuarenta y ocho años que acababa de cumplir.

Había elegido un vestido de corte de los últimos años del reinado de Luis XIV, magnífico y sombrío, de raso brocado y terciopelo, sin un diamante ni una joya.

Lo llevaba con la singular nobleza de quien tiene mucha clase bajo su maquillaje, como corresponde —decían algunas almas misericordiosas— a una La Verberie que había cometido el error de casarse con un hombre rico.

Sin embargo, todas las miradas se dirigían a Madeleine. Parecía realmente una reina con su vestido de dama de honor, pensado para que resaltara, como sin pretenderlo, la majestuosidad de su talle.

Con los tibios aromas de los salones, bajo el reflejo de las arañas, su belleza alcanzaba la plenitud. Jamás sus cabellos habían estado tan negros, ni su piel había aparecido tan blanca, ni sus grandes ojos habían tenido tales brillos.

Una vez dentro, Madeleine tomó del brazo a su tía, mientras que el señor Fauvel se perdía entre la multitud, intentando llegar a uno de los salones de juego, cobijo de los hombres serios.

El baile se encontraba entonces en su máximo esplendor. Dos orquestas, bajo la batuta de Strauss y de uno de sus ayudantes, cubrían con sus sonidos las dos mansiones. La compacta multitud se mezclaba, evolucionaba y era un maravilloso revoltillo de telas de oro y de raso, de terciopelo y de encajes.

Los brillantes resplandecían en las cabezas y los bustos, hasta las más blancas mejillas enrojecían, los ojos brillaban y los hombros de las mujeres resplandecían aún más blancos, como la nieve a los primeros rayos del sol de abril.

Olvidado, él y su bandera, el payaso se había refugiado en el hueco de una ventana y allí estaba de pie, con el codo apoyado sobre la manecilla grabada de la varita.

Parecía algo emocionado entre tanto esplendor, y algo de aquella embriaguez se le estaba subiendo a la cabeza. Pero no perdía de vista a una pareja que bailaba a muy escasa distancia suya.

Era Madeleine, apoyada en el brazo de un dux más dorado que un cequí; y el dux no era otro que el marqués de Clameran. Parecía radiante, rejuvenecido; sus solicitudes tenían la imagen del triunfo. En los descansos de la música se acercaba hacia su pareja y le hablaba con una admiración retenida. Ella parecía escucharlo, si no con placer, al menos sin ira, unas veces moviendo la cabeza y otras sonriendo.

«Evidentemente —murmuraba el payaso— este noble bribón está cortejando a la sobrina del banquero; entonces, yo tenía razón. Pero, por otra parte, ¿cómo es que Madeleine se presta a oír con aire tan gracioso sus estúpidos cumplidos y sus declaraciones? Menos mal que Prosper no está aquí...»

Le interrumpieron su monólogo. Ante él se paró un hombre mayor, que llevaba con una excelente distinción el manto veneciano.

—¿Recuerda usted, señor... Verduret— dijo medio en serio medio en broma—, lo que me ha prometido?

El payaso se inclinó respetuosa, completamente, pero sin apariencia de servilismo ni de humildad:

—Lo recuerdo —respondió.

—Nada de errores, sobre todo.

—El señor conde puede estar tranquilo, tiene mi palabra.

El conde se marchó; pero durante aquel breve diálogo el baile había concluido y el payaso ya no veía ni a Clameran ni a Madeleine.

«Los encontraré con la señora Fauvel», pensó.

Y se mezcló rápido entre la multitud, en busca de la mujer del banquero.

Angustiada por el calor, que era sofocante, la señora Fauvel había ido a buscar un poco de aire a la galería de los hoteles Jandidier, transformados aquella noche, gracias a ese amuleto que se llama oro, en un jardín de hadas, lleno de naranjos, de adelfas en flor y de lilas blancas, cuyos delicados racimos ya se inclinaban.

El payaso la vio, sentada al lado de un bosquecillo, no lejos de la puerta de uno de los salones de juego. A su derecha estaba Madeleine; a su izquierda, Raoul de Lagors, disfrazado de favorito de Enrique III.

«Hay que confesar —pensaba el payaso mientras buscaba un lugar de observación— que no se puede ser más atractivo que ese joven bandido.»

Madeleine estaba triste. Acababa de arrancar una camelia del arbusto y la deshojaba instintivamente, con la mirada perdida en el vacío.

Raoul y la señora Fauvel hablaban inclinados el uno sobre el otro. Sus rostros parecían colmados, pero los gestos de uno y los sobresaltos de la otra reflejaban claramente preocupaciones superiores y una conversación de las más serias.

En el salón de juego se veía al dux Clameran, colocado de tal forma que podía observar a la señora Fauvel y a Madeleine sin ser visto.

«Continúa la escena de ayer —pensó el payaso—. ¡Si pudiera oír algunas palabras! Si estuviera detrás de esas camelias, seguro que podría oírlas.»

Y actuó a continuación con esa intención; pero no resultaba fácil acercarse; tendría que esquivar unos grupos. Cuando llegó al lugar deseado, Madeleine se levantaba y cogía el brazo de un persa repleto de pedrería.

Al mismo tiempo, Raoul se levantó y fue al salón de juego donde susurró algunas palabras en el oído de Clameran.

«—¡Ya está!... —se dijo el payaso—. Estos dos miserables tienen bien agarradas a las dos pobres mujeres, que se debaten inútilmente entre sus garras. ¿Pero por qué las tienen capturadas?»

Pensaba, cuando de pronto tuvo lugar una gran turbación en la galería. Anunciaban un minueto maravilloso en el gran salón; además acababa de llegar la condesa de Commarin disfrazada de Aurora; y además había que contemplar las esmeraldas de la princesa Korasoff, las más bellas del universo.

En un momento se vació por completo la galería. No quedaban más que algunos pobres aislados, maridos gruñones cuyas mujeres bailaban y algunos jóvenes tímidos e incómodos con sus disfraces.

El payaso pensó que había llegado la hora adecuada para sus fines.

Bruscamente dejó su lugar, cogiendo su bandera, golpeando su tela con la varita, tosiendo con afectación, como quien va a hablar.

Cruzó la galería y se puso entre el sillón ocupado por la señora Fauvel y la puerta del salón.

Enseguida corrieron detrás de él, haciéndole corro, todos los invitados que habían quedado en la galería.

Siguiendo la más estricta observación de la tradición, se puso el sombrero exageradamente ladeado sobre la oreja e inclinó el cuerpo al mismo lado que el sombrero.

Con una increíble verborrea y el tono más bufón, comenzó:

—Señoras y señores... —saludó—. Esta misma mañana he pedido permiso a la autoridad de esta ciudad. ¿Qué para qué? Ah, señores, para tener el honor de ofrecerles un espectáculo que ha conquistado ya la aceptación de las cinco partes del mundo y de otras varias academias. Y es en el interior de la sala, señoras, donde va a comenzar la representación de un imprevisto drama escenificado por primera vez en Pekín y traducido por nuestros más ilustres autores. Ya pueden pasar, señores, a tomar asiento; los quinqués están encendidos y los actores se están preparando.

Se calló, y con una perfección que dejaba en mal lugar a los instrumentos de cuero y gruesos atabales imitó los estribillos estruendosos de las músicas de los saltimbanquis.

—Pero, señoras y señores —continuó—, vais a decirme: «Si la pieza se representa en la sala, ¿qué haces tú aquí? ¿Que qué hago aquí? Señores: estoy aquí para ofrecerles un adelanto de las turbaciones, sensaciones, emociones, palpitaciones y otras distracciones que os podéis pagar por la insignificante cantidad de cincuenta céntimos, ¡diez monedas!... ¿Ven ustedes este maravilloso cuadro? Pues bien, refleja las ocho escenas más terribles del drama. ¡Ah!, ya lo veo, tiemblan. Sin embargo, eso no es nada. Ese magnífico cuadro nos ofrece una idea tan poco precisa de la escenificación como una gota de agua nos la puede ofrecer del mar, o una chispa del sol. Mi cuadro, señores, es una nimiedad de entremés, o como quien dice el olor que se respira de las soperas de los restaurantes...

—¿Conoce usted a este payaso? —preguntó un gigantesco turco a un melancólico Polichinela.

—No, pero imita excepcionalmente la trompeta.

—Oh, excepcionalmente. Pero, ¿adónde quiere ir a parar?

El payaso quería ante todo y sobre todo atraer la atención de la señora Fauvel, que desde que la dejaron sola Raoul y Madeleine se había sumergido en una reflexión profunda y sin duda lamentable.

Y lo logró.

Los gritos de su estridente voz devolvieron a la mujer del banquero al sentimiento de la realidad; se sobresaltó y miró con ansiedad a su alrededor como si la hubieran despertado violentamente; después, se inclinó al lado del payaso.

Éste, sin embargo, continuaba:

—Entonces, señores, estamos en China. El primero de los ocho cuadros de mi tela, aquí, arriba a la izquierda —lo señalaba con la punta de su varita— representa el ilustre mandarín Li-Fo, en el interior de su familia. Esta bella joven dama que se apoya sobre su espalda no es otra que su esposa y los niños que ruedan por la alfombra son el fruto de la unión más feliz. ¿No respiráis, señores, el aroma de satisfacción y de honradez que desprende esta majestuosa pintura? Es que la señora Li-Fo es la más bondadosa de las mujeres, que adora a su marido e idealiza a sus hijos. Siendo bondadosa es feliz, porque, como dijo Confucio, la bondad tiene mucho más atractivo que el vicio...

Insensiblemente la señora Fauvel se había aproximado, incluso había dejado su sillón para venir a sentarse en otro, muy cerca del payaso.

—¿Ve usted —preguntó a su vecino el melancólico Polichinela— en su tela lo que él dice?

—A decir verdad, no; ¿y usted?

El hecho es que la tela, bruscamente coloreada, ni representaba aquello ni algo por el estilo.

El payaso, sin embargo, después de haber imitado un redoble de tambor, seguía acelerando aún más su narración:

—¡Cuadro segundo! ¿Reconocen a la vieja dama sentada delante de un armario con espejo y que se tira de los cabellos con desesperación, especialmente los blancos? No. ¡Y, sin embargo, es la bella mandarina del primer cuadro! Ya veo lágrimas en sus ojos, señoras y señores. ¡Ah! Llorad, porque, si ya no es bella tampoco es bondadosa, y su felicidad ha desaparecido al igual que su bondad. ¡Ah, es una lamentable historia! Un día, no se sabe dónde, en una calle de Pekín, se ha encontrado con un joven bandido, bello como un ángel, y ella lo ama, la infeliz, lo ama!

El payaso manifestó estas últimas palabras con la voz más dramática y el aspecto que correspondía.

Durante este discurso había realizado una media vuelta, encontrándose ahora casi frente a la mujer del banquero y no perdía ni uno solo de los movimientos de su cara.

—Ustedes están asombrados, señores —continuaba—; yo no lo estoy. El gran Bilboquet, mi maestro, nos lo ha enseñado: el corazón no tiene edad, y sobre las ruinas florecen los más enérgicos rabanillos. ¡La desgraciada!... ¡Tiene cincuenta años y ama a un adolescente! ¡De ahí esta lamentable escena de depilación, que es una gran enseñanza!

—Es verdad —murmuraba un cocinero de raso blanco que había pasado la velada expuesto sin éxito cantidad de menús—; es verdad; yo lo imaginaba más divertido.

—Pero dentro de la sala —decía el payaso— se pueden ver los expectaculares efectos del error de la mandarina. Por momentos, un rayo de razón alumbra su enfermo cerebro y las manifestaciones de sus angustias son capaces de conmover a los más mezquinos. Entrad y por cincuenta céntimos oiréis esos sollozos, que el Odeón no los ha oído ni en sus mejores días. Ella comprende lo inútil, la locura, el ridículo de su pasión; confiesa que persigue obcecadamente un fantasma, sabe demasiado que él, radiante de juventud, no puede amarla a ella, ya vieja, que busca iútilmente retener los restos de una belleza apagada. Siente que, cuando él susurra a veces a su oído palabras amorosas, miente. Presiente que un día u otro su manto se le quedará en las manos.

Mientras expresaba con una extrema locuacidad aquel discurso, dirigido en apariencia al grupo que lo rodeaba, el payaso no quitaba los ojos de la mujer del banquero.

Pero nada de lo que hasta ahora había dicho pareció molestarla.

Medio echada sobre su sillón, estaba calmada, su mirada se mantenía serena; incluso sonreía dulcemente.

«¡Vaya! —pensaba el payaso un poco nervioso—. ¡Me he confundido de camino!»

Por interesada que estuviera, ello no le impidió advertir a un nuevo oyente, el dux Clameran, que venía también a hacer corro.

—En el tercer cuadro —continuaba, resaltando artificialmente las *erres*— la vieja mandarina ha rechazado sus remordimientos, que son huéspedes muy molestos. Se ha dicho que a falta de amor, el interés mantendría cerca de ella al joven seductor. Con este fin, habiéndole cubierto con una falsa dignidad, lo presenta a los principales mandarines de la capital del Hijo del Cielo, después, como es necesario que un bonito mozo haga buen papel, se deshace de todo lo que tiene en beneficio suyo: brazaletes, sortijas, collares, perlas y diamantes; todo pasa a él. El monstruo lleva todas esas joyas a las casas de empeño de la calle Tien-Tsi y, para colmo, se niega a entregar los recibos.

El payaso tenía motivo para estar satisfecho.

La señora Fauvel estaba mostrando signos, muy claros para él, de malestar y nerviosismo.

Una vez había intentado levantarse, alejarse; pero sus fuerzas la traicionaban, y se quedó fija en su sillón, obligada a oír.

—Sin embargo, señoras y señores —continuó el payaso—, los más ricos cofres se acaban. Llegó un día en que la mandarina ya no tuvo nada que ofrecer. Entonces el joven bandido tuvo el malévolo plan de apoderarse del botón de jaspe del mandarín Li-Fo, una maravillosa joya de incalculable valor, símbolo de su dignidad, guardada en un escondite de granito, protegido día y noche por tres soldados. ¡Ah! La mandarina resistió mucho tiempo. Sabía que acusarían a los soldados inocentes y que serían crucificados como es la moda en Pekín, y este pensamiento la molestaba. Pero el otro le habló con una voz tan dulce, que, seguramente, ustedes comprenden... el botón de jaspe desapareció. El cuarto cuadro representa a los dos culpables bajando de puntillas la falsa escalera; vean ustedes sus inquietudes, vean...

Se calló. Tres o cuatro de sus oyentes habían visto que la señora Fauvel estaba a punto de sentirse mal y se dirigieron a ofrecerle ayuda.

Por otra parte le estaban agarrando fuertemente el brazo.

Se volvió enérgicamente y se encontró frente a Clameran y Raoul de Lagors, tan pálidos, tan amenazadores el uno como el otro...

—¿Qué desean, caballeros?... —preguntó con su carácter más gracioso.

—Hablar con usted —respondieron a la vez.

—A sus órdenes.

Los siguió al otro lado de la galería, hasta el hueco de una ventana vidriera que conducía a un balcón.

Allí nadie podía pensar en espiarlos y de hecho nadie los observaba, salvo aquel personaje de capa veneciana a quien el payaso había saludado en voz baja, llamándole «señor conde».

Por otra parte, el minueto acababa de concluir, las orquestas se tomaban media hora de descanso, la gente afluía a la galería, la cual se hizo en un momento demasiado pequeña.

Incluso el repentino desfallecimiento de la señora Fauvel había pasado desapercibido; los que lo habían advertido, viendo que se le había pasado tan pronto, lo atribuyeron al calor. Avisaron al señor Fauvel; acudió, pero, viendo a la mujer hablando tranquilamente con Madeleine, volvió a reanudar su partida.

Menos consciente de sí que Raoul, Clameran había tomado la palabra.

—Ante todo, caballero —comenzó con tono grave—, me gustaría saber a quién me dirijo.

Pero el payaso se había empeñado en creer que se trataba de una broma de un baile de disfraces, mientras no le pusieran los puntos sobre las íes.

Respondió, entonces, en el espíritu y tono de su disfraz.

—¿Me están pidiendo los papeles, señor dux, y usted, señor valido? Tengo papeles, pero están en manos de los representantes de esta ciudad, con mis apellidos, mi nombre, edad, domicilio y señas de identidad.

Con gesto colérico, Clameran lo interrumpió.

—Acaba usted de permitirse la más infame de las injurias —dijo.

—¿Yo, señor dux?

—¡Usted!... ¿Qué es esa detestable historia que estaba contando?

—¡Detestable!... ¡Eso lo dirá usted, pero yo que la he compuesto...!

—Basta. Tenga al menos el valor de sus actos y confiese que no es más que una larga y miserable insinuación dirigida contra la señora Fauvel.

El payaso, giraba la cabeza como si hubiera pedido ideas al techo, escuchaba, con la boca abierta y el aire atónito de quien cae moralmente de las nubes.

En realidad, quien lo hubiera conocido habría percibido en sus ojos negros reflejarse la satisfacción de una diabólica maquinación.

—¿Cómo? —decía fingiendo menos responder que hablarse a sí mismo—. ¡Está sí que es buena! ¿Dónde aparece en mi drama de la mandarina Li-Fo una alusión a la señora Fauvel, a quien no conozco ni por parte de padre ni por parte de madre? Por mucho que pienso, busco, averiguo, por mi honor que no veo nada. A menos que... pero no, es imposible.

—¿Pretende usted, entonces —interrumpió Clameran—, mantiene que desconoce la desgracia que acaba de sucederle al señor Fauvel?

Pero el payaso se había propuesto dejar que detallaran ellos los hechos.

—¿Una desgracia? —interrogó.

—Estoy hablando del robo del que el señor Fauvel ha sido víctima y que ha sido bastante sonoro, me parece.

—Ah, sí, ya sé... Su cajero ha puesto pies en polvorosa llevándose trescientos cincuenta mil francos. Demonios, el accidente es normal y yo diría que casi cotidiano. En lo referente a descubrir entre este robo y mi relato la menor relación, es otro tema.

Clameran tardaba en responder. Un brusco codazo de Lagors lo había tranquilizado como por embrujo.

Más frío que el mármol, el payaso tosía con una mirada sospechosa y parecía lamentar profundamente las palabras significativas arrancadas a su impulso.

—Está bien —dijo Clameran con ese tono arrogante que le era familiar—, está bien, he podido confundirme; escuchadas sus explicaciones, quiero admitirlo y creerlo.

Pero entonces el payaso, tan bobamente humilde un momento antes, al oír la palabra «explicaciones» se exaltó. Se plantó con orgullo, el puño sobre la cadera, exagerando la actitud de reto.

—Yo no le he dado, ni tenía por qué darle ninguna explicación.

—¡Caballero!

—Déjeme concluir, si hace el favor. Si, sin quererlo, he ofendido en algo a la esposa de un hombre al que yo aprecio, me parece que le corresponde a él, como único juez y árbitro de lo que interese a su honor comunicármelo. «No está en edad —me dirá usted— de venir a pedir razón de una ofensa.» Es posible; pero tiene hijos, y uno de ellos está aquí, acabo de verlo. Usted me ha preguntado quién soy, y yo le diré: ¿Quién es usted para, sin ninguna autoridad, establecerse en el paladín de la señora Fauvel? ¿Es usted un familiar, su amigo, su aliado? ¿Con qué derecho la insulta usted, intentando descubrir una alusión donde no hay más que una historia inventada inmotivadamente?

No había nada que decir ante aquella respuesta tan firme y racional. Clameran buscó un rodeo.

—Soy amigo del señor Fauvel —dijo— y, como tal, tengo derecho a vigilar su situación tanto como la mía propia. Y si esta razón no le basta, sepa que dentro de poco su familia será la mía.

—¡Ah!

—Así es, y antes de ocho días se comunicará oficialmente mi matrimonio con la señorita Madeleine.

La noticia era tan imprevista, tan extraña, que por un momento el payaso quedó totalmente desconcertado, y esta vez de verdad.

Pero fue cosa de segundos. Se inclinó hasta abajo con una sonrisa lo bastante irónica para que se notara, diciendo:

—Reciba todas mis congratulaciones, caballero. Además de ser la reina del baile esta noche, la señorita Madeleine tiene, según dicen, una dote de medio millón.

Raoul de Lagors había estado escuchando esta discusión con una clara ansiedad y con miradas impacientes a un lado y otro.

—Esto es demasiado —dijo en tono amenazador e insultante—; sólo le diré una cosa, señor payaso: tiene usted la lengua demasiado larga.

—¡Quizá, mi bello valido, quizá! Pero tengo el brazo todavía más largo.

También Clameran tenía prisa en acabar.

—¡Basta! —añadió golpeando el suelo con el pie— no hay que dar explicaciones a un hombre que esconde su personalidad bajo los adornos de su disfraz.

—Es usted libre, señor dux, de ir a preguntar quién soy al dueño de la casa..., si es capaz.

—Usted es —exclamó Clameran—, usted es...

Un gesto rápido de Raoul impidió que brotara de los labios del noble industrial un insulto que podía degenerar en actos, o al menos en una provocación, un escándalo, un alboroto.

El payaso esperó un momento el insulto, con una sonrisa burlona en los labios, y, viendo que no llegaba, buscó la mirada de Clameran y lentamente dijo.

—Yo soy, caballero, el mejor amigo de su hermano Gaston antes de morir. Era su consejero y he sido el confidente de sus últimas ilusiones.

Aquellas simples palabras cayeron como agua fría sobre la cabeza de Clameran.

Palideció terriblemente y retrocedió, con las manos abiertas, como si allí, en mitad del baile, hubiera visto aparecerse un fantasma delante de él.

Quiso responder, reclamar, decir algo, pero el horror heló las palabras en su garganta.

—¡Venga, vamos! —le dijo Lagors, que había mantenido toda su sangre fría.

Y se lo llevó, sosteniéndolo, porque se agarraba a las paredes, tambaleándose como un borracho.

—¡Oh! —dijo el payaso, en tres tonos de voz diferentes—. ¡¡Oh!! ¡¡¡Oh!!!

Estaba casi tan angustiado como el industrial, y se quedó allí, en el hueco del ventanal, clavado sobre sus dos piernas.

Aquella frase enigmáticamente amenazadora la había expresado totalmente al azar, sin doble intención, solamente para no quedar cortado, guiado sin saberlo por ese instinto maravilloso de policía que es su fuerza, como lo es el olfato para el sabueso.

«Pero ¿qué significa esto? —murmuraba—. ¿Por qué el miedo de ese miserable? ¿Qué terrible recuerdo he devuelto a su alma de fango? ¡Que me vengan a alabar la penetración de mi espíritu, la habilidad de mis combinaciones! Hay un maestro que sin esfuerzo nos gana la partida a todos, el que con un violento capricho nos rompe nuestras fantasías: el azar.»

Se hallaba a cien leguas de la situación actual, de la galería, del baile de los señores Jandidier. El personaje de capa veneciana le dio un leve golpe en la espalda, que le devolvió bruscamente a la realidad.

—¿Está usted satisfecho, señor Verduret? —preguntó.

—Sí y no, señor conde. No, porque no he alcanzado totalmente el objetivo que me proponía cuando le pedí que me dejara entrar aquí; sí, porque nuestros dos granujas se han confesado de tal modo que ya no hay lugar a duda.

—¿Y se queja usted?

—No me quejo, señor conde, al contrario, bendigo al azar, debería decir a la Providencia, que acaba de descubrirme la existencia de un secreto que no imaginaba.

Cinco o seis invitados que habían reconocido al conde se aproximaron a él, cortando la conversación. El conde se alejó, pero no sin antes dirigir al payaso un saludo, más que de protector, de amigo.

También él, dejando su bandera, se lanzó entre la gente que se había amontonado tanto, que apenas dejaban circular. Buscaba a la señora Fauvel. Ésta había abandonado la galería y ahora estaba sentada en una silla del salón hablando con Madeleine. Estaban las dos muy animadas.

«Bueno —pensó el payaso—, están hablando de la escena; pero ¿qué es de Lagors y Clameran?»

No tardó en encontrarlos. Iban y venían. Cruzando por los grupos, saludando, dirigiendo la palabra a multitud de personas.

«Apostaría —murmuró el payaso— que se trata de mí. Estos honorables señores buscan saber quién soy. Buscad, mis buenos amigos, buscad...»

Pronto renunciaron a ello. Estaban tan interesados, tenían tal necesidad de estar solos para reflexionar, que, sin esperar a la cena, fueron a pedir permiso a la señora Fauvel y a su sobrina, comunicando que se marchaban.

Era cierto. El payaso los vio llegar al vestíbulo, coger sus abrigos, dejar la escalinata y desaparecer bajo el porche.

«Se acabó por esta noche —murmuró—; ya no tengo nada que hacer aquí.»

Y a su vez salió, después de haberse puesto un enorme abrigo que cubría casi completamente el disfraz.

En la puerta había coches libres, pero el tiempo era bueno, aunque frío, el suelo estaba seco y el payaso decidió volver a pie, diciéndose que el aire, el movimiento, el paseo ayudarían a aclarar sus ideas, algo confusas.

Encendiendo un puro, recorrió la calle Saint-Lazare y torció por Notre-Dame-de-Lorette para dirigirse al *faubourg* Montmartre.

De pronto, en el momento en que cogía la calle Ollivier, salió un hombre de la sombra donde se escondía, saltó sobre él con el brazo levantado y le dirigió una puñalada con todas sus fuerzas.

El payaso, afortunadamente para él, tenía el maravilloso instinto del gato que se desdobla, por así decir, y puede acechar y protegerse, mirar de un lado y ver del otro.

Vio, o más bien adivinó, al hombre agachado en la sombra, y de algún modo lo sintió lanzarse sobre él y pudo echarse a un lado sobre sus fuertes piernas, intentando protegerse con las manos.

Aquel movimiento realmente le salvó la vida porque fue en el brazo donde recibió la violenta puñalada destinada a matarlo.

La rabia, más que el dolor, le arrancaron una exclamación:

—¡Ah, canalla! —gritó.

E inmediatamente, dando un salto atrás como de un metro, se puso en guardia.

Pero la precaución era inútil.

Viendo que había fallado el golpe, el asesino no volvió a la carga. Inició la carrera y se perdió enseguida en el *faubourg* Montmartre.

«Es Lagors, efectivamente —murmuró el payaso—, y el Clameran no debe de andar lejos. Mientras yo rodeaba la iglesia por un lado, ellos lo hacían por el otro para esperarme aquí.»

La herida, sin embargo, le hacía un daño espantoso.

Fue a meterse bajo un farol, para verla. No era grave, pero era muy larga y cruzaba el brazo de lado a lado.

Rompió rápidamente un pañuelo, hizo cuatro tiras y se vendó el brazo con la habilidad de un interno de hospital.

«Tengo que estar sobre la pista de cosas muy graves —pensaba— para que estos bandidos hayan decidido matarme. Personas astutas como ellos, cuando sólo tienen que temer a la policía correccional no se arriesgan al tribunal criminal.»

De todos modos no era posible continuar allí, en aquella plaza. Se aseguró de que a expensas de soportar un dolor muy fuerte todavía podía utilizar su brazo y persiguió a su enemigo, teniendo el cuidado de ir por la mitad de la calzada, evitando los rincones oscuros.

A decir verdad, no veía a nadie, pero estaba seguro de que lo seguían.

No se confundía.

Cuando llegó al bulevar Montmartre atravesó la calzada y observó dos sombras que reconoció y que la atravesaron al mismo tiempo que él un poco más arriba.

«Estoy —murmuró— ante unos bandidos decididos; no se esconden ni para seguirme. Son listos, deben de estar acostumbrados a aventuras como ésta; va a ser difícil hacerles perder mi rastro. Con estos bribones no me va a servir el plan del coche que tan bien me fue con Fanferlot. Para colmo, este diablo de sombrero gris es como una linterna en la noche y se ve a una legua.»

Remontó entonces el bulevar y, sin necesidad de girar la cabeza, presintió a sus amigos, a unos treinta pasos más o menos detrás.

«Y, sin embargo —se decía, continuando a media voz su monólogo—, tengo que esquivarles a toda costa. No puedo regresar teniéndolos pegados a mis talones, a mi casa ni al *Grand-Archange.* Tampoco me siguen ahora para matarme, sino para saber quién soy. Y si llegan a sospechar que este payaso esconde a Verduret y que Verduret disimula al señor Lecoq, adiós a mis proyectos. Entonces emprenderían el vuelo al extranjero; dinero no les falta, y todo quedaría a mi costa y con una cuchillada.»

La idea de que Raoul y Clameran pudieran escapársele lo enfureció tanto, que por un momento pensó en mandar arrestarlos.

La cosa era fácil. No tenía más que lanzarse sobre ellos, pidiendo ayuda, vendrían, los detendrían a los tres, y los llevarían al cuartelillo poniéndolos a las órdenes del comisario de policía.

Este procedimiento tan sencillo como ingenioso es el que utilizan los agentes de seguridad cuando, al encontrarse súbitamente con algún malhechor que buscan, no pueden, por falta de mandamiento judicial, echarle la mano encima.

Al día siguiente todo queda justificado.

Pero el payaso tenía en sus manos suficientes pruebas para mantener el arresto de Lagors. Podía mostrar la carta y el devocionario cortado, podía confesar la existencia de las papeletas del Monte de Piedad depositada en Vesinet, enseñaría su brazo. En el peor de los casos, Raoul tendría que explicar por qué y cómo había robado el nombre de Lagors y con qué objetivo se hacía pasar por familiar del señor Fauvel.

«Por otra parte, actuando con tal precipitación, quizá aseguraría la salvación del principal culpable, Clameran. ¿Qué determinante testimonio había en su contra? Ninguno. Tenían las más fuertes hipótesis, pero ni un hecho.»

Después de haberlo reflexionado todo, el payaso decidió actuar solo, como había hecho siempre hasta entonces, y llegar en solitario al hallazgo de las verdades sospechadas.

Tomada esta decisión, no tenía más que despistar a los que lo seguían.

Había tomado el bulevar de Sebastopol y, dejado a un lado el aire confuso, fiel reflejo de sus dudas, se puso a caminar a buen ritmo.

Al llegar al Jardin des Arts-et-Métiers, se paró secamente. Dos policías se cruzaron con él, y los paró para pedirles informaciones insignificantes.

Esta maniobra tuvo el resultado planeado. Raoul y Clameran quedaron inmóviles, a unos veinte pasos aproximadamente, no osando avanzar.

¡Veinte pasos!... Era la ventaja que necesitaba el payaso. Mientras hablaba con los guardias llamó en la casa que tenía delante. Al ver, por el ruido seco del cordón, que la puerta estaba abierta, saludó y entró rápidamente.

Un minuto más tarde los guardias se habían alejado y Clameran y Lagors llamaban a la puerta al mismo tiempo.

Les abrieron, e hicieron levantar al portero para preguntarle quién era el individuo que acababa de entrar disfrazado de payaso.

Les dijo que no había visto entrar a ningún enmascarado, y además él no sabía que alguno de los huéspedes hubiese salido disfrazado.

—Al margen de eso —añadió—, no puedo estar seguro de nada, ya que la casa tiene otra salida a la calle Saint-Denis.

—¡Nos ha engañado! —interrumpió Lagors—. Jamás sabremos ya quién es ese payaso.

—A no ser que lo sepamos demasiado pronto por nuestra culpa —murmuró Clameran, reflexivo.

En el mismo momento en que Raoul y el industrial se retiraban llenos de nerviosismo, el payaso, veloz como una flecha, llegaba al *Grand-Archange*; daban las tres.

Apoyado en la ventana, Prosper lo vio llegar.

Llevaba esperándolo desde las doce, con la exaltada ansiedad del acusado que espera la decisión de sus jueces.

Con lo cual queda dicho con qué precipitación corrió al encuentro de Verduret a mitad de la escalera.

—¿Qué sabe usted? —decía—. ¿Qué ha descubierto? ¿Ha visto a Madeleine? ¿Estaban en el baile Raoul y Clameran?

Pero Verduret no solía hablar en los lugares donde podían escucharlo.

—Ante todo —respondió—, entremos en su habitación y empiece dándome un poco de agua para lavar esta herida que me quema como el fuego.

—¡Cielos! ¡Está herido!

—Sí, es un recuerdo de su amigo Raoul. ¡Ah, ya sabrá lo que cuesta cortar una piel como ésta!

La rabia fría del Verduret-Payaso tenía algo tan amenazador, que Prosper quedó exaltado.

Él, en cambio, había terminado de curar su brazo.

—Ahora —dijo a Prosper—, hablemos. Nuestros enemigos están avisados; se trata ahora de golpearlos con la velocidad del rayo.

Verduret hablaba en un tono amenazador y dominante que Prosper no le había descubierto.

—Me he equivocado; he ido desorientado; es un accidente que les sucede a los más listos. Tengo que reconocer que he tomado el efecto por la causa. El día en que yo creía estar convencido de que existían relaciones culpables entre Raoul y la señora Fauvel, creía tener la punta del hilo que debía llevarnos a la verdad. Debí haber desconfiado; era demasiado fácil, demasiado natural.

—¿Usted considera inocente a la señora Fauvel?

—No, realmente, pero no es culpable en el sentido en que yo lo imaginaba. ¿Cuáles eran mis creencias? Yo me decía: «Enamorada de un joven y seductor aventurero, la señora Fauvel le ha regalado el nombre de uno de sus familiares y lo ha presentado a su marido como su sobrino. La estrategia era hábil para abrir al adúltero las puertas de la casa. Ella comenzó por ofrecerle todo el dinero del que disponía; más tarde le confió sus joyas, que él llevó al Monte de Piedad; finalmente, al no poseer nada más, le dejó saquear la caja de su marido.» Esto es lo que pensaba.

—Y de esta manera todo se aclaraba.

—No, no se aclara todo, yo lo sabía, y en esto es donde he actuado con una reprochable ligereza. ¿Cómo, con mi primer método, explicar el dominio de Clameran?

—Clameran es simplemente el cómplice de Lagors.

—¡Ah, ahí es donde está el error! Yo también he creído mucho tiempo que Raoul era todo; la verdad es que no es nada. Ayer, en una pelea que se produjo entre ellos, el industrial dijo a su viejo amigo: «Y sobre todo, pequeño, no se te ocurra resistirme; me desharé de ti como de un vaso.» Todo reside ahí. El fantástico Lagors no es la criatura de la señora Fauvel sino el instrumento ciego de Clameran. Más aún —continuó—. ¿Nuestras primeras hipótesis nos daban la razón de la obediencia ciega de Madeleine? Es a Clameran y no a Lagors a quien obedece Madeleine.

Proper intentó contestar.

Verduret se encogió de hombros. Para convencer a Prosper sólo tenía que expresar una palabra; solamente tenía que decir que tres horas antes Clameran le había comunicado su matrimonio con Madeleine.

Cometió el error de no decir esa palabra.

Convencido de que llegaría a tiempo para anular el matrimonio, no quería añadir otro problema a las preocupaciones de su joven protegido.

—Clameran —continuó—, Clameran solo, tiene en sus manos a la señora Fauvel. Pero ¿cómo la tiene? ¿Qué arma terrible atestigua su enigmático poder? Se sabe de informaciones fiables que ellos se han visto por primera vez hace quince meses, y el honor de la esposa del señor Fauvel ha estado siempre por encima de toda habladuría. Es, por tanto, en el pasado donde hay que buscar el secreto de la dominación del uno y de la resignación de la otra.

—No sabremos nada —murmuró Prosper.

—Al contrario, lo sabremos todo cuando conozcamos el pasado de Clameran. Ah, cuando esta noche he dicho el nombre de su hermano Gaston, Clameran ha palidecido y retrocedido como ante la visión de un fantasma. Y a mí me ha vuelto a la memoria el hecho de que Gaston murió repentinamente, en el transcurso de una visita de su hermano.

—Cree usted, por tanto, en un asesinato...

—Puedo creerlo todo de personas que han querido matarme. El robo, hijo mío, en este momento no es más que un detalle secundario. El robo es fácil de justificar y, si no fuera más que esto, yo le diría: mi labor ha concluido, vamos en busca del juez de instrucción a pedirle un mandamiento.

Prosper se levantó, con el pecho hinchado, la mirada repleta de esperanza.

—¡Oh, usted lo sabe!... ¿Es posible?

—Sí, yo sé quién ha dado la llave, y sé quién ha dado la combinación...

—¡La llave!... Quizá era la de Fauvel. Pero la combinación...

—La combinación, infeliz, es usted mismo quien la ha ofrecido. Lo había olvidado, ¿verdad? Afortunamente su amante ha tenido memoria por los dos. ¿Se acuerda de haber cenado dos días antes del robo con la señora Gypsy, Lagors y otros dos amigos? Nina estaba triste. Hacia el final de la cena ella le hizo un reproche de mujer abandonada.

—En efecto, tengo muy presente ese recuerdo.

—Entonces sabe lo que respondió.

Prosper pensó un momento y contestó:

—No.

—Pues bien, pobre imprudente, usted le dijo a Nina: «Te confundes al reprocharme que no pienso en ti, porque en estos momentos es tu querido nombre el que protege la caja de mi jefe.»

Prosper tuvo un gesto de demente: la verdad estalló como una bomba en su cerebro.

—¡Sí! —exclamó—. ¡Sí, me acuerdo!

—Entonces usted comprenderá lo demás. Uno de los dos fue a buscar a la señora Fauvel y la obligó a darle la llave de su marido. Por si acaso, el miserable colocó los rodillos giratorios sobre el nombre de Gypsy. Los trescientos cincuenta mil francos fueron extraídos. Y, sépalo bien, la señora Fauvel obedeció a terribles amenazas. Estaba fatal, la pobre, al día siguiente del robo, y fue ella la que, a riesgo de perderse, le envió los diez mil francos.

—Pero ¿quién ha robado? ¿Raoul? ¿Clameran? ¿Cuáles son los métodos de presión sobre la señora Fauvel? ¿Cómo está mezclada Madeleine en estas vilezas?

—A estas preguntas, mi querido Prosper, todavía no sé responder y por eso todavía no vamos a buscar al juez. Le pido diez días. Si en diez días no he descubierto nada, regresaré y juntos iremos al señor Patrigent a contarle lo que sabemos.

—¡Cómo! ¿Se va usted ahora?

—Dentro de una hora estaré camino de Beaucaire. ¿No son de sus proximidades Clameran y la señora Fauvel, que es una de las señoritas de La Verberie?

—Sí, conozco a sus familias.

—Pues bien, allá voy a investigarlos. Ni Raoul ni Clameran se nos escaparán; la policía los vigila. Pero usted, Prosper, querido amigo, sea prudente. Júreme que se mantendrá aquí prisionero todo lo que dure mi ausencia.

Prosper juró de muy buena gana todo lo que le pedía Verduret. Se resistía, sin embargo, a dejarlo irse de ese modo.

—¿No podré saber —preguntó— quién es usted, qué razones me han brindado su todopoderosa ayuda?

El majestuoso hombre produjo una triste sonrisa.

—Se lo diré —respondió— delante de Nina, el día antes del día en que usted se case con Madeleine.

Sólo después de haberse sumergido en sus reflexiones, Prosper comprendió verdadera y realmente de cuánta utilidad le había sido la intervención todopoderosa de Verduret.

Al analizar el campo de investigaciones de su enigmático protector, quedaba asombrado y como abrumado de su amplitud.

¡Qué cantidad de averiguaciones en menos de ocho días y con qué exactitud, aunque él creyera que se había descaminado. Con qué seguridad había ido yendo de inducción en deducción, de hechos corroborados a hechos posibles, hasta reconstruir, si no la verdad, al menos una historia tan verosímil, que parecía indiscutible!

Prosper tenía que admitir que él, partiendo de nada, jamás hubiera llegado solo a aquel resultado que confundía su razón.

Sin contar con que no tenía ni la sorprendente penetración ni la imperiosa imaginación de Verduret, ni su olfato, ni su astucia; no poseía ese arte, esa ciencia de hacerse obedecer, de crearse ayudantes y cómplices, de hacer reunir en un resultado común tanto a sucesos como a personas.

Ahora que no tenía al lado a aquel amigo de la adversidad, lo echaba de menos. Echaba de menos esa voz, a veces dura, a veces tolerante, que lo animaba o lo consolaba.

Se encontraba ahora aislado hasta el terror, no atreviéndose, por así decirlo, ni a actuar ni a pensar solo, más tímido que el niño abandonado por su niñera.

Al menos tuvo la buena idea de seguir los consejos de su protector. Se encerró completamente en el *Grand-Archange,* no dejándose ver ni por la ventana.

Dos veces tuvo noticias de Verduret. La primera recibió una carta, donde su amigo le decía que había visto a su padre, que le había dado un buen apretón de manos. La segunda vez, Dubois, el criado de Clameran, vino de parte del que él llamaba su «jefe» para comunicarle que todo iba bien.

Todo iba a pedir de boca, efectivamente, cuando el noveno día de reclusión voluntaria, sobre las diez de la noche, tuvo la idea de salir. Tenía un inmenso dolor de cabeza, después de varias noches durmiendo mal, y pensó que el aire libre le sentaría bien.

La señora Alexandre, que parecía haber sido enterada del secreto por Verduret, le hizo algunos reproches, que no tomó en consideración.

—¿Qué me arriesgo a estas horas en este barrio? Recorreré la avenida hasta el Jardin des Plantes y no encontraré a nadie.

La desgracia fue que no siguió exactamente ese planteamiento y que llegó cerca de la estación del ferrocarril de Orleáns. Tenía sed, entró en un café y pidió una cerveza.

Mientras bebía a pequeños sorbos, instintivamente cogió un diario parisino, *Le Soleil,* y en el artículo «Ecos de sociedad», firmado por Jacques Durant, leyó:

«Se comunica el matrimonio de la sobrina de uno de los más honorables financieros, André Fauvel, con un hidalgo provenzal, el señor marqués Louis de Clameran.»

Un rayo que hubiera caído sobre la propia mesa de Prosper no le habría causado una impresión tan horrible.

Aquella terrible noticia, que le llegaba así, de improviso, traída por ese mensajero insensible a la alegría y al dolor que se llama diario, le demostraba la precisión de las apreciaciones de Verduret.

Pero, ¡ay!, ¿por qué aquella seguridad no le dio la fe absoluta, es decir, el valor para esperar, la fuerza para no actuar?

Desorientado por el dolor, perdió la cabeza, viendo ya a Madeleine indisolublemente ligada a aquel bandido; se dijo que Verduret llegaría quizá demasiado tarde y que había que poner a toda costa algún impedimento.

Pidió al camarero pluma y papel y, olvidando que no hay ninguna situación que excuse esa detestable cobardía que se llama carta anónima, ocultando su letra lo mejor que pudo, escribió a su antiguo jefe:

«Estimado señor:

»Usted ha entregado a la justicia a su cajero: ha hecho bien, ya que está convencido de que le ha sido infiel.

»Pero, si fue él el que se llevó de su caja los 350.000 francos, ¿también ha sido él quien ha robado los diamantes de la señora Fauvel para llevarlos al Monte de Piedad, donde se encuentran actualmente?

»Yo, en su lugar, tratándose de un hombre prudente no ofrecería un escándalo. Vigilaría a mi mujer y descubriría que hay que desconfiar siempre de los sobrinos.

»Además, antes de corroborar el compromiso de la señorita Madeleine, me pasaría por la Dirección de Policía para saber a qué atenerme sobre el noble marqués de Clameran.

»Uno de sus amigos.»

Después de escribir la carta, Prosper se precipitó a pagar y salió. Luego, temiendo que su carta no llegase a tiempo, preguntó por un buzón de Correos importante, y le indicaron el de la calle del Cardinal Lemoine, donde la echó.

Hasta el momento no había tenido la menor duda de la legitimidad de su acción.

Pero, en el último momento, después de haber metido la mano en el buzón y echado la carta, cuando oyó el ruido sordo que hizo al caer entre los otros sobres, le entraron mil remordimientos.

¿No se habría equivocado actuando con tal rapidez? ¿No obstaculizaría la carta todos los planes de Verduret?

Una vez en el hotel, los remordimientos se convirtieron en trágico pesar.

Joseph Dubois había venido en su ausencia, lo hizo después de recibir de su jefe un aviso comunicándole que todo había concluido y que llegaría a la estación de Lyon al día siguiente, a las nueve de la tarde.

Prosper sufrió un momento de profunda desesperación. Hubiera dado todo el oro del mundo por poder recuperar la carta anónima.

Tenía razón para estar desesperado.

A la misma hora Verduret cogía el tren en Tarascon, combinando un plan completo para sacar el mayor beneficio de sus hallazgos.

Porque lo había descubierto todo.

Completando lo que ya sabía con el relato de una antigua sirvienta de la señorita de La Verberie, más las declaraciones de un viejo criado de los Clameran, utilizando las declaraciones de los habitantes de Vesinet al servicio de Lagors —declaraciones sintetizadas y enviadas por Dubois-Fanferlot— y ayudándose de las notas que procedían de la Dirección de Policía, gracias a su eminente talento de investigación y de cálculo había llegado a restablecer completamente y en sus menores detalles el dramático drama que había advertido.

Como lo había adivinado y mencionado, era necesario remontarse lejos, a un pasado muy lejano, para encontrar las razones del crimen del que Prosper había sido acusado.

Y éste es el drama, tal y como fue escrito por él con destino al juez de instrucción, convencido de que su relato iba a servir para redactar el acta de acusación.

12

El drama

A dos leguas de Tarascon, en la orilla izquierda del Ródano, no lejos de los espléndidos jardines de lo señores Audibert, aparece oscurecido por el tiempo, abandonado, deteriorado, pero firme aún, el castillo de Clameran.

Allí vivían, en 1841, el viejo marqués de Clameran y sus dos hijos, Gaston y Louis.

El viejo marqués era un personaje, cuando menos, peculiar. Pertenecía a esa raza, hoy casi desaparecida, de hidalgos cabezotas, cuyo reloj se había parado en 1789 y que marca la hora de otro siglo.

Más pegado a sus esperanzas que a su propia vida, el viejo marqués se empeñaba en considerar los sucesos producidos después del 89 como una serie de desagradables bromas, de ridículos intentos de un puñado de burgueses rebeldes.

Fue de los primeros que emigraron, siguiendo al conde de Artois, y no regresó a Francia hasta 1815, después de los aliados.

Tendría que haber dado gracias al cielo por haber encontrado una parte de las innumerables propiedades de su familia, pequeña es verdad, pero suficiente para poder vivir notablemente; pero, según decía, no pensaba que tenía que dar gracias a Dios por tan poca cosa.

Al principio, se movió mucho para conseguir algún cargo en la corte. A la larga, al ver que sus esfuerzos eran inútiles, tomó la decisión de retirarse a su castillo, quejándose y maldiciendo a su rey, a quien en el fondo de su corazón consideraba jacobino, pero al que al mismo tiempo adoraba.

Desde aquel momento se habituó sin esfuerzo a la vida rica y fácil de los hidalgos rurales.

Poseedor de una renta de quince mil libras, venía a gastar cada año veinticinco o treinta mil, incluso a base de dejar la bolsa empobrecida, pensando que siempre tendría que tener bastante hasta la llegada de una auténtica restauración, que no podría menos de devolverle todas sus propiedades.

Dando ejemplo, sus dos hijos vivían ricamente. El más joven, Louis, siempre en busca de aventuras, siempre de excursión por los alrededores, bebedor, gran jugador; el mayor, Gaston, que quería introducirse en el espíritu de su época, trabajaba, leía, recibía a escondidas ciertos periódicos cuyos títulos hubieran parecido a su padre una injuria merecedora de la horca.

En suma, sumergido en su egoísta desinterés, el viejo marqués era el más feliz de los mortales; comía bien, bebía mejor, cazaba continuamente; era bastante apreciado por los campesinos y condenado por los burgueses de las poblaciones vecinas, a quienes colmaba de burlas, a veces habilidosas.

Los días le parecían aguantables salvo en el verano, debido a los calores terribles del valle del Ródano, o cuando el mistral soplaba demasiado fuerte.

Pero incluso en estos casos tenía a mano un método de distracción infalible, siempre nuevo aunque siempre el mismo, siempre enérgico, siempre estimulante.

Hablaba mal de su vecina, la condesa de La Verberie.

La condesa de La Verberie, la «bestia negra» del marqués, como él decía poco cortésmente, era una enorme y fría mujer, angulosa de estructura y de carácter, altiva, despreciativa, frívola con los que consideraba sus semejantes y dura con la gente humilde.

Como su noble vecino, ella también había emigrado con su marido, muerto después en Lützen, pero no en las filas francesas, desgraciadamente para su recuerdo.

También en 1815 la condesa regresó a Francia.

Pero, mientras el marqués de Clameran lograba un acomodo relativo, ella sólo pudo conseguir de sus protectores y de la generosidad real el pequeño terreno y el castillo de La Verberie, y de los mil millones de indemnización sólo 2.500 francos de renta, de los que vivía.

Aunque, a decir verdad, el castillo de La Verberie hubiera bastado a bastantes ambiciones.

Más modesto que la mansión de Clameran, el precioso castillete de La Verberie tenía apariencias menos eminentes y de menos pretensiones.

Pero era de considerables dimensiones, cómodo, bien organizado, discreto y fácil para el servicio, como lo sería la casa pequeña de un gran señor.

Se encontraba además en el centro de un amplio parque, y sus ventanas talladas se abrían al sol del este.

El parque, que se prolonga desde la carretera de Beaucaire hasta el borde del río, es una maravilla para el país; con sus grandes árboles, sus cenadores, sus bosquecillos, su pradera y su claro arroyuelo que lo cruza de un lado a otro, es una maravilla.

Allí vivía, siempre quejándose y maldiciendo la vida, la condesa de La Verberie.

Solamente tenía una hija, que entonces tenía dieciocho años, llamada Valentine; rubia, de grandes ojos temblorosos, bella como para hacer vibrar en sus nichos a los santos de piedra de la capilla del pueblecito a la que iba cada mañana para escuchar misa.

La fama de su belleza, llevada por las rápidas aguas del Ródano, había llegado muy lejos.

Muchas veces los marineros y los robustos sirgadores que empujaban sus fuertes caballos mitad por el agua mitad por el camino de sirga, veían a Valentine sentada a la sombra de los grandes árboles, al borde del agua, con un libro en la mano.

De lejos, con su vestido blanco y su bello cabello ondulado, se presentaba a la imaginación de aquella basta y brava gente como una misteriosa visión y de buen augurio.

Y era frecuente, entre Arles y Valence, que se hablara de la preciosa y pequeña hada de La Verberie.

Si el señor de Clameran odiaba a la condesa, la señora de La Verberie no detestaba menos al marqués. Si aquél la apodaba la Bruja, ésta no se refería nunca a él sino se le llamaba viejo chorlito.

Y sin embargo ambos estaban hechos para entenderse, teniendo sobre el fondo de los hechos una opinión similar, con diferentes formas de enfocarlos, es decir, en admirables condiciones para discutir constantemente sin escucharse ni enfadarse nunca.

Él, haciendo de ello una filosofía, se burlaba de todo y aguantaba bien. Ella, que guardaba dentro terribles rencores, adelgazaba de rabia y se ponía verde de envidia.

¡Qué importa! Hubieran pasado juntos dulces veladas. Porque al fin y al cabo eran vecinos y vecinos muy cercanos.

Desde Clameran se veía muy bien al lebrel negro de Valentine correr por las alamedas del parque de La Verberie; y desde La Verberie se veía todas las noches alumbrarse las ventanas del comedor de Clameran.

A propósito de aquel alumbramiento cotidiano, la condesa cada día y a la misma hora decía ¡y con qué tono!:

—Ah, ya comienzan sus fiestas.

Entre los dos castillos estaba el río, el Ródano, que, un poco encajonado en aquel lugar, bajaba de orilla a orilla con un caudal rápido.

Sí, pero entre las dos familias existía un odio más profundo que el Ródano y todavía más difícil de desviar o de salvar.

¿De dónde procedía aquel odio?

La condesa y el marqués se las verían y desearían si tuvieran que decirlo con cierta precisión.

Se contaba que bajo el reinado de Enrique IV o de Luis XIII en La Verberie había seducido y echado a perder a una Clameran.

La seducción había provocado un desafío; salieron a relucir las armas y se derramó sangre sobre el prado.

Eso es todo, y ni siquiera en aquella época quedaron bien claros los hechos.

Pero sobre este cañamazo, más o menos histórico, la leyenda había labrado sus antojadizos bordados, y el simple relato, transmitido de generación en generación, pasado de boca a boca, se había transformado en una historia trágica, funesta, llena de sangre, de injurias y de horror.

Por eso ocurrió lo que tenía que ocurrir, lo que siempre ocurre en la vida real y frecuentemente en las novelas, que, a pesar de todo y por exageradas que sean, guardan siempre un reflejo de la verdad que las ha inspirado.

Sucedió que Gaston, cuando vio a Valentine en una fiesta, la encontró hermosa y se enamoró.

Sucedió que Valentine se fijó en Gaston, y desde entonces ya no pudo dejar de pensar en él.

Pero ¡qué impedimentos los separaban!... Durante casi un año, uno y otro ocultarían religiosamente su secreto, como un tesoro escondido en lo más profundo de su corazón.

Y aquel año, lleno de arriesgados y magníficos sueños, iba a decidir sus destinos. A las dulzuras de la primera impresión siguió un sentimiento más tierno, luego vino el amor, siendo el uno para el otro un dechado de virtudes sobrehumanas y de ideales perfecciones.

Y es que la pasión fuerte y sincera sólo en la soledad encuentra su plenitud, al igual que el aire de las ciudades le es mortal, como les pasa a esas fuertes flores de la sabana que, trasplantadas a nuestras sierras, pierden su aroma y su belleza.

Gaston y Valentine, que solamente se habían visto una vez, ya lo eran todo el uno para el otro, cuando la desgracia que había presidido su primer encuentro volvió a unirlos de nuevo.

Concidieron un día en casa de la vieja duquesa de Arlange, que había regresado al país para vender lo que le quedaba todavía de sus propiedades.

Aquella vez se hablaron como viejos amigos, asombrados de encontrar el uno en el otro el eco de los mismos pensamientos.

Después se separaron de nuevo durante meses. Pero se encontraban, sin ponerse de acuerdo, a ciertas horas a la orilla del Ródano y, uno a cada lado del río, se veían.

Por último, una tarde del mes de mayo, aprovechando que la señora de La Verberie estaba en Beaucaire, Gaston se atrevió a entrar en el parque y presentarse a Valentine.

Esta casi no quedó sorprendida, y no se indignó. La auténtica inocencia no tiene la afectación y los pudores atemorizados con los que se disfraza la inocencia convencional. A Valentine no se le ocurrió la idea de mandar a Gaston que se marchara.

Pasearon lentamente durante mucho tiempo por la inmensa avenida; ella iba apoyada en el brazo.

No se dijeron que se amaban: lo sabían; se dijeron, con lágrimas en los ojos, que se amaban sin esperanza.

Reconocieron que jamás vencerían a los ridículos odios de sus familias; que sería una locura intentarlo. Se juraron no olvidarse de por vida y se prometieron no volverse a ver nunca más, es decir... una sola vez nada más, la última...

Valentine tenía más excusa que muchas otras. Alma tímida y amante, la brusquedad de la condesa le había reprimido y helado siempre todas las propagaciones de su ternura. Jamás hubo entre la señora de La Verberie y Valentine una de esas conversaciones íntimas durante las cuales una buena madre lee en el corazón de su hija como en un libro abierto.

La señora de La Verberie solamente veía la belleza en su hija. Solía decirse:

«El próximo invierno solicitaré un préstamo y llevaré a la pequeña a París, a la gran sociedad; mucha desgracia sería que no encontrara algún rico y enamorado pretendiente dispuesto a casarse con ella por sus bellos ojos y a sacarme a mí de esta angustiosa mediocridad.»

¡A esto llamaba querer a su hija!

El segundo encuentro tampoco sería el último.

Y sin embargo, ¡cuántos impedimentos para aquel encuentro! Gaston no se fiaba de ningún barquero y, para encontrar un puente, tenía que recorrer más de una legua.

Entonces pensó que cruzar el río a nado sería más corto, pero era un mediano nadador y cruzar el río por aquel punto era considerado por los más capacitados como un gran peligro.

¡No importa! Se entrenó en secreto y una tarde Valentine lo vio, asustada, salir del agua casi a sus pies. Le hizo jurar que no volvería a repetir la hazaña. Lo juró, pero la repitió al día siguiente y los demás días.

Como Valentine creía siempre verlo empujado por la furiosa corriente, acordaron una seña que debería disminuir sus angustias.

En el momento de salir, Gaston encendía una luz en una de las ventanas del castillo Clameran, y un cuarto de hora más tarde estaba ya junto a las rodillas de su amiga.

¿Qué planes y esperanzas tenían entonces Gaston y Valentine? ¡Ay! No planeaban ni esperaban nada.

Ciegos a todo, sin pensar en nada, sin temer casi nada, se entregaban a la arriesgada felicidad de verse todos los días. Adormilados en su felicidad actual, no se preocupaban del rayo que iba a despertarlos.

¿No es así toda pasión sincera? La pasión vive por sí y de sí, movida por las mismas cosas que al parecer deberían apagarla: la ausencia, los impedimentos. Lo bastante exclusiva para que no le pueda inquietar ni el futuro ni las circunstancias, no ve nada más que la actual satisfacción.

Por otra parte, Valentine y Gaston se consideraban dueños únicos del secreto de sus amores.

¡Habían tomado y seguían tomando tantas y tan detalladas precauciones! ¡Se vigilaban tan atentamente! ¡Estaban tan seguros de que su conducta era una obra maestra de habilidad y de prudencia!

Valentine elegía siempre la hora en que su madre se desinterasaba de ella.

Gaston jamás se lo había dicho a nadie, ni siquiera a su hermano Louis.

Se habían prohibido expresar sus nombres en voz alta. Dejaban de besarse, un instante, cuando advertían algún peligro.

¡Pobres enamorados ingenuos!... Como si se pudiera sacar algo de la perspicacia ociosa de la gente del campo a la curiosidad malévola y siempre ambiciosa de los espíritus vacíos y atrevidos, en perpetua búsqueda de una sensación buena o mala, de un chisme inofensivo o mortal.

Creían mantener su secreto, y hacía tiempo ya que éste volaba, que la historia de sus amores, de sus encuentros, era el tema de las veladas.

Habían observado alguna vez, de noche, una sombra, una barca que se paseaba por el río, no lejos de la orilla, y se decían:

—Es algún pescador que se le ha hecho tarde y regresa.

Se equivocaban. En la barca se escondían curiosos, espías, que, satisfechos de haberlos presentido, iban rápidamente a contar con mil detalles falsos su vergonzosa expedición.

Finalmente una noche de comienzos de noviembre conoció Gaston la trágica verdad.

Las grandes lluvias habían hecho crecer el Ródano, y el Gardon lo aumentaba; se podía ver en el color de las aguas: se temía una inundación.

Intentar cruzar a nado aquel torrente enorme, impetuoso, hubiera sido tentar a Dios.

Gaston de Clameran había acudido, por ello, a Tarascon, contando con cruzar allí el puente y subir por la orilla derecha del río hasta La Verberie. Valentine lo esperaba a las once.

Por una inesperada desgracia, Gaston, que siempre que iba a Tarascon cenaba en casa de uno de sus parientes que vivía en una esquina de la plaza de la Charité, cenó aquel día con un amigo en el hotel *Trois Empereurs.*

Después de cenar se marcharon no al café *Simon,* que era el que frecuentaba habitualmente, sino al cafetín situado en la explanada de la feria.

Cuando entraron, la pequeña sala del local estaba llena de jóvenes del pueblo. Como el billar estaba libre, Gaston y su amigo pidieron una botella de cerveza y se pusieron a jugar al billar.

Estaba en mitad de la partida, cuando la atención de Gaston se vio atraída por unas risas forzadas, que procedían de una mesa del fondo.

Desde aquel momento, interesado en las risas, que sin duda tenían una mala intención, Gaston empezó a no acertar ni una. Tan clara era su preocupación, que su amigo, muy sorprendido, le dijo:

—¿Qué te ocurre? No estás al juego, estás fallando carambolas hechas.

—No me pasa nada.

La partida continuó un minuto más, pero de repente Gaston se puso más blanco que su camisa, tiró bruscamente el taco sobre el billar y se dirigió hacia la mesa del fondo.

Cinco jóvenes jugaban allí al dominó frente a una jarra de vino caliente.

Gaston de Clameran se dirigió al que parecía mayor, un buen mozo de veintiséis años, de grandes ojos brillantes, bigote negro orgullosamente retorcido, llamado Jules Lazet.

—¡Repita! —le dijo con voz que la rabia hacía temblar—. ¡Atrévase a repetir lo que acaba de decir!

—¿Quién va a prohibírmelo? —respondió Lazet en tono muy calmado—. He dicho, y lo repito, que las chicas nobles no valen más que las artesanas y que no es el título lo que da el honor.

—Usted ha dicho un nombre.

Lazet se levantó, previendo que su respuesta molestaría al joven Clameran y que después de las palabras vendrían los hechos.

—He dicho —dijo con la más insolente de las sonrisas—, he mencionado el nombre de la bella y pequeña hada de La Verberie.

Todos los clientes del café, incluso dos viajeros que cenaban en una mesa cerca del billar, se levantaron y rodearon a los dos interlocutores.

Por las miradas provocadoras que le lanzaban, por los murmullos —por los abucheos, más bien— con que lo habían recibido mientras se dirigía hacia Lazet, Gaston entendió que estaba rodeado de enemigos.

Las perversidades gratuitas, las constantes bromas del viejo marqués, habían dado sus frutos. El rencor brota rápida y terriblemente en los corazones y en las cabezas de la Provence.

Pero Gaston de Clameran no era hombre que retrocediera una pulgada, aunque fueran cien o mil sus enemigos, en lugar de quince o veinte.

—Sólo un cobarde —dijo con voz grave, que el silencio hizo casi solemne—, sólo un miserable cobarde puede tener la bajeza y la desfachatez de insultar, de calumniar a una joven cuya madre es viuda y que no tiene ni padre ni hermano para defender su honor.

—Si no tiene padre ni hermano —rió irónicamente Lazet—, tiene amantes y eso es suficiente.

Aquella horrible palabra, «amantes», expulsó la furia retenida de Gaston, que levantó el brazo: su puñetazo retumbó en la cara de Lazet con un ruido seco.

Se oyó un grito en el café, un grito de espanto. Todo el mundo conocía el agresivo carácter de Lazet, su fuerza hercúlea, su ciego valor.

Esquivó de un salto la mesa que lo separaba de Gaston y, arrojándose sobre él, lo cogió por la garganta.

Fue un momento de terrible turbación. El amigo de Clameran quiso venir en su ayuda, pero lo rodearon y fue batido a golpes de tacos de billar y a patadas y empujado debajo de una mesa.

Gaston y Lazet, ambos robustos, jóvenes y habilidosos tanto el uno como el otro, luchaban sin que fuera posible apreciar ventaja para ninguno.

Lazet, fuerte muchacho, tan leal como valiente, no quería ayuda. Los testimonios sobre este punto son unánimes. No paraba de gritar a sus amigos:

—¡Retiraos, apartaos, dejadme a mí solo!

Pero los otros estaban demasiado animados para permanecer como simples espectadores del combate.

—Una manta —dijo uno de ellos—. ¡Rápido, una manta para mantear al marqués!

Cinco o seis mozos se lanzaron al mismo tiempo sobre Gaston, separándolo de Lazet y lo arrastraron hasta el billar. Unos querían derribarlo, otros luchaban para detener con una correa los movimientos de sus piernas.

Gaston se defendía con la fuerza del desesperado, sacando del sentimiento de su derecho una fuerza que no hubiera imaginado. Y mientras se defendía furiosamente, llenaba de insultos a sus enemigos, llamándolos cobardes, miserables bandidos, diciendo que eran doce contra un hombre valiente.

Daba vueltas alrededor del billar, intentando llegar a la puerta, a la que iba aproximándose poco a poco, cuando un clamor de alegría llenó la sala:

—¡Aquí está la manta! —gritaron.

—¡A la manta el amante de la joven hada!...

Gaston presintió más que oyó, los gritos. Se vio vencido, en manos de aquellos locos, sufriendo la más innoble de las humillaciones.

Con un impresionante movimiento de costado, se deshizo de los tres asaltantes que lo agarraban; un extraordinario puñetazo lo libró del cuarto.

Tenía los brazos libres, pero todos los enemigos volvían al acecho.

Entonces perdió la cabeza. Cogió un cuchillo de la mesa de al lado, donde habían cenado los viajeros de comercio, y lo introdujo dos veces en el pecho del primero que se le echó encima.

El desgraciado era Jules Lazet. Se desplomó.

Hubo un momento de asombro. Cuatro o cinco de los agresores se dirigieron hacia Lazet para prestarle ayuda. La dueña del café lanzó unos gritos horribles. Algunos de los más jóvenes salieron gritando: «¡Al asesino!»

Pero todos los demás, unos diez aún, se arrojaron sobre Gaston, con gritos de muerte.

Se sentía perdido frente a sus enemigos, que se armaban con lo que encontraban; ya había recibido tres o cuatro heridas, cuando se le ocurrió una decisión desesperada. Se subió a la mesa del billar, con un formidable impulso, y se lanzó sobre el escaparate del café. La estructura del mismo era firme, pero lo rompió. Los trozos de cristal y de madera lo hirieron y desgarraron en veinte sitios, pero lo cruzó.

Gaston de Clameran estaba fuera, aunque no a salvo.

Sus contrarios, asombrados primero y casi desconcertados por su habilidad, se recuperaron enseguida de su asombro y se precipitaron detrás de él.

Corrió a través de la explanada de la feria, no sabiendo qué rumbo tomar.

El tiempo era malo, el suelo estaba mojado, grandes nubes negras cubrían el cielo arrastradas por el viento del oeste, pero la noche era clara.

Mientras corría de árbol en árbol, dando vueltas, a punto de ser cogido y rodeado a cada momento, Gaston se preguntaba qué decisión tomar.

Finalmente se decidió por ir a Clameran, si podía.

Terminó de realizar sus esquivos, y con una rapidez increíble cruzó en diagonal el campo de feria hacia el dique, la *levade* como lo llaman en la región, que pone el valle de Tarascon al cobijo de las inundaciones.

Desgraciadamente, al llegar al dique, plantado de maravillosos árboles, uno de los más bellos paseos de la Provence, Gaston olvidó que la entrada estaba cerrada por una de las barreras de tres largueros que se colocan delante de los lugares reservados a los peatones.

Lanzado a toda velocidad, fue a parar contra ella y cayó hacia atrás, haciéndose un daño terrible en la cadera. Se levantó rápidamente, pero los otros ya estaban encima de él.

Esta vez no había que esperar ningún favor. Furiosos, lo perseguían lanzando ese grito funesto que más de una vez, en los malos días, ha asustado con su eco a todo el valle: «¡Al Rodano! ¡Al Ródano el marqués!»

Su razón lo habían abandonado, ya no sabía qué hacer. Un trozo de botella le había abierto una herida en la frente, y la sangre que salía en abundancia de la herida, tapándole los ojos, lo cegaba.

Había que escapar o morir.

¡El desgraciado! Mantenía en la mano el cuchillo ensangrentado y dirigió el golpe; otro hombre cayó lanzando un gemido terrible.

La segunda cuchillada le dio un minuto de respiro, rápido como el relámpago, pero que le permitió girar la barrera y lanzarse a la carrera por el dique.

Dos de los perseguidores se agacharon cerca del herido, y otros cinco siguieron el acoso con un ardor más endiablado.

Pero Gaston se encontraba ágil; el espanto de la situación había triplicado su energía; angustiado por la lucha no sentía ninguna de sus heridas, iba con los codos pegados al cuerpo, combinando la respiración, rápido como un caballo de carreras.

Pronto se alejó de sus perseguidores: el soplo jadeante de sus respiraciones se disipaban, el ruido de sus pasos le llegaba menos claro, hasta que finalmente no oyó nada.

Sin embargo, Gaston corrió aún durante un largo cuarto de lengua a campo a través, esquivando los setos, saltando las zanjas y, cuando estufo seguro que era imposible que le alcanzasen, se dejó caer al pie de un árbol.

Toda la lamentable escena había pasado con una increíble rápidez. Entre el momento en que Gaston entró con su amigo en el cafetín y el instante actual no habrían pasado más de cuarenta minutos.

¡Pero cuántos sucesos en tan poco tiempo! Aquella sola tarde iba a pesar en su vida más que los veinticinco años de su existencia.

Había entrado en el maldito local con la cabeza alta, el corazón gozoso, feliz de vivir, seguro de su futuro, y salió perdido..., porque había matado.

Había matado y aún conservaba en su mano convulsiva el instrumento del delito; lo lanzó lejos con miedo.

Puso empeño en hacerse cargo de la situación, como si le importara a quien llora destrozado en el fondo del abismo saber qué piedra fue la que rodando sobre su pie le arrojó.

¡Si al menos fuera sólo él el que se hubiera perdido!... Pero no, también había perdido a Valentine; habían cuestionado su reputación de doncella. Y era él quien, por no saber controlar, había hecho pedazos aquel honor que le estaba destinado y por el que sentía más aprecio que por el suyo propio.

Pero no podía continuar allí tumbado. Habrían avisado sin duda a la fuerza armada. Ya estaban buscándolo. Seguían sus huellas. Irían, en cualquier caso, al castillo de Clameran. Por otro lado, antes de escapar quizá para siempre, quería ver a su padre, y quería estrechar a Valentine entre sus brazos por última vez.

Se levantó, no sin dificultad, porque estaba en absoluta reacción: sus nervios y músculos, tan profundamente tensos, se le aflojaban; el sudor de la lucha y de la carrera iba enfriándose sobre su cuerpo, que tiritaba de escalofríos. Le dolía todo, pero sobre todo el costado y un hombro. La herida de la frente ya apenas sangraba, pero la sangre se había coagulado alrededor de los párparos y apenas podía abrir los ojos.

Cuando, después de una dura y terrible caminata, llamó a la reja del castillo, eran más de las diez.

Al verlo, el viejo criado que había venido a abrirlo, retrocedió asustado.

—¡Gran Dios, señor conde! ¿Qué le ha ocurrido?

—¡Silencio! —dijo Gaston con esa voz ronca y amenazadora que da la conciencia de un peligro inminente—. ¡Silencio! ¿Dónde está mi padre?

—El señor marqués está en su habitación con el señor Louis; al señor marqués le ha dado un ataque de gota esta tarde y no puede moverse; pero ¿usted, señor?

Gaston ya no le oía. Subió velozmente la escalera principal y entró en la habitación, donde su padre y su hermano jugaban a los dados.

Su aspecto consternó tanto al viejo marqués, que dejó el cubilete que mantenía en la mano.

Y, realmente, esta impresión era comprensible. El rostro, las manos, las ropas de Gaston estaban cubiertos de sangre.

—¿Qué ocurre? —preguntó el marqués.

—Padre, vengo a abrazaros por última vez y pediros recursos para escapar y huir al extranjero.

—¿Queréis huir?

—Es necesario, padre, y en el acto, al momento; me persiguen, me acosan, la policía puede llegar de un momento a otro. He matado a dos hombres.

La impresión que el marqués recibió fue tal, que, olvidando su gota, intentó ponerse en pie. El dolor le forzó a sentarse de nuevo en el sillón.

—¿Dónde?, ¿cuándo? —interrogó con una voz tremendamente alterada.

—En Tarascon, en un café, hace una hora; ellos eran quince, yo estaba solo y he cogido un cuchillo.

—¡No han acabado aún las gentilezas del noventa y tres! —murmuró el marqués—. ¿Os habían insultado, conde?

—Estaban calumniando delante de mí a una joven.

—¿Y castigasteis a los tunantes? ¡voto al cielo, que habéis hecho bien! ¡Dónde se ha visto que un hidalgo deje en su presencia a bandidos asaltar a una persona de linaje! Pero ¿de quién habéis tomado la defensa?

—De la señorita Valentine de La Verberie.

—¡Oh! —dijo el marqués—. ¡Oh!... ¿De la hija de esa vieja bruja? ¡Voto al chápiro! Estos La Verberie, que Dios confunda, nos han traído siempre calamidades.

Cierto que detestaba a la marquesa, pero en él el respeto a la raza era superior al resentimiento. De este modo, anadió:

—¡No importa, conde! Habéis cumplido con vuestra obligación.

Sin embargo, entre los servidores del castillo la curiosidad fue más fuerte que el miedo al amo, y Saint-Jean, el viejo ayudante de cámara del marqués, tuvo el valor de abrir la puerta de la habitación, entrar y preguntar:

—¿Ha llamado el señor marqués?

—No, gran ruin, no —respondió el señor de Clameran—. No he llamado y tú lo sabes bien. Pero ya que estás aquí, mucho mejor. Ropa, vestidos; deprisa, deprisa. Trae todo lo necesario para cambiar y curar al señor conde.

La orden fue llevada a cabo al instante.

Gaston no venía tan herido como pensaba. A excepción de una cuchillada en la parte inferior izquierda de la espalda, sus otras heridas eran leves.

Después de haber recibido los cuidados que solicitaba su estado, Gaston se sintió otro hombre, dispuesto a hacer frente a nuevos peligros: una nueva energía resplandecía en sus ojos.

El marqués mandó con un gesto retirarse a sus sirvientes.

—Y ahora —preguntó a Gaston—, ¿consideráis necesario ir al extranjero?

—Sí, padre.

—Mi hermano no tiene que dudarlo —insistió Louis—. Si se queda lo detendrán, lo meterán en prisión, lo llamarán ante un tribunal de lo criminal y... ¿quién sabe?

—Demasido lo sé —gruñó el viejo marqués—, será condenado. Estos son los beneficios de la eterna Revolución, como ellos dicen. Ah, si estuviéramos en los tiempos de mi juventud, cogeríamos los tres las armas, montaríamos a caballo, caeríamos sobre Tarascon y entonces... Hoy, en cambio, hay que escapar.

—Y no hay un momento que perder —replicó Louis.

—Es verdad —dijo el marqués—; pero para huir, para salir al extranjero, hace falta dinero y no lo tengo en este momento.

—¡Padre!.

—¡No, no lo tengo! ¡Ah, viejo loco pródigo como soy, viejo niño imprudente!... No sé si tendré cien luises aquí...

Bajo sus indicaciones, su segundo hijo, Louis, abrió el secreter.

El compartimento que servía de caja guardaba 920 francos en oro.

—¡Novecientos francos! —exclamó el marqués—. No es suficiente. El primogénito de nuestra casa no puede escapar con esta miserable cantidad, no puede.

Notablemente desesperado, el viejo marqués quedó un instante insimismado en sus reflexiones. Finalmente, tomando una decisión, mandó a Louis que le trajeran un pequeño cofrecillo de hierro cincelado que estaba puesto en la parte inferior del secreter.

El marqués de Clameran llevaba al cuello, colgada a una cinta negra, la llave del cofrecito.

Lo abrió, no sin una violenta sorpresa, que notaron sus hijos, y sacó lentamente de él un collar, una cruz, sortijas y otras joyas diversas.

Su rostro había adoptado una expresión solemne.

—Gaston, mi hijo bien amado —dijo—, vuestra vida en este momento puede depender de una recompensa ofrecida a tiempo a quien os ayude.

—Soy joven, padre, tengo coraje.

—Escuchadme. Estas joyas que tengo aquí son de la marquesa, vuestra madre, una santa y noble mujer, Gaston, que desde el cielo cuida de nosotros. Estas joyas nunca me han abandonado. En mis días de pobreza, durante la emigración en Londres, cuando para vivir daba lecciones de clavecín, las guardaba misericordiosamente. Jamás pensé venderlas; hasta empeñarlas me hubiera parecido un pecado. Pero hoy... coged estos adornos, hijo mío, vendedlos, valen unas veinte mil libras...

—¡No, padre, no!...

—Cogedlas, hijo mío. Vuestra madre, si estuviera en este mundo todavía, os diría lo que yo. Os lo ordeno. La salvación, el honor del primogénito de la casa de Clameran no puede estar en peligro por falta de un poco de oro.

Conmocionado, con lágrimas en los ojos, Gaston se dejó caer sobre las rodillas del viejo marqués; le cogió las manos, que aproximó a sus labios.

—¡Gracias, padre —murmuró—, gracias!... En mi presuntuosa imprudencia de hombre joven, me permití juzgaros; no os conocía, ¡perdonadme!... Acepto, sí, acepto estas joyas que llevó mi madre, pero las tomo como un resto confiado a mi honor y del que algún día os rendiré cuentas...

La dulzura se iba apoderando del márqués de Clameran y de Gaston, que olvidaban. Pero el alma de Louis no era de las que se conmueven con tales espectáculos.

—Las horas vuelan —interrumpió—, el tiempo es oro.

—Es verdad —exclamó el marqués—. Iros ya, conde, iros, hijo mío. ¡Que Dios guarde al primogénito de los Clameran!

Gaston se levantó lentamente.

—Antes de dejaros, padre mío —comenzó—, tengo que cumplir una sagrada obligación. No os he dicho todo. Amo a esa joven cuya defensa he tomado esta tarde...

—¡Oh! —dijo el señor de Clameran, atónito—. ¡Oh, oh!...

—Y quiero pediros, padre, rogaros de rodillas, que pidáis para mí a la señora de La Verberie la mano de su hija Valentine. Sé que ella no dudará en compartir mi exilio, y se encontrará conmigo en el extranjero...

Gaston se paró, asustado del golpe que producían sus palabras. El viejo marqués se puso colorado, o más bien violeta, como si hubiera estado cerca de un ataque de apoplejía.

—¡Pero es monstruoso! —repitió, tartamudeando de rabia—. ¡Es una locura!

—La amo, padre; le he jurado que no tendré otra mujer que ella.

—¡Permaneceréis soltero!

—¡Me casaré con ella! —exclamó Gaston, que se animaba poco a poco—. Me casaré con ella porque le juré que en ello iba nuestro honor.

—¡Tonterías!

—Os digo que la señorita de La Verberie será mi esposa, porque es demasiado tarde para retroceder en mi palabra, porque incluso sin amarla ya me casaría con ella, porque se ha entregado a mí, porque en definitiva, ¿lo oís?, lo que decían en el cafetín esta noche era cierto.

Valentine es mi amante.

El primogénito de los Clameran había contado con la impresión de aquella declaración que le arrancaban las circunstancias. El marqués, tan enfurecido, pareció aliviado de un terrible peso. Una alegría maligna relumbró en sus ojos.

—¡Ah, ah! —dijo—. Ella es vuestra amante. ¡Voto al cielo! Estoy encantado de ello. Mi enhorabuena, conde; dicen que es agradable la pequeña.

—Señor —interrumpió Gaston, casi amenazador—, la amo, ya os lo he dicho; no lo olvidéis. He jurado.

—Ta, ta, ta —exclamó el marqués—. Me parecen peculiares vuestros miramientos. ¿No fue uno de sus antepasados quien perdió a una de nuestras antepasadas? Ahora nos hemos vengado. ¡Ah, es vuestra amante!...

—¡Por el recuerdo de mi madre y sobre su nombre os juro que será mi mujer!

—¡Vaya, vaya! —exclamó el marqués, desesperado—. ¡Os atrevéis a utilizar este tono!... ¡Jamás, lo oís bien, jamás contaréis con mi aprobación! Sabéis lo caro que me resulta el honor de nuestra casa. Pues bien, prefiero veros arrestado, juzgado, condenado; prefiero veros en prisión antes que marido de esa cotorra.

La última palabra sacó de sí a Gaston.

—Hágase, entonces, vuestra voluntad, padre —dijo—. Me quedo, me detendrán, harán de mí lo que quieran, ¡qué me importa!... No quiero una vida si ilusión. Recoged estas joyas ya no las necesito.

Una escena terrible estaba a punto de producirse entre padre e hijo, cuando la puerta de la habitación se abrió con estrépito. Todos los sirvientes del castillo se dirigieron al pasillo.

—¡La policía —decían—, aquí está la policía!

Al oír aquella noticia el viejo marqués se levantó y logró mantenerse en pie. Eran tantas las emociones que le turbaban desde hacía una hora, que la gota cedía.

—¡Policía! —exclamó—. ¡En mi casa, en Clameran! Vamos a hacerles pagar cara su osadía. Ayudadme.

—Sí, sí —respondieron los sirvientes—. ¡Abajo la policía!

Afortunadamente en aquel momento en que todo el mundo perdía la cabeza, Louis mantenía toda su sangre fría.

—Resistir sería una locura —exclamó—. Rechazaríamos quizá esta noche a la policía, pero mañana vendría en mayor cantidad.

—Es cierto —dijo amargamente el viejo marqués—. Louis tiene razón. ¿No es necesario, como se dice ahora, que la fuerza ceda a la ley? ¡Ya se cantaba esto en el noventa y tres! ¡Como si no supiera yo que la policía es todopoderosa! ¿No existe entre ellos gente tan osada que viene cuando cazo a pedirme mi licencia de armas, a mí, un Clameran?...

—¿Dónde están? —preguntó Louis.

—En la verja —respondió La Verdure, uno de los palafreneros—. Señor vizconde, ¿no escucha el terrible ruido que producen sus sables?

—Entonces Gaston, escapa por la puerta del huerto.

—Está vigilada, señor —exclamó La Verdure, desesperado—. La tienen vigilada y la puerta pequeña del parque también. Son todo un regimiento. Incluso han montado guardia a lo largo de los muros del parque.

Era verdad lo que decía. El rumor de la muerte de Lazet, que corrió enseguida, había conmocionado a todo Tarascon. Para detener al homicida habían hecho montar a caballo no sólo a los policías, sino también a un pelotón de soldados de la guarnición.

Una veintena de mozos del pueblo conducían a la fuerza armada.

—Así que —replicó el marqués, recuperando a la hora del peligro todo su estado de ánimo—, así que estamos acorralados.

—No queda ni una posibilidad de fuga —gimión Saint-Jean.

—Eso vamos a verlo, ¡voto al cielo! —exclamó el señor de Clameran—. Ah, no somos los más fuertes. Pues bien, seremos los más hábiles. ¡Atención todos! Tú, Louis, hijo mío, baja a las caballerizas con La Verdure; escoged los dos mejores caballos, coged uno cada uno e id a situarios, con el menor ruido posible, tú, Louis, a la puerta del parque, y tú, La Verdure, a la reja. Los demás iréis a colocaros uno a cada puerta, preparados a abrirla. Cuando yo dé la señal con mi pistola, abrid todas las puertas a la vez, y Louis y La Verdure saldrán a galope haciendo que todo el mundo se lance fuera y atrayendo a los policías tras su rastro.

—Yo me encargo de hacerles correr —afirmó La Verdure.

—Esperad. Mientras tanto el conde, ayudado por Saint-Jean, saltará el muro del parque y caminará río arriba hasta la cabaña de Pilorel, el pescador. Es un viejo marinero de la República, un valiente que nos es fiel, cogerá al conde en su barca y, una vez en el Ródano, solamente tendrán que temer a Dios... Ya me habéis oído, ¡marchad!

El marqués se quedó solo con su hijo, le ofreció en una bolsa de seda las joyas que Gaston había vuelto a dejar en la mesa y, extendiendo los brazos:

—Venid, hijo mío —dijo con voz que se esforzaba en presentarse estable—, venid que os bendiga.

Gaston dudaba.

—Venid —insistió el marqués—; quiero estrecharos por última vez. Salvaos, salvad vuestro honor, Gaston, y después... Sabéis muy bien que yo os quiero. Recoged esas joyas...

A lo largo de un minuto, padre e hijo, tan estremecidos el uno como el otro, estuvieron abrazados.

Pero el ruido que redoblaba en la verja les llegaba claramente.

—¡Vamos! —dijo el señor de Clameran.

Y, tomando de su colección de armas un par de pequeñas pistolas, se las dio al conde volviendo la cabeza y murmurando:

—Es necesario que no os cojan vivo, Gaston...

Desgraciadamente Gaston, al dejar a su padre, no bajó enseguida.

Quería más que nunca volver a ver a Valentine y vislumbró la posibilidad de darle su último adiós. Pensó que Pilorel podría parar su barca delante del parque de La Verberie.

Cogió entonces, aprovechando los minutos de descanso que le dejaba su destino, uno para subir a su habitación y encender por la ventana la sseñal que comunicaba su llegada a la amada. Hizo más: esperó una respuesta.

—Pero, venga, señor conde —repetía Saint-Jean, que no entendía nada de su actitud—, ¡venga, por amor de Dios!... ¡Va usted a perderse!

Por fin, bajó corriendo.

No había llegado aún al vestíbulo, cuando retumbó el pistoletazo, la señal dada por el viejo marqués.

Enseguida y casi al mismo tiempo se oyó el sonido de la gran verja que se abría, los ruidos de los sables de los policías y de los soldados, el galope atemorizado de numerosos caballos y por todos los lados, en el parque y en el patio grande, terribles gritos y juramentos.

Apoyado en la ventana de su habitación, la frente sudorosa, el marqués de Clameran esperaba, tan apremiado que apenas podía respirar, el resultado de esta marcha en la que estaba en juego la vida del primogénito.

Su plan era espectacular.

Tal y como había planeado, Louis y La Verdure consiguieron abrirse paso y se lanzaron a toda prisa al campo, uno por la derecha, el otro por la izquierda, cada cual llevándose detrás a una docena de jinetes. Perfectamente equipados, harían correr mundo a quienes los perseguían.

Ya estaba Gaston a salvo cuando la desgracia —¿sólo la desgracia?— intervino.

A cien metros del castillo, el caballo de Louis tropezó y cayó, arrastrando con él al jinete. Rodeado inmediatamente por policías y voluntarios de a pie, reconocieron en él al hijo segundo del señor de Clameran.

—No es el asesino —exclamó uno de los jóvenes del pueblo—. ¡Rápido, regresemos, quieren despistarnos!...

Regresaron, y precisamente muy a tiempo para ver, a la dudosa claridad de la luna, limpia de nubes en aquel momento, a Gaston saltando el muro del huerto.

—¡Ese es nuestro hombre! —dijo uno de los policías—. ¡Abrid el ojo, vosotros, y al galope!

Y todos, tirando de los caballos, se dirigieron al lugar donde habían visto saltar a Gaston.

En un terreno repleto de árboles, o simplemente accidentado, le es fácil a un hombre ligero, si mantiene su estado de ánimo, escapar de muchos jinetes.

Y el terreno en aquel lado del parque era de los más favorables para el joven conde de Clameran. Se trataba de unos enormes rubiales, y todo el mundo sabe que el cultivo de esta preciosa raíz, destinada a mantenerse en tierra tres años, exige zonas que llegan a los 60 y 70 centímetros de profundidad.

Los caballos no solamente no podían correr, sino que apenas podían mantenerse en pie.

Aquella circunstancia frenó en seco a los policías, que tenían cogidas a sus bestias. Sólo cuatro soldados se arriesgaron. Pero sus esfuerzos fueron vanos. Saltando de zanja en zanja, Gaston llegó rápidamente a un espacio muy amplio, todavía mal roturado y cubierto de castaños recién plantados.

La persecución ofrecía entonces mucho más interés a medida que el fugitivo tenía posibilidades de éxito. Por la misma razón todos los jinetes se estimularon, animándose unos a otros, lanzando gritos para comunicar cuándo Gaston dejaba un grupo de árboles para correr a otro.

Este conocía perfectamente la región y no desesperaba. Sabía que después de los castaños encontraría un campo de cardos y recordaba que entre los dos cultivos había una larga y profunda zanja.

Pensaba que, lanzándose a la zanja, quedaría escondido, lo que le permitiría aparecer muy lejos, mientras lo buscaban aún entre los árboles.

No pensaba, sin embargo, en la crecida del río. Al acercarse a la zanja, la vio llena de agua.

Abatido, pero no desesperado, iba a tomar nuevo impulso para saltarlo cuando vio tres jinetes al otro lado.

Eran policías que habían dado la vuelta a los rubiales y castaños, pensando que, yendo por el terreno continuo de los campos de cardos, sacarían ventaja.

Al verlos, Gaston se paró a reflexionar.

Engañarlos con un fingido impulso le parecía fácil, pero sería capturado en aquellos campos, más allá de los cuales divisaba ya la cabaña del barquero Pilorel.

Desandar el camino era entregarse a los soldados.

A su derecha, a una corta distancia, sabía de un bosquecillo, pero por la carretera, entre él y el bosque, se oía el ruido de cascos de numerosos caballos. También por allí estaba atrapado.

Por último, a su izquierda estaba el río, crecido, a punto de desbordarse; el Ródano, espumante, burbujeante, que bajaba con un ruido siniestro de aguas embarradas.

¿Qué hacer?... Sentía que el cerco, cuyo centro era él, se iba estrechando a su alrededor.

¿Habría entonces que recurrir a la pistola y allí, en medio del campo, acosado por los policías como una fiera salvaje, volarse la tapa de los sesos? ¡Qué muerte para un Clameran!

No. Se dijo que aún le quedaba una posibilidad de salvación, débil, frágil, mísera, desesperada, pero una posibilidad al fin y al cabo. Quedaba el río.

Se precipito a él inmediatamente, con sus pistolas armadas, y fue a colocarse al otro extremo de un pequeño cabo que avanzaba unos tres metros sobre el Ródano.

Aquella punta de islote estaba constituida por un tronco de árbol derribado, a lo largo del cual se iban deteniendo mil restos, haces de leña y montones de paja que el río arrastraba.

El árbol, bajo el peso de Gaston, temblaba y crujía horriblemente.

Desde allí percibía perfectamente a todos los que lo perseguían, soldados y policías; eran de doce a quince, tanto a derecha como a izquierda, y daban gritos de victoria.

—¡Ríndase! —gritaba el teniente de la policía.

Gaston no respondió. Equilibraba, valoraba sus posibilidades de salvación. Estaba muy por encima del parque de La Verberie. ¿Podría alcanzarlo por allí si al primer intento no se veía arrastrado, atacado y ahogado? Pensaba que en aquel mismo momento Valentine estaría loca de angustia por la orilla al otro lado, esperándolo, rezando.

—¡Por segunda vez! —gritó el teniente—. ¿Quiere rendirse?

El desdichado no oía. La voz imponente del torrente, que bramaba y remolineaba alrededor, lo ensordecía.

Se encontraba en ese majestuoso minuto del umbral de la eternidad en que el hombre, por un instante más rápido que el rayo, revisa su vida completa y se juzga.

Calmado, aunque tuviera la muerte a sus pies, Gaston buscaba con la mirada la zona más adecuada del río para lanzarse, mientras entregaba su alma a Dios.

—Hay que acabar de una vez —decían los policías—. Se quedará ahí hasta que vayamos a buscarlo; bajemos del caballo.

Pero Gaston había terminado su oración.

Con un vivo gesto tiró las pistolas del lado de los policías; estaba preparado.

Después de buscar un firme punto de apoyo para el pie, hizo la señal de la cruz y, primero la cabeza y los brazos hacia adelante, se lanzó al Ródano.

Debido a la brusquedad del impulso se desprendieron las últimas raíces del árbol, que osciló un momento, giró sobre sí mismo y partió a la deriva.

El miedo y la misericordia, más que el despecho, habían arrancado un grito a todos los jinetes.

—Está perdido —murmuró uno de los policías—. ¡Se acabó! Contra el Ródano no hay quien pueda luchar; mañana aparecerá su cuerpo en Arles.

Los soldados parecían ser los más afectados por la muerte de aquel noble y apuesto joven, a quien un momento antes acosaban con tanta saña. Admiraban su valor y energía y también su resignación, porque, decidido a morir y teniendo armas, había renunciado finalmente a defenderse y a vender cara su vida.

Como auténticos soldados franceses, estaban ahora del lado del vencido de todo corazón y no había uno que no estuviera dispuesto a intentar salvarlo y facilitarle su huida.

—¡Asqueroso trabajo! —refunfuñó el viejo sargento de caballería que mandaba a los soldados.

—¡Bah! —dijo el cabo, un filósofo—. ¡Lo mismo da el Ródano que el Tribunal criminal! Nosotros, media vuelta. Lo que me entristece es ese pobre viejo que espera noticias de su hijo... Que le diga la verdad quien quiera; no seré yo quien se ocupe de eso.

13

Valentine sabía que aquella tarde Gaston había tenido que marcharse a Tarascon para cruzar allí el Ródano por el puente de hierro que unía la ciudad con Beaucaire, y ella lo esperaba en ese lado, a la hora acordada el día anterior a las once.

Pero sucedió que bastante antes del momento establecido, al echar casualmente una ojeada por el lado de Clameran, le pareció distinguir unas luces que se movían por las dependencias, de un modo totalmente inusual.

Un funesto presentimiento le heló la sangre y paró las palpitaciones del corazón.

Una secreta y dominante voz, dentro de ella misma, le gritaba que estaba ocurriendo algo extraordinario y terrible en el castillo de Clameran.

¿Qué? No podía imaginárselo, pero estaba segura; hubiera jurado que acababa de ocurrir una gran desgracia.

Con la mirada obstinadamente clavada en la masa negra que se dibujaba en lontananza, observaba las idas y venidas de las luces en los grandes salones cuya organización conocía, como si de ello pudiera sacar alguna conclusión.

Incluso se le ocurrió abrir la ventana y prestar atención, con el deseo de que le llegara algún ruido revelador. Por desgracia no oía más que el sordo y profundo ruido del río.

Su inquietud iba aumentando, cada vez más desgarradora y aguda, cuando de pronto en la ventana de Gaston apareció la esperada y conocida señal que le anunciaba que su amigo iba a cruzar el Ródano.

Sus ojos no podían creerlo, quería dudar del testimonio de sus sentidos, y cuando vio que la señal se repetía tres veces, respondió a ella.

Entonces, más muerta que viva, sintiendo que sus piernas flaqueaban, agarrándose a las paredes, bajó al parque y se dirigió rápidamente a la orilla del río.

¡Cielo santo!... Le parecía que jamás había visto al Ródano tan encolerizado. ¿Cómo era posible que Gaston intentara cruzarlo? No había duda, algún terrible suceso tenía que haber sucedido.

Estaba de rodillas, y con el cabello húmedo de un sudor frío, con el cuello inclinado hacia el río, esforzándose en perforar la oscuridad, preguntar a las despiadadas olas que quizá arrastraban el cadáver de su amante.

Todos los objetos que se destacaban en negro en medio del torrente le parecía que eran el cuerpo de Gaston.

Creía oír, en ocasiones, por encima del bramido de las olas, un grito terrible, el grito de angustia de quien está ahogándose, la eminente protesta del hombre inteligente, violentado y aplastado por los oscuros elementos.

Pero no, no era el cuerpo de Gaston.

Mientras los policías y los soldados regresaban tristemente al castillo de Clameran, Gaston realizaba uno de esos prodigios del que cabría dudar si los más indiscutibles testimonios no vinieran a corroborarlo.

Al zambullirse, fue arrollado cinco o seis veces y empujado hacia el fondo.

En un río crecido, la corriente no es igual en todas las profundidades; en eso consiste sobre todo el enorme peligro. Pero Gaston conocía ese peligro y lo tenía planeado.

Lejos de gastar sus fuerzas en una inútil lucha, se entregó, no en reflexionar sino en controlar su respiración.

Unos veinte metros más abajo del lugar donde se había lanzado recibió un fuerte golpe en los riñones que lo levantó a la superficie.

El tronco de árbol sobre el que poco antes había estado subido, bajaba cerca de él, con la velocidad de una flecha.

Durante algunos segundos se encontró cubierto de restos de todo tipo; un remolino lo liberó de ellos.

Pensó que tocaría tierra en cuanto pudiera. Mantenía su estado de ánimo como si se tratara de circunstancias normales; empleaba toda su fuerza y habilidad en ir sesgando lentamente, sin salirse de la corriente del agua, sabiendo que si ésta lo cogía de través le destrozaría.

La terrible corriente por lo demás es tan antojadiza como terrible; de ahí los extraños efectos de las inundaciones. Según los meandros del río, se dirige tanto a derecha como a izquierda, salvando una orilla, asolando la otra.

Gaston, que tenía un conocimiento muy preciso de su río, sabía que un poco más abajo de Clameran había una violenta curva y contaba con el remolino de esta curva para dirigirse hacia La Verberie.

Sus previsiones se confirmaron. Una corriente oblicua lo empujó de pronto hacia la orilla derecha y, si no hubiera estado atento, lo hubiera batido y hundido.

Pero el remolino no iba tan allá como suponía Gaston y estaba todavía lejos de la orilla cuando con la tremenda rapidez de una bala pasó por delante del parque de La Verberie.

Sin embargo, tuvo tiempo de distinguir bajo los árboles una especie de sombra blanca: Valentine lo esperaba.

Fue mucho más abajo donde, habiéndose acercado indiferentemente a la orrilla, intentó tomar tierra.

Sintiendo que tocaba tierra en dos ocasiones se puso en pie y otras tantas la violencia de la corriente lo derribó. Iba a ser arrastrado cuando logró agarrarse a unas ramas de sauce que le ayudaron a levantarse sobre la orilla.

Estaba salvado.

Enseguida, sin tomarse tiempo para respirar, se dirigió a La Verberie y se encontró inmediatamente en el parque.

Llegaba a tiempo. Rota por la intensidad de sus angustias, la infortunada Valentine estaba doblada sobre sí misma, sintiendo que la vida se le escapaba.

Los abrazos de Gaston la sacaron de su funesto estupor.

—¡Usted! —exclamó con una voz donde estallaba toda la locura de su pasión—. ¡Usted! ¿Dios ha tenido misericordia de nosotros? ¿Ha oído, entonces, mis oraciones?

—No —murmuró—, no, Valentine. Dios no ha tenido misericordia.

Sus presentimientos no la engañaban; lo comprendió ante el tono de Gaston.

—¿Qué nueva desgracia nos azota? —exclamó—. ¿Por qué ha venido así, arriesgando su vida, que es la mía; qué ha pasado?

—Valentine nuestro secreto ya no es nuestro; nuestros amores son, a estas horas, la comidilla de la región.

Ella retrocedió como abatida, tapándose la cara con sus manos, dejando escapar un largo grito.

—Es así —continuó Gaston, olvidándolo todo bajo las sensaciones de la hora presente—. Mire qué destino nos ha trazado el ciego odio de nuestras familias. Nuestro noble y santo amor no es de los que uno pueda enorgullecerse a pleno sol, delante de Dios y de los hombres; nos han condenado a ocultarnos vergonzosamente, miserablemente, a escondernos para amarnos, como si fuera una mala acción.

—Lo saben todo —murmuró Valentine—, lo saben todo...

En medio del descubrimiento de los hechos, Gaston había conservado su sangre fría, pero ante los tonos de la voz amada, su espíritu se sobrecogía hasta el delirio.

—Y yo no he podido —exclamaba— aplastar, destruir a los infames que se han atrevido a pronunciar su adorado nombre. Ah, ¿por qué solamente he matado a dos de esos miserables?...

—¡Ha matado usted..., Gaston!

El tono de profundo horror de Valentine devolvió a su amigo un rayo de razón.

—Sí —respondió, intentando controlarse—, sí, he matado... Por eso he cruzado el Ródano. Iba en ello el honor de mi nombre. Hace tan sólo un momento que todos los policías del país estaban persiguiéndome como a una bestia malhechora. He escapado y ahora me escondo, huyo...

Valentine necesitaba una fuerza de alma poco común para no desfallecer bajo tantos golpes imprevistos.

—¿Adónde piensa huir? —preguntó.

—¡Ni siquiera lo sé! ¿Dónde ir, que será de mí, qué futuro me espera? ¿Puedo adivinarlo? Quiero... intento hacer lo imposible para llegar al extranjero, adoptar un falso nombre, disfrazarme. Iré hasta que encuentre uno de esos países sin leyes, que dan refugio a los homicidas.

Gaston se calló. Esperaba, confiaba en una respuesta. Como no llegaba, continuó con una vehemencia sorprendente:

—Si antes de desaparecer, he querido volver a verla, Valentine, es porque en este momento en que todo me abandona, yo he contado con usted, he tenido fe en nuestro amor. Un lazo nos une, oh amada mía, más fuerte, más indisoluble que todos los lazos terrenales: yo la amo. Delante de Dios eres mi mujer, yo soy tuyo como tú eres mía, para toda la vida. ¿Me dejará marchar solo, Valentine? ¿Añadirá usted las desgracias de nuestra separación a los sufrimientos del exilio, al humillante tormento de mi vida perdida?

—Gaston, le suplico...

—¡Ah! Lo sabía —interrumpió, no desconfiando del sentido de la exclamación de su amiga—. Sabía bien que no escaparía solo. Conocía suficiente su corazón para saber que usted querría llevar la mitad del peso de mis miserias. Este momento lo disipa todo. ¡Partamos!... Teniendo nuestro honor que defender, yo no temo ya nada, puedo enfrentarme a todo, vencerlo todo. Venga, Valentine, moriremos o nos salvaremos juntos. Es el futuro presentido y soñado que comienza, ¡futuro de amor y libertad!

Estaba loco, deliraba; había agarrado a Valentine por la cintura, la atraía hacia sí, la abrazaba.

A medida que crecía la emoción de Gaston y que además él olvidaba todo recato, Valentine iba controlando su emoción.

Dulcemente, pero con una fuerza desconocida, se deshizo de su abrazo y lo despreció.

—Lo que usted quiere —dijo en el tono más triste y sin embargo más grave—, lo que usted espera es imposible.

Aquella fría resistencia, incomprensible para él, pareció turbar a Gaston.

—¡Imposible! —balbuceó.

—Me conoce usted lo bastante —continuaba Valentine— para saber que compartir con usted el peor de los destinos sería para mí el colmo de las felicidades humanas. Pero por encima de su voz que me atrae, por encima de la voz de mi corazón que me empuja, hay una más poderosa y más dominante que me prohíbe acompañarlo: es la eminente voz del deber.

—¡Qué! ¿Usted puede pensar en quedarse después de la horrible escena de esta noche, después de un alboroto que mañana será con toda seguridad público?

—¿Qué quiere usted decir? ¿Que estoy perdida, humillada? ¿Lo estoy hoy más que ayer? ¿Piensa que la ironía o el desdén del mundo me harán más daño que la rebeldía de mi conciencia? Yo me he juzgado siempre, Gaston, y si su presencia, el tono de su voz, la sensación de su mano rozando la mía me hicieran olvidarlo todo, cuando estuviera a solas me acordaría y lloraría.

Gaston escuchaba inmóvil, asombrado, le parecía que una nueva Valentine estaba delante de él y que descubría en su alma, que tan bien creía poseer, interioridades que se le habían escapado.

—¿Y su madre? —murmuró él.

—Es ella, ¿no lo comprende?, es su recuerdo el que me ata aquí. ¿Pretende usted que, como hija desnaturalizada, la abandone para acompañar a mi amante, a la hora en que, pobre, aislada, sin amigos, solamente me tiene a mí?

—Pero se enterará, Valentine; tenemos enemigos, rápidamente lo sabrá todo.

—¡Qué importa! La conciencia habla, es bastante. ¡Ah, ojalá pudiera al precio de mi vida, ocultarle el hecho de que su hija Valentine ha violado todas las leyes del honor! Es posible que ella sea estricta conmigo, terrible, despiadada. Puede hacerlo, ¿no lo he merecido? Oh, mi único amigo, nos habíamos ensimismado en un sueño demasiado hermoso para que pudiera durar. Yo esperaba este despertar terrible. Miserables locos, temerosos, creímos que las eternas felicidades están fuera del deber. Tarde o temprano la felicidad robada se paga. Doblemos la frente y resignémonos.

Aquel frío razonamiento, aquella lamentable resignación estallaron la ira de Gaston.

—¡No hable así! —exclamó—. ¿No siente usted que la simple idea de una humillación para usted me vuelve loco?

—Por desgracia, aún debo esperar nuevas humillaciones.

—Usted... ¿Qué quiere decir?

—Sepa, Gaston...

Se calló, dudó un momento y acabó diciendo:

—Nada, no es nada, estoy loca.

El conde de Clameran, más recuperado de la violencia de la situación, pudo adivinar bajo las objeciones de Valentine alguna nueva desgracia; pero siguió con su idea.

—Toda ilusión no está perdida —continuó—. Creo que mi amor y mi desesperación han afectado favorablemente a mi padre, que es bueno. Quizá mis cartas, cuando esté libre de peligro, quizá las instancias de mi querido hermano Louis lo animarán a pedir para mí su mano a la señora de La Verberie.

Tal idea hizo temblar a Valentine.

—¡Quiera el cielo —exclamó— que el marqués jamás intente dar este paso!

—¿Por qué?

—Porque la señora de La Verberie rechazaría su solicitud; porque mi madre, debo confesarlo, en esta situación extrema ha jurado que yo seré la esposa de un hombre que tenga una inmensa riqueza, y su padre no es rico.

—¡Oh! —dijo Gaston, humillado—. ¡Oh!... ¡Y usted se esfuerza por una madre como ésa!

—Es mi madre, y basta. No tengo derecho a juzgarla. Mi obligación es quedarme y me quedo.

El tono de Valentine anunciaba una decisión determinante y Gaston comprendió que todos sus ruegos serían inútiles.

—¡Ah! —exclamó, retorciéndose las manos de desesperación—. ¡Usted no me ha amado nunca!

—¡Pobre!... No piensa lo que dice.

—¡No! —continuó—. Usted, que en el momento en que vamos a separarnos tiene el terrible valor de razonar tan fríamente y de premeditar, usted no puede amarme. ¡Ah, no es así cómo yo la amo! Sin usted, ¿qué me importa toda la tierra? Perderla es morir. Que el Ródano recobre esta vida que me ha devuelto milagrosamente y que ahora es un peso muerto para mí.

Avanzaba hacia el Ródano, decidido a morir; Valentine lo detuvo.

—¿A esto lo llama usted amar?

Gaston estaba totalmente desesperado, asombrado.

—¿Para qué vivir? —murmuró—. ¿Qué me queda ahora?

—Nos queda Dios, Gaston, que tiene en sus manos el futuro.

La más pequeña tabla es, para el náufrago, la salvación; la simple palabra «futuro» iluminó como un rayo de esperanza las tinieblas que tenía Gaston.

—Si usted lo dispone —exclamó, reanimado rápidamente—, yo obedezco. Basta de debilidad. Sí, quiero vivir para luchar y vencer. ¿Hace falta oro para la señora de La Verberie? Pues bien, en tres años seré rico o moriré en la tarea.

Valentine juntó las manos y dio gracias al cielo por aquella determinante decisión, que no se hubiera atrevido a esperar.

—Pero antes de huir —continuó Gaston—, quiero dejarle a su cuidado un resto sagrado.

Sacó la bolsa de seda que guardaba las joyas de la marquesa de Clameran y la colocó en las manos de su amiga.

—Estas son las joyas de mi pobre madre —dijo—: sólo usted es digna de llevarlas; en mi pensamiento yo se las ofrezco.

Y, al ver que ella se oponía, que las rechazaba:

—Tómelas —insistió— como prueba de mi regreso. Si dentro de tres años no he vuelto a pedírselas, es que habré muerto y entonces usted las guardará como un recuerdo de quien tanto la ha amado.

Ella, rota en lágrimas, aceptó...

—Ahora —continuó Gaston—, tengo una última petición que dirigirle: todo el mundo me imagina muerto; y esto es lo único que asegura mi salvación. Pero no puedo abandonar en la desesperación a mi viejo padre. Júreme que usted misma, mañana por la mañana, irá a decirle que me he salvado.

—Iré, se lo juro —respondió.

La decisión de Gaston estaba tomada; sentía que tenía necesidad de aprovechar aquel instante de valor y se acercó a su amiga para abrazarla por última vez. Dulcemente, con gesto triste, ella lo separó.

—¿Dónde piensa usted ir? —preguntó.

—Voy a Marsella, donde un buen amigo me esconderá y me buscará un pasaje.

—No puede irse así; necesita un acompañante, un guía, y yo voy a conseguirle uno en quien puede tener la más absoluta confianza: el tío Menoul, nuestro vecino, que ha sido durante mucho tiempo patrón de un barco del Ródano.

Salieron por la puerta pequeña del parque, de la que Gaston tenía una llave, y enseguida llegaron a casa del viejo marinero.

Repasaba en un rincón de su hogar, en un sillón de madera blanca. Al ver entrar en su casa a Valentine, acompañada del señor de Clameran, se levantó rápidamente, restregándose los ojos, pensando que estaba soñando.

—Tío Menoul —dijo Valentine—, éste es el señor conde, y se ve en la necesidad de esconderse; quiere llegar hasta el mar y embarcar ocultamente. ¿Puede usted llevarle en su barco hasta la desembocadura del Ródano?

El buen hombre movió la cabeza.

—Con este estado del agua —respondió— y de noche, es casi imposible.

—Me haría usted un enorme favor, tío Menoul.

—¡A usted, señorita Valentine! Entonces, está hecho; salgamos rápidamente.

Sólo en aquel momento se permitió mirar a Gaston, cuya ropa estaba empapada y manchada de barro e iba con la cabeza descubierta.

—Voy a dejarle la ropa de mi difunto hijo —le dijo—; le servirán de disfraz; pase aquí conmigo.

Enseguida reaparecieron el tío Menoul y Gaston, casi irreconocible, y Valentine los acompañó hasta el borde del río, al lugar donde estaba anclado el barco.

Por última vez, mientras el buen hombre preparaba sus aparejos, los dos amantes se abrazaron, intercambiando su alma en aquel majestuoso adiós.

—¡Hasta dentro de tres años! —gritaba Gaston—. ¡Hasta dentro de tres años!

—Adiós, señorita —dijo el viejo patrón—, y usted, mi joven señor, agárrese bien.

Y con el bichero, de un fuerte golpe, llevó al barco al centro de la corriente.

Tres días más tarde, gracias a los cuidados del tío Menoul, Gaston estaba escondido en la bodega de un velero de tres palos americano, el *Tom-Jones,* que al mando del capitán Warth partía al día siguiente rumbo a Valparaíso.

ÍNDICE

El expediente número 113:

Primera parte